FALLEN HEIRS

WINDSOR ACADEMY BUCH 3

LAURA LEE

KAPITEL EINS

JAZZ

„Ladys, ihr seht umwerfend aus", sagt Charles, als ich im Foyer zu ihnen stoße.

Die Worte meines Samenspenders mögen freundlich klingen, aber seine Körpersprache und der vorwurfsvolle Blick, den er seiner Frau zuwirft, sagen das genaue Gegenteil. Ich frage mich, ob er von Madelines Affäre mit Kingstons Vater weiß. Das würde seinen plötzlichen Sinneswandel ihr gegenüber erklären.

Madeline wirkt nervös, aber Peyton scheint das nicht zu bemerken, denn sie freut sich über sein Kompliment.

Ich verspüre einen Brechreiz, als ich „Danke" murmle.

Nachdem ich vier Nächte in Kingstons Haus verbracht hatte, schickte Charles seinen Fahrer, Frank, um mich abzuholen. Trotz der vehementen Proteste meines Freundes – ich muss mich erst noch daran gewöhnen, ihn so zu nennen – stieg ich in das Auto. Zu wissen, dass Peyton gegen mich intrigiert, macht mich gleichzeitig nervös und wütend, aber nachdem ich Mr. Davenports nicht ganz so subtile Drohung, sie solle sich von mir fernhalten, mitbekommen habe, bin ich ein wenig entspannter, so blöd sich das auch anhört. Peyton mag eine hinterhältige Schlampe sein, aber ich glaube, sie hat hinreichend Selbsterhaltungstrieb, um sich vorerst nicht mit mir anzulegen.

Kingston hatte recht, was die Vorstellungen meines Vaters von Thanksgiving angeht. Bei meiner Rückkehr in die Villa bekam ich gleich einen Vortrag über Anstand und gutes Benehmen. Er teilte mir mit, dass ich zwar jetzt achtzehn bin, aber immer noch unter seinem Dach lebe und er mein Schulgeld bezahlt; deshalb muss ich seine Regeln befolgen. Als ich ihn darum bat, etwas konkreter zu werden, sagte er: „Ehrlich gesagt ist es mir egal, wo du nachts schläfst oder ob du die gesamte Polomannschaft fickst, solange du es hinter verschlossenen Türen tust und sie aus gutem Hause kommen. Aber als Callahan hast du auch gewisse Verpflichtungen. Es kann vorkommen, dass du als Vertreterin dieser Familie an einer Veranstaltung teilnehmen musst. Und wenn das passiert, wirst du wie eine Callahan-Lady aussehen und dich wie eine Callahan-Lady verhalten. Laienhaft ausgedrückt: Egal, was du normalerweise tun würdest, mach einfach das Gegenteil."

Während ich ihm im Geiste eine Abfuhr erteilte, machte ich mir gedanklich eine Notiz, dass ich meinen Namen so schnell wie möglich legal ändern lassen würde. Man sollte meinen, dass mein eigener Vater sich die Mühe machen würde, mich besser kennenzulernen, aber das hat für diesen Mann offensichtlich keine Priorität. Als ob ich jemals mit einem Trottel schlafen würde, der Polo spielt. Es war keine Überraschung, dass Madeline ein Cocktailkleid und ein Team von Stylisten parat hatte, die nur darauf warteten, mich in die Finger zu bekommen, um mich in eine Callahan zu verwandeln. Was mich allerdings überraschte, war, wie sexy das Kleid wirkt.

Madeline hat sich für ein figurbetontes, ärmelloses Kleid im Meerjungfrauenstil mit tiefem Rückenausschnitt entschieden. Strategisch platzierte schwarze Spitzenapplikationen über einem naturfarbenen Futter sorgen dafür, dass es aussieht, als könnte ich meine Vorzüge jederzeit preisgeben. Das Kleid ist wunderschön und nach dem Namen des Designers zu urteilen, wahrscheinlich auch sehr teuer. Trotzdem scheint es mir viel zu aufreizend für ein Festtagsdinner zu sein. Angesichts der Reaktion meines Vaters bei meinem Anblick würde ich wetten, dass er es bis jetzt noch nicht gesehen hatte und mit Madelines Wahl alles andere als einverstanden ist. Da sowohl Peytons als auch Madelines Kleider viel konservativer sind, kann ich nicht anders, als die Motive meines Stiefmonsters zu hinterfragen, wenn man bedenkt, was Kingston über einige der Gäste denkt. Ich muss allerdings gestehen, dass mir der Gedanke, dass Kingston mich in diesem Kleid sieht, durchaus Freude bereitet. Es ist allerdings ein zweischneidiges Schwert: Ich hätte gerne die Augen meines Freundes auf meinen Körper gerichtet, nicht aber die der kranken Bastarde, die heute Abend vielleicht anwesend sind. Der andere große Nachteil ist, dass ich mich in diesem Ding nicht mit Kartoffelpüree vollstopfen kann, und ich liebe nichts so sehr wie Kartoffelpüree.

Charles schaut auf seine mit Diamanten besetzte Uhr. „Wir sollten uns auf den Weg machen. Frank wartet draußen auf uns." Seine blauen Augen wenden sich mir zu. „Jasmine, ich gehe davon aus, dass deine Verabredung jeden Moment hier sein wird?"

Mir entgeht nicht, wie Madeline oder Peyton mich taxieren, als er Kingston als meine Verabredung bezeichnet.

„Er hat mir eine SMS geschickt, kurz bevor ich herunterkam. Er sollte jeden Moment hier sein."

Er nickt. „Sehr gut. Wir sehen uns dann dort."

Peyton wirft mir noch einen bösen Blick zu, bevor sie weggeht. Ich gebe mir wirklich Mühe, sie nicht anders zu behandeln, aber das ist leichter gesagt als getan, nachdem ich das Video von ihr und Mr. Davenport gesehen habe. Die Art und Weise, wie er sie geohrfeigt hat, wie er ihr seinen Schwanz gewaltsam in den Hals geschoben hat und die Tatsache, dass dies wohl nicht zum ersten Mal passiert ist, haben meine Wahrnehmung von ihr verändert. Ich würde sogar sagen, dass sie mir leidtut.

Versteh mich nicht falsch, ich denke immer noch, dass sie eine absolute Schlampe ist, die für ihre Taten geradestehen sollte. Aber keine Frau sollte geschlagen oder vergewaltigt werden, egal unter welchen Umständen. Ich muss mir immer wieder vor Augen führen, dass Peyton nicht nach demselben Kodex lebt und sie mein Mitgefühl nicht verdient hat. Schließlich hat sie einen Typen geschickt, der mich nicht nur einmal, sondern gleich zweimal geschlagen und zu vergewaltigen versucht hat, ohne jedwede Skrupel.

Ich frage mich, ob Madeline von dem Deal weiß, den ihre Tochter mit dem Teufel gemacht hat, um ihr Erbe zu teilen, oder ahnt, dass Preston sowohl Mutter als auch Tochter fickt. Irgendwie kann ich mir nicht vorstellen, dass Madeline mit letzterem einverstanden wäre. Nicht, weil sie eine moralische Abneigung gegen einen fast sechzigjährigen Mann hat, der ein Mädchen vögelt, das gerade achtzehn geworden ist. In Anbetracht des großen Altersunterschieds zwischen Madeline und Peytons leiblichem Vater ist das für eine derart geldgierige Frau ganz normal. Aber Madeline scheint mir eher jemand zu sein, der keine Konkurrenz mag, und Peyton ist nun mal eine jüngere, heißere Version ihrer Mutter.

Ich trete nach draußen, als ich höre, wie Kingstons sexy Schlitten die Einfahrt hochfährt. Die getönten Scheiben sind so dunkel, dass ich ihn nicht sehen kann, aber ich spüre seine Augen auf mir, als er den Wagen direkt vor der hölzernen Doppeltür zum Stehen bringt. Kingstons kräftiger Körper springt förmlich aus dem Auto, nachdem er die Zündung ausgeschaltet hat.

Verdammt, er sieht gut aus in einem Smoking.

Kingston wischt sich mit der Hand über seinen leicht stoppeligen Unterkiefer und flucht leise. Seine goldfarbenen Augen verschlingen mich, wahrscheinlich genauso wie meine ihn, während er sich mir nähert. Kaum bin ich in Reichweite, krallen sich seine Finger in meine Hüften und er zieht mich an sich, bis unsere Körper eng beieinander sind.

„Ich habe es mir anders überlegt; scheiß auf das Abendessen. Der einzige Ort, an den du in diesem Kleid gehst, ist mein Bett." Seine Augen wandern über meinen Körper und wieder zurück. „Mein Gott, Jazz."

„Du bist auch nicht zu verachten." Ich streiche das Revers seiner Jacke glatt. „Aber das Bett wird warten müssen, bis nach dem fabelhaften Thanksgiving-Essen unserer Väter."

Er runzelt die Stirn, wahrscheinlich weil er meine Besorgnis unter dem Sarkasmus erkennt. „Es wird schon gut gehen, Jazz. Ich werde immer an deiner Seite sein, und wenn ich aus irgendeinem Grund gehen muss, werden Bentley oder Reed meinen Platz einnehmen."

„Ich weiß", versichere ich ihm. „Aber das ändert nichts an der Tatsache, dass wir uns in einem Raum mit einem Haufen abscheulicher Raubtiere befinden werden. Ganz zu schweigen von der Tatsache, dass wir deinen Vater zum ersten Mal seit dem Video treffen werden. Ich weiß ehrlich gesagt nicht, ob ich meinen Ekel verbergen kann, denn das würde verraten, dass wir ihm auf der Spur sind."

Es war nicht leicht gewesen, Kingston nach dem Video umzustimmen. Er war wild entschlossen, seinem Vater und seiner Ex-Freundin an den Kragen zu gehen, ohne Rücksicht auf die Konsequenzen. Zum Glück ist mein Freund einer der rationalsten Menschen, die ich kenne. Ich erinnerte ihn daran, dass Peyton und Preston vielleicht nicht die einzige Bedrohung sind und dass Kingston nicht mit mir zusammen sein kann oder mich beschützen, wenn er im Gefängnis sitzt. Die Feministin in mir hasst es zuzugeben, dass ich die Hilfe eines Mannes benötige, aber Fakten sind nun mal Fakten. Das hier ist eine Nummer zu groß für mich. Kingston hat die Informationen und

Ressourcen, die wir brauchen, um diese Bastarde auszuschalten, und das ist wichtiger als mein Stolz.

„Ich weiß, dass du das schaffst, Jazz, aber wenn du mal eine Pause benötigst, sag es einfach. Wir werden uns zurückziehen, bis du dich wieder gesammelt hast." Er geht so weit in die Knie, bis unsere Augen auf einer Höhe sind. „Okay?"

Ich blicke in seine goldgrünen Augen und nicke. „Okay."

Kingston umarmt mich kurz und küsst mich auf den Kopf, bevor er die Beifahrertür öffnet und mir ins Auto hilft. Wir unterhalten uns während der Fahrt nur wenig, wahrscheinlich weil ich zu sehr damit beschäftigt bin, mich auf meine Atmung zu konzentrieren, um eine Panikattacke zu vermeiden. Als wir vor dem schicken Hotel halten und Kingston den Parkservice umgeht, um das Auto selbst zu parken, lache ich und bin dankbar für die plötzliche Heiterkeit.

„Ich gebe diesen Wichsern doch nicht die Schlüssel zu meinem Baby", erklärt er. „Es ist eines der weltweit seltensten Autos."

Ich lache wieder. „Natürlich nicht. Keiner außer dir fährt deinen Schatz."

„Ganz genau", murmelt er und ignoriert dabei völlig meine fantastische Gollum-Imitation.

Ich ziehe eine Augenbraue hoch. „Nachdem du das jetzt gesagt hast, ist es das Erste, was ich tun werde, wenn ich meinen Führerschein habe."

Kingston lacht, während er seinen Agera in eine Parklücke lenkt und den Motor abstellt. „Ja, klar. Wenn ich nicht zulasse, dass jemand, der Autos professionell parkt, sie anfasst, warum sollte ich dann die Schlüssel ausgerechnet einer Fahranfängerin geben?“

Ich verschränke die Arme vor der Brust und bemerke, wie seine Augen zu meinem Ausschnitt wandern.

„Ich wette, du würdest deine Meinung ändern, wenn ich dir mit Sexentzug drohen würde.“

Er mustert mich gründlich und macht keine Anstalten, sein Begehren zu verbergen. „Ja, klar. Du würdest innerhalb weniger Stunden um meinen Schwanz betteln.“

Ich sage meiner Muschi, dass sie sich entspannen soll, denn der Schlampe gefällt die Vorstellung, die Kingstons Worte gerade hervorgerufen haben.

„Das denkst du, ja? Wie wäre es, wenn wir diese Theorie jetzt gleich testen?“

Meinem Tonfall fehlt die Überzeugung, und so wie Kingston jetzt lächelt, würde ich sagen, dass er genau weiß, dass ich nur Mist erzähle.

„Klar, Jazz. Mal sehen, wer es am längsten aushält. Was hältst du davon, wenn wir die Sache interessant machen und eine kleine Wette abschließen?“

Ich mustere ihn skeptisch. „Was für eine Wette?“

Er denkt einen Moment darüber nach. „Wenn ich gewinne – und wir wissen beide, dass dies passieren wird – schuldest du mir eine Woche lang jeden Tag einen Blowjob.“

Meine Mundwinkel verziehen sich zu einem Lächeln. „Und was bekomme ich, wenn ich gewinne?“

„Ich lecke deine Muschi, bis du eine Woche lang mindestens dreimal hintereinander gekommen bist.“

Ich zucke zusammen. „Dir ist schon klar, dass beides keine wirkliche Bestrafung ist, oder?"

Kingston ist ein großer Fan meiner Muschi, und ich habe nichts dagegen, ihm den Gefallen zu tun.

Er zuckt mit den Schultern. „Reine Prahlerei."

Ich schüttle den Kopf und unterdrücke ein Lächeln. „Du bist ein Idiot."

„Vielleicht." Er grinst. „Aber ich wette, dass deine Muschi jetzt schon nass ist, wenn du nur daran denkst. Soll ich nachsehen?"

Als Antwort winke ich ab, aber würde tatsächlich am liebsten mein Höschen herunterziehen und sein Gesicht zwischen meine Beine schieben.

Kingston löst seinen Sicherheitsgurt und lehnt sich über die Mittelkonsole, um mein Kinn zu berühren. „Fühlst du dich besser?"

Ich schließe die Augen, als er meine Unterlippe zwischen seine Zähne nimmt. „Ja."

Ich weiß nicht, wie dieser Mann immer spüren kann, was ich gerade fühle. Er durchschaut mich wie kein anderer. Ob er mich mit seinem Körper verführt, weil er weiß, dass ich körperliche Erleichterung brauche, oder ob er einen dummen Streit anzettelt, weil ich so meinen Frust ablassen kann, oder ob er mich aufzieht, weil ich einen guten Lacher gebrauchen kann – Kingston weiß es einfach. Das Lustige daran ist, dass er es gar nicht versucht. Er ist so gut auf mich eingestellt, dass es rein instinktiv passiert.

In letzter Zeit scheint es, als ob meine Seele nur noch aus Grautönen besteht. Kingston versteht das besser als jeder andere, denn in ihm tobt derselbe Krieg. Wenn ich an

Märchen glauben würde, würde ich sagen, dass wir füreinander bestimmt sind. Vielleicht ist alles aus einem bestimmten Grund passiert und wir sollten genau zum gleichen Zeitpunkt in unser Leben zurückkehren. Aber ich bin kein Mädchen, das sich aus einem Turm retten lässt, und Kingston Davenport ist ganz sicher kein Prinz.

„Bist du bereit?“

Ich atme tief ein und aus. „Lass es uns endlich hinter uns bringen.“

KAPITEL ZWEI

JAZZ

Hunderte Augenpaare folgen uns, als Kingston und ich den prächtig geschmückten Ballsaal betreten. Ich fühle mich, als würde ich gerade eine Hochzeitsfeier besuchen und nicht an einem Festessen teilnehmen. Der ganze Raum ist voller runder Tische mit strahlend weißen Tischdecken, obwohl die meisten herumstehen und sich unter die anderen Gäste mischen. Wie Kingston versprochen hat, ist eine ordentliche Anzahl von Gästen in unserem Alter anwesend, und jeder einzelne von ihnen wirkt zu Tode gelangweilt. Ich kann es ihnen nicht verdenken.

Im hinteren Teil des Raums steht ein langer, rechteckiger Tisch – ich vermute, er ist für die Davenports und Callahans reserviert – mit ein paar hohen Blumenarrangements. Das Licht der Kristallkronleuchter wird von den Kristallgläsern darunter reflektiert, während die Kellner ihre Runden drehen und Hors d'oeuvres und Champagnerflöten verteilen. Ich schnappe mir ein Glas Sekt von einem Kellner in der Nähe und trinke die Hälfte davon in einem Zug. Ich bin nicht so dumm, mich zu betrinken, aber ich brauche etwas, um mich abzureagieren. Entweder das oder Sex in einer Garderobe, und ich glaube nicht, dass Kingston und ich mit der Option durchkommen würden.

„Warum starren die uns alle so an?", flüstere ich und unterdrücke den Drang, meinen Mittelfinger in die Luft zu strecken.

Kingstons Fingerspitzen drücken sich in meine Wirbelsäule, während er mich nach rechts führt. „Sie starren alle auf dich, Prinzessin. Du bist die schönste Ballkönigin der Welt."

„Das liegt nur am Kleid."

Ich schaue mich heimlich um, ob jemand mein Perversometer auslöst.

Kingston gluckst. „Es ist nicht das Kleid, Jazz, obwohl es verdammt heiß ist."

Meine Augen verengen sich, als ich sehe, wie mich ein Typ im Politiker-Look anstarrt, als wäre ich ein großes, saftiges Steak.

„Trotzdem ist dies der letzte Ort, an dem ich die Aufmerksamkeit aller auf mich ziehen möchte."

Er verschränkt unsere Finger ineinander. „Ich weiß, aber das wäre auch so passiert, egal, was du anhast. Charles Callahans lang verschollene Tochter ist in diesen Kreisen eine große Nummer."

„Wenn das stimmt, müssen diese Leute ein ziemlich langweiliges Leben führen."

"Da will ich dir nicht widersprechen." Kingston deutet mit dem Finger. „Da ist Ains."

Meine Augen folgen Kingstons Finger und entdecken seine Zwillingsschwester, die neben Reed steht. Ainsley sieht in ihrem dunkelgrünen Ein-Träger-Kleid absolut umwerfend aus. Der mehrlagige Chiffonstoff fällt bis zum Boden und die Farbe unterstreicht das Grün ihrer Augen, die dadurch besonders zur Geltung kommen. Ein dramatischer Schlitz auf der Vorderseite sorgt für zusätzliches Flair und zeigt ihre durchtrainierten Tänzerbeine. Es ist sexy und doch stilvoll, was perfekt zu ihr passt.

„Wow. Du siehst unglaublich aus, Ains."

Ainsley lächelt, als Reed seinen Arm um sie legt. „Danke, Jazz. Du auch. Das Kleid ist … wow."

Ein leiser Pfiff ertönt hinter mir, kurz bevor ich die vertraute Stimme höre.

„Verdammt, meine Damen, ihr seht heute Abend aber ganz schön fickbar aus."

Bentley schlendert auf uns zu, und Kingston starrt ihn an. Ich weiß, dass Bents Bemerkung absolut harmlos war – vor allem, weil auch Ainsley in diese Aussage mit einbezogen war -, aber sie bringt meinen Freund trotzdem auf die Palme. Aber das ist ja auch nicht so schwer zu verstehen. Kingston ist in letzter Zeit noch mehr mit seinem inneren Neandertaler verwachsen. Wenn ich es mir recht überlege, stichelt Bentley seinen besten Freund vermutlich nur, weil es ihn so stört

Ich ramme meinen Ellbogen spaßeshalber in Bentleys Bauch. „Ja? Du siehst auch ganz gut aus."

Bentley lacht spöttisch auf. „Also bitte, Kleine. Ich sehe verdammt gut aus, und das weißt du auch."

Das tut er wirklich. Kingston, Bentley und Reed sehen

ohnehin immer zum Dahinschmelzen aus, aber in einem Smoking gleichen sie einem Vulkan, der jeden Moment in deiner Hose explodieren kann. Ich dachte, sie könnten nicht noch heißer werden als in ihren fein geschneiderten Anzügen beim Homecoming, aber da lag ich wohl falsch. Das hier ist die oberste Liga.

Ich schaue mich um und ziehe die Augenbrauen hoch, als ich einige bekannte Gesichter entdecke. Mann, Kingston hat nicht gescherzt, als er sagte, dass ein paar Berühmtheiten anwesend sein würden. Es ist ja nicht so, dass man in L.A. selten Prominente sieht, aber ich hätte nie gedacht, dass ich mal mit einem der heißesten Männer Hollywoods in einem Raum sein würde.

Ich zeige auf den Schauspieler und flüstere: „Bitte versaue mir nicht den Abend, indem du mir sagst, dass auch er auf deiner Liste mit mutmaßlichen Perversen steht."

Kingstons knurrt leise in mein Ohr. „Ich bin schon fast versucht, dich anzulügen, um den gierigen Blick aus deinem Gesicht zu vertreiben."

„Oh, hör auf. Man muss schon blind sein, um zu übersehen, wie attraktiv dieser Mann ist." Ich stelle mich auf die Zehenspitzen und knabbere an Kingstons Kiefer. „Keine Sorge, Großer, ich gehe nirgendwo hin."

Seine Finger schlingen sich um meine Taille. „Wenn du das versuchst, kannst du davon ausgehen, dass ich dich zur Rechenschaft ziehen werde."

Ich ignoriere das plötzliche Pochen zwischen meinen Schenkeln und werfe ihm stattdessen einen schiefen Blick zu. „Daran habe ich keinen Zweifel, Neandertaler."

Ich suche den Ballsaal weiter ab, bis ich auf Charles und Preston stoße, die sich mit ein paar Leuten unterhalten. Mr. Davenports Aufmerksamkeit schweift ab, als würde er spüren, dass ihn jemand beobachtet. Meine Haut kribbelt, als unsere Blicke sich treffen, und seine Augen gemächlich an meinem Körper hinunter und wieder hinauf wandern. Preston grinst, als er wieder in meinem Gesicht landet und den finsteren Ausdruck bemerkt. Wenn ich nicht wüsste, dass er unterwürfige Frauen bevorzugt, würde ich schwören, dass er meine Einstellung tatsächlich mag. Es macht ihn sogar richtig an. Zum Glück dauert es nur einen Moment, bis er sich wieder den Leuten in seiner Gesellschaft zuwendet.

Kingstons Hand legt sich um meine, als er sieht, was meine Aufmerksamkeit erregt hat. Oder besser gesagt, wer.

„Entspann dich, Jazz. Er kann dir nichts tun."

„Ich bin ganz ruhig", flüstere ich – nicht ganz ehrlich – zurück.

„Worüber redet ihr?", fragt Ainsley, deren verwirrter Blick zwischen ihrem Vater und uns hin und her fliegt. „Wer kann dir nichts tun?"

Mist. Ich vergesse, dass es eine Person in unserer fünfköpfigen Gruppe gibt, die keine Ahnung hat, was hier los ist.

Kingston antwortet, bevor ich die Chance dazu habe. „Es ist gut möglich, dass der Typ, der Jazz angegriffen hat, heute Abend hier ist. Ich habe sie daran erinnert, dass er keine Chance haben wird, an sie heranzukommen, weil einer von uns die ganze Zeit bei ihr sein wird."

Mist. Ist das wahr? Ich weiß nicht, warum ich nicht selbst schon daran gedacht habe, aber es ist absolut möglich. Wir wissen bereits, dass er an der Windsor-Academy studiert und dass er Peyton kennt, was bedeutet, dass er zu einer wohlhabenden Familie gehört, die in denselben Kreisen verkehrt. Warum habe ich noch einmal zugestimmt, an dieser Veranstaltung teilzunehmen? Ach ja, um kranke Wichser festzunageln. Dieser Gedanke stärkt meine Entschlossenheit.

Ich richte mich auf und drehe meinen Kopf in Richtung der Patriarchen. „Hast du eine Ahnung, mit wem sie reden?"

„Meinen Eltern." Bentley neigt seinen Kopf in Richtung des Paares.

Ich erschrecke, weil ich diese Antwort nicht erwartet habe, obwohl ich jetzt, wo ich sie genau betrachte, die Ähnlichkeit erkennen kann. Bentleys Vater ist ein hellhäutiger afroamerikanischer Mann und seine Mutter sieht ein wenig aus wie eine polynesische Heidi Klum. Beide sind absolut umwerfend, was keine Überraschung ist, wenn man bedenkt, wie attraktiv ihr Sohn ist.

„Nun, damit ist diese Frage geklärt. Irgendwie."

„Welche Frage?", fragt Bentley lachend.

„Du bist gemischter Abstammung, wie Dwayne Johnson", erkläre ich. „Das hörst du sicher nicht zum ersten Mal."

„So hat das noch niemand beschrieben", sagt Bentley. „Wenn die Leute es wissen wollen, fragen sie normalerweise einfach."

„Äh." Ich zucke mit den Schultern. „Es ist eigentlich egal

– ich war nur neugierig. Ich habe schon immer gewusst, dass ich gemischter Abstammung bin. Ich weiß aber, wie nervig diese Frage sein kann, deshalb hätte ich sie nie gestellt."

Bentley legt seinen Arm über meine Schulter, sehr zu Kingstons Ärger. „Nun, um deine Neugierde zu befriedigen, mein kleines Kätzchen, mein Vater ist halb irisch – also der Fitzgerald – und halb schwarz, und meine Mutter ist halb deutsch, halb hawaiianisch."

Alle vier Eltern sehen aus, als ob sie etwas Ernstes zu besprechen hätten. „Was glaubst du, worüber sie reden?"

Bent zuckt mit den Schultern. „Wahrscheinlich über VC-Kram. Meinem Vater gehört eine Firma."

„Was zum Teufel ist VC?" Ich rümpfe meine Nase.

„Risikokapitalgeber", erklärt er.

„Ah", nicke ich verständnisvoll mit dem Kopf.

„Sollen wir uns hinsetzen?", fragt Ainsley. „Der erste Gang sollte jetzt gleich serviert werden."

Kingston stößt Bentleys Arm von meiner Schulter und nimmt meine Hand, um mich zum ersten Tisch zu führen. Doch bevor wir dort ankommen, ruft Charles meinen Namen und fordert mich auf, mich zu ihm zu setzen.

„Scheiße", murmle ich. „Sieht aus, als ginge die Show los."

„Geht ihr schon mal vor. Wir sind gleich da." Kingstons Finger umgreifen fest meine Hand. „Ich bin hier, Jazz."

Bentley, Reed und Ainsley gehen weiter durch den Ballsaal, während Kingston und ich uns nach links wenden, um den Samenspender zu treffen.

„Ah, da ist ja meine schöne Tochter", prahlt Charles. „Jasmine, ich möchte dir ein paar Leute vorstellen."

Ich erstarre, als Charles seine Hand um meine Schulter legt, und sein Griff warnend fester wird. „William und Lani Fitzgerald, ich möchte euch Jasmine vorstellen."

Ich tue so, als würde ich die Spannung zwischen Kingston und seinem Vater nicht bemerken, während ich mich mit Bentleys Eltern unterhalte. Mr. und Mrs. Fitzgerald scheinen wirklich nette Leute zu sein, aber es fällt mir schwer, mich zu entspannen, während Kingston und ich von seinem und meinem Vater umgeben sind. Preston steht etwas hinter den Fitzgeralds, sodass sie nicht bemerken, wie er mich mit einem unverhohlen lasziven Blick anstarrt.

Ich weiß, dass Kingston versucht, den Köder zu ignorieren, aber sein starrer Kiefer und die leichte Verlagerung seines Körpers, um mich vor dem Blick seines Vaters zu schützen, verraten ihn. Prestons Lippen verziehen sich zu einem Lächeln, als ob er sich über das Verhalten seines Sohnes freuen würde. Oder, was wahrscheinlicher ist, er zufrieden ist mit sich selbst, weil er diese Reaktion hervorgerufen hat. Kingstons Vater sieht geradezu schadenfroh drein, als Charles mich zurückzieht, sodass ich fast stolpere. Was zur Hölle? Es ist, als würde der Samenspender versuchen, den Abstand zwischen Mr. Davenport und mir zu vergrößern. Kingston und ich tauschen einen kurzen Blick aus, und es ist offensichtlich, dass er von dieser Aktion genauso überrumpelt ist wie ich. Und wer wirkt gar nicht überrascht?

Preston Davenport.

Ich glaube, er provoziert Charles und Kingston gerade mit voller Absicht. Aber warum? Es ist ja nicht so, dass Charles irgendwelche elterlichen Instinkte hätte, die ihn dazu bringen würden, mich um jeden Preis zu beschützen. Ich bin mir sicher, dass das, was er vor ein paar Sekunden gemacht hat, eine einmalige Sache war. Es muss dabei um Kontrolle gehen. Ich bin mir ziemlich sicher, dass ich mitten in einen Machtkampf zwischen Kingstons Vater und meinem hineingeraten bin. Wahnsinn.

Nein.

Als Bentleys Eltern sich entschuldigen, um ihre Plätze zu suchen, wendet sich Preston an mich.

„Jasmine, du bist eine absolute Schönheit in diesem Kleid", säuselt er. „Erinnere mich daran, dass ich mich später bei demjenigen bedanke, der es ausgesucht hat."

„Preston …", sagt Charles warnend.

„Dad", knurrt Kingston gleichzeitig und verlagert seinen Körper so, dass er mich noch mehr abschirmt.

„Entspann dich. Es war ein Kompliment – ich wollte nichts Böses. Allerdings scheint mein Sohn das Memo nicht bekommen zu haben. Er pinkelt gerade praktisch im Kreis um sie herum, nicht wahr?" Prestons gierige Augen sind ununterbrochen auf mich gerichtet, und ich muss mich sehr anstrengen, um nicht zu würgen.

Scheiß drauf, wenn Preston das wirklich vor all diesen Leuten abziehen will, dann soll er es eben tun, das Arschloch.

Ich richte mich auf und trete einen Schritt vor, sodass meine Schultern, mit denen von Kingston auf gleicher Höhe sind. „Warum sollte er einen Grund dafür haben? Es ist ja nicht so, dass hier jemand eine Bedrohung darstellt. Ich meine, ich habe die gleiche DNA wie er" – ich drehe meinen Kopf in Richtung Charles – „und damit bleibst nur du übrig." Ich nehme mir einen Moment Zeit, um Preston von oben bis unten zu mustern, mit offensichtlichem Desinteresse.

Kingstons Finger legen sich so fest um meine, dass ich zusammenzucke. Sofort lockert er seinen Griff, aber die Warnung ist deutlich. Ich bin nicht dumm; ich weiß, dass Preston Davenport viel gefährlicher ist, als nach außen hin sichtbar ist. Aber weißt du was? Da ist er nicht der Einzige.

Mr. Davenports Wangen röten sich. „Du hast ganz schön viel Temperament, nicht wahr?"

Ich ziehe eine Augenbraue hoch. „Worauf willst du hinaus?"

Er setzt ein falsches Lächeln auf. „Auf nichts. Nur eine Beobachtung." Preston klopft Kingston auf den Rücken. „Meinst du nicht auch, mein Sohn?"

Kingston zuckt förmlich vor Wut, als er sich aus dem Griff seines Vaters befreit. „Das ist eine der vielen Seiten, die ich so an ihr schätze."

„Darauf wette ich", lacht Preston. „Ich bin mir sicher, dass sie … interessante … Seiten hat."

„Würdest du bitte aufhören, über mich zu reden, also wäre ich nicht hier?"

Prestons Augen verengen sich, aber bevor er etwas anderes sagen kann, meldet sich Charles zu Wort.

„Genug", befiehlt Charles. Wir achten alle darauf, dass die

Diskussion nicht zu laut wird, aber die Wut in seinem Tonfall ist unverkennbar. Ich dachte, sein Zorn sei auf meine Unverschämtheit zurückzuführen, aber als ich aufschaue, ist der Blick meines Vaters auf Kingstons Vater gerichtet. „Preston, hast du nicht erwähnt, dass du vor dem Essen mit einem gewissen Lieferanten sprechen willst? Sie fangen gleich mit dem Servieren an, also solltest du das lieber jetzt erledigen."

Preston streicht sich imaginäre Fussel vom Ärmel. „Ja, natürlich. Danke, dass du mich daran erinnerst."

Charles nickt.

Als sein Vater weggeht, räuspert sich Kingston. „Wir gehen vor dem Abendessen noch etwas frische Luft schnappen."

Wir machen uns nicht die Mühe, auf Charles' Antwort zu warten, sondern gehen einfach los. Als wir draußen auf dem Balkon sind, zerrt Kingston mich in eine dunkle Ecke und umarmt mich wie ein Bär.

„Scheiße." Er atmet ein paar Mal tief durch, bevor er sich von mir löst und mein Gesicht mit seinen Händen umschließt. „Alles in Ordnung mit dir?"

„Und mit dir?"

Er schüttelt den Kopf. „Das ist doch egal."

„Von wegen, das ist es nicht!", behaupte ich. „Es sah so aus, als ob du kurz davor gewesen wärst, deinen Vater k.o. zu schlagen."

Kingston drückt seine Stirn gegen meine. „Ja, das war ich auch."

Ich seufze. „Kingston."

„Ich konnte nicht aufhören, an das Video zu denken."

Er zieht sich zurück und sieht mir in die Augen. „Ich kann den Scheiß nicht vergessen."

Er dreht mir sein Gesicht zu und ich fahre mit dem Finger an seiner Augenbraue entlang. „Ich auch nicht."

Kingston schaut sich um, um sicherzugehen, dass wir nicht von anderen belauscht werden. „Ich dachte, ich könnte damit umgehen, dass es wie jeder andere Tag sein würde, an dem ich die Fassade aufsetzen muss. Aber als ich sah, wie er dich angestarrt hat, wollte ich ihn am liebsten umbringen, Jazz. Auf der Stelle, ohne Rücksicht auf Zeugen. Ich habe mir vorgestellt, wie ich seinen Kopf auf den Boden schlage, bis ihm das Gehirn aus dem Schädel quillt."

Ich erschaudere bei dieser beunruhigenden – aber auch seltsam befriedigenden – Vorstellung. „Wir dürfen deinen Vater nicht so an uns heranlassen, Kingston. Er würde gewinnen, und das darf nicht passieren."

„Einverstanden, aber es wird nicht einfach sein. Der Verdacht, dass mein Vater hinter dir her ist, ist eine Sache. Aber zu wissen, dass er in seinen Fantasien an dich denkt, während er eine andere fickt? Dass er in dir ein Hindernis zwischen ihm und zehn Milliarden Dollar sieht? Das ist eine ganz andere Sache, vor allem, wenn du in seiner direkten Umgebung bist. Ich will nicht, dass du in seine Nähe kommst, Jazz." Kingston atmet tief durch. „Logisch gesehen weiß ich, dass er dich vor all den Zeugen nicht angefasst hätte, aber es ist, als hätte mein Gehirn einen Kurzschluss erlitten. Der Mist, den er gerade abgezogen hat? Er wäre nicht so dreist, wenn er nicht von seiner

Fähigkeit überzeugt wäre, das Spiel zu gewinnen, das er gerade spielt."

„Apropos Spielchen … habe ich mir das eingebildet, oder wollte er meinen Samenspender tatsächlich provozieren? Meinst du, er weiß, dass dein Vater mit Madeline schläft?"

„Vielleicht." Er zuckt mit den Schultern. „Es läuft auf jeden Fall etwas zwischen den beiden, aber mein Gefühl sagt mir, dass es um mehr geht als eine Affäre."

„Was zum Beispiel?"

Kingston schüttelt den Kopf. „Schreib es auf die Liste der Dinge, die ich nicht weiß."

„Also, was machen wir jetzt?"

Er beugt sich vor und nimmt meine Unterlippe zwischen seine Zähne. „Wir gehen da rein und tun so, als ob nichts gewesen wäre. Wir tun so, als wäre das alles nie passiert. Nachdem wir gegessen haben, mache ich meine Runde und dann können wir hier verschwinden."

„So zu tun, als wäre das nicht passiert, ist leichter gesagt als getan, wenn wir am selben Tisch sitzen müssen. Wenn ich nur an den Blick denke, den dein Vater mir zugeworfen hat, könnte ich schon kotzen."

Kingston zieht mein Kinn in die Höhe. „Gib ihm nicht die Genugtuung, zu wissen, dass er uns verunsichert hat. Du bist die stärkste Person, die ich kenne, Jazz, und mein Beinahe-Ausrasten vorhin war nur ein Ausrutscher. Ich war auf sein abnormales Verhalten nicht vorbereitet, aber jetzt bin ich es. Wir müssen nur daran denken, dass nichts unmöglich ist, wenn es um Preston Davenport geht. Und du und ich? Wir sind ein Team. Wenn jemand das schaffen kann, dann wir. Lass ihn diese Runde nicht gewinnen, Jazz."

„Das werde ich nicht." Ich ziehe die Schultern zurück und richte mich entschlossen auf. „Das werden wir nicht. Wenn dein Vater unsauber kämpfen will, lass ihn. Wir müssen ihm nur zeigen, wie knallhart auch wir sein können."

Kingston lächelt. „Das ist mein Mädchen."

KAPITEL DREI

KINGSTON

Der Haupttisch ist einer dieser rechteckigen Tische, die von den anderen Gästen getrennt aufgestellt wurden. Ich runzle die Stirn, als ich die Tischkarten sehe, auf denen steht, wo jeder sitzen soll. Es gibt insgesamt acht Gedecke, und – Überraschung, Überraschung – unsere Väter sitzen in der Mitte. Madeline und Peyton sitzen links von Charles, und meine Schwester und Reed sitzen rechts von meinem Vater.

Ainsley muss ausdrücklich um Reeds Platz gebeten haben, denn weder mein Vater noch Charles sind rücksichtsvoll genug, um an so etwas zu denken. Die Tischkarte, auf der mein Name steht, liegt direkt neben der meines Vaters, das dürfte also ziemlich interessant werden, um es vorsichtig auszudrücken. Da Jazz und ich als Letzte ankommen, haben wir nicht wirklich die Möglichkeit, die Karten auszutauschen. Ein Wechsel an einen anderen Tisch würde unsere Pläne zunichtemachen.

„Zugewiesene Sitzplätze?", flüstert Jazz. „Ernsthaft?"

Ich lehne mich an ihr Ohr. „Das ist zwar Mist, aber das Gute daran ist, dass du drei Leute von meinem Vater entfernt bist."

„Ich bin mir nicht sicher, ob Peyton wirklich besser ist", murmelt sie. „Ich hoffe, es gibt Kartoffelpüree, sonst mache ich einen Aufstand."

Ich lache und lehne mich zu Jazz, um ihr einen Kuss auf die Wange zu geben, bevor sie sich hinsetzt.

„Hurensohn", murmelt Peyton halblaut.

Ich werfe meiner Ex-Freundin einen bösen Blick zu, aber Jazz nimmt es gelassen. Sie zieht nur eine Augenbraue hoch und sagt: „Ach, was ist denn los, Peyton? Bist du etwa eifersüchtig?"

Peyton schnaubt und dreht sich zu Madeline um, während Jazz ihre Aufmerksamkeit wieder auf mich richtet.

„Benimm dich", zwinkere ich ihr zu. „Ich bin auf der anderen Seite des Tisches, wenn du mich brauchst."

Sie macht eine wegwerfende Geste. „Ja, ja. Geh und setz dich. Ich mache das schon."

Keinem von uns entgeht die Aufmerksamkeit, die wir von allen Elternteilen bekommen – und ich verwende diesen Begriff sehr großzügig. Jazz und ich tauschen einen wissenden Blick aus und bestätigen damit stillschweigend, dass wir uns fühlen, als ob wir zur Schau gestellt werden sollen. Ich habe mich kaum neben meinen Vater gesetzt, da fängt er schon an, mich auszufragen.

„Kingston." Er mustert mich eindringlich, während er langsam einen Schluck aus seinem Weinglas nimmt. „Ich dachte schon, du würdest dich uns nicht anschließen wollen."

„Wie kommst du denn darauf?"

Ein Kellner kommt herein und ich beobachte, wie er mein Glas Merlot oder etwas in der Art auffüllt. Als er weg ist, nehme ich einen Schluck aus meinem Glas – obwohl ich das Zeug nicht ausstehen kann – bevor ich meinen Blick nach links wende und auf eine Antwort warte.

„Du und Jasmine scheint vorhin ziemlich … erregt gewesen zu sein."

Ich beuge mich vor und senke meine Stimme, damit nur mein Vater mich hören kann. „Du müsstest dich schon sehr anstrengen, um Jasmine zu verärgern, alter Mann. Sie ist eine harte Nuss, weißt du noch? Was mich betrifft, so gehört das alles zu dem Job, den Charles mir aufgetragen hat und den du mir vorhin ziemlich schwer gemacht hast."

Als ich mich zurücklehne, blickt mein Vater mich scharf an. Abschätzend. Ich kann sehen, dass er den Wahrheitsgehalt meiner Worte abwägt. Ich denke daran, was er in dem Video zu Peyton gesagt hat – dass er weiß, dass ich in Jazz verliebt bin und dass er erwartet hat, dass das passiert. Scheiße, nicht einmal ich weiß, wie ich erklären soll, was ich für sie empfinde. Er jedoch scheint überzeugt zu sein, was bedeutet, dass ich ihn davon überzeugen muss, dass er sich irrt. Dass das alles nur ein Teil des Spiels ist.

„Ist das so?"

Ich hebe herausfordernd eine Augenbraue. „Habe ich dir einen Grund gegeben, etwas anderes zu denken?"

Der Blick meines Vaters wandert über den Tisch in Jazz' Richtung, bevor er wieder zu mir zurückkehrt. „I…"

„Alter." Ainsley stupst mich mit ihrer Schulter an. „Wann wird das Essen serviert? Ich bin am Verhungern."

„Ich auch", sage ich ihr.

Dieses Essen jedes Jahr zu ertragen, geht nur, weil das Festmahl spektakulär ist. Ich muss lächeln, wenn ich an das Kartoffelpüree denke, vor allem daran, wie sehr Jazz es lieben wird.

Mein Vater ist irritiert über die Unterbrechung, aber ich bin meiner Zwillingsschwester dankbar. „Wir werden dieses Gespräch ein anderes Mal fortsetzen."

„Klar doch." Mein abweisender Ton verärgert ihn noch mehr, aber ich tue so, als würde ich es nicht bemerken. Ich drehe mich einfach wieder meiner Schwester zu und verwickle sie und Reed in ein Gespräch.

Nachdem die letzten Teller abgeräumt sind, nehmen die Gäste ihre Gespräche wieder auf, was ich zum Anlass nehme, mich durch die Menge zu arbeiten. Charles macht seine Runde mit Jazz und behandelt sie eher wie einen wertvollen Gegenstand als eine Tochter, während er sie mehreren Geschäftspartnern oder Bekannten vorstellt. Meine Freundin sieht unglücklich aus, aber ich glaube nicht, dass das jemand anders bemerkt. Sie weiß, dass ich Zeit brauche, um Informationen zu sammeln, also macht sie einen auf Teamgeist. Ich stelle sicher, dass Bentley ein Auge auf Jazz hat, bevor ich den Mann ausfindig mache, den ich suche. Es ist keine große Überraschung, dass Alexander Ivanov, einer der mutmaßlichen Komplizen meines Vaters, neben ihm steht und sich mit ihm unterhält.

Beide Männer richten sich auf, als ich näherkomme.

„Kingston! Es ist schön, dich wiederzusehen." Alexander streckt seine Hand aus. „Preston und ich haben gerade über dich gesprochen.“

Mein Griff ist wahrscheinlich fester als er sein sollte, als ich seine Hand schüttle. „Nur Gutes, hoffe ich.“

Alexander gluckst. „Natürlich, natürlich.“

„Alexander hat mir gerade von einer Weihnachtsfeier erzählt, die er bei sich zu Hause veranstaltet“, sagt mein Vater. „Er hat mich aufgefordert, dich und Jasmine zu den Feierlichkeiten einzuladen.“

„Ach, was du nicht sagst. Das ist aufmerksam von dir, dass du an uns denkst.“

Verdammt, ich hasse dieses Gesülze, vor allem bei solchen aufgeblasenen Arschlöchern wie ihm.

„Natürlich denke ich an dich“, versichert mir Alexander. „Immerhin bist du der Erbe des Davenport-Imperiums. Also, was sagst du? Es ist nächsten Samstag.“

„Ich muss das mit Jasmine klären und melde mich dann bei dir.“

In das Haus dieses Idioten zu gehen, ist wahrscheinlich eines der letzten Dinge, die ich tun möchte, aber es könnte sich lohnen, das muss sogar ich zugeben. Das heißt aber nicht, dass ich Jazz in seiner Nähe haben will.

Alexander wirft einen verwirrten Blick in die Richtung meines Vaters.

„Ich fürchte, mein Junge hat alle Hände voll zu tun mit dem Callahan-Mädchen. Sie ist nicht gerade scharf darauf, Anweisungen zu befolgen. Noch nicht.“ Mein Vater lacht verschwörerisch. „Ich bezweifle, dass sie es gutheißen würde, wenn Kingston eine Einladung in ihrem Namen annimmt, ohne sie vorher zu fragen.“

Mein Vater hat nicht unrecht, und ich hasse es, dass er das über sie weiß. Verdammt, ich hasse es, dass er überhaupt etwas über sie weiß.

Tiefe Falten bilden sich um Alexanders wässrige Augen, als er verständnisvoll grinst. „Ah, sie ist ein wilder Mustang, nicht wahr? Sie sind schwer zu zähmen, aber das macht es umso schöner, sie zu besitzen, oder?"

Ich grinse, während ich mir vorstelle, wie ich dem Kerl einen Schlag ins Gesicht verpasse. „Genau."

„Was ist mit der Blondine mit den großen Titten? Die Devereaux-Erbin? Habt ihr beide nicht über eine Heirat gesprochen? Hältst du sie immer noch warm, um Abwechslung zu haben?" Er hält sich die Hände vor die Brust, als würde er ein Paar Brüste anfassen und wackelt mit den Augenbrauen.

Arschloch.

Weder er noch mein Vater sehen ein, wie falsch ihre abwertende Haltung zu Frauen ist, noch verstehen sie, warum es nicht in Ordnung ist, jemanden zu einem Objekt zu machen, der kaum achtzehn Jahre alt ist. Ivanov ist Anfang vierzig, der Altersunterschied ist also nicht so groß wie bei meinem Vater, aber trotzdem. Irgendetwas läuft verdammt falsch, wenn ein Mann mittleren Alters einen Teenager begehrt.

„Nö. Peyton hat ein Problem damit, zu viele Schwänze in ihren Mund zu stecken. Und an andere Stellen, da bin ich mir sicher." Ich werfe meinem Vater einen kurzen Blick zu. „Sie ist in dieser Hinsicht ziemlich wahllos. Man weiß nie, wem sie es als Nächstes besorgt."

Die Augen meines Vaters verengen sich, aber ich bin

mir nicht sicher, ob es daran liegt, dass ich Peytons Erbe aufs Spiel setze oder weil er vermutet, dass ich weiß, dass er sie fickt. Wahrscheinlich beides. Oh, welch verworrene Netze wir weben, wenn wir versuchen, einander zu täuschen.

Alexander blinzelt ein paar Mal, bevor er weiß, wie er darauf reagieren soll. „Also, wenn du mich fragst, hast du dich deutlich verbessert."

Sieh mal einer an: ein Körnchen Wahrheit inmitten des ganzen Schwachsinns.

„Da muss ich dir allerdings recht geben."

Ich scanne den Raum und entspanne mich ein wenig, als ich Jazz entdecke. Als sich unsere Blicke treffen, huscht ein aufrichtiges Lächeln über ihr Gesicht und ich kann nicht anders, als es zu erwidern. Charles zieht sie an seine Seite und stellt ihr einen weiteren reichen Schwanz vor, woraufhin sie die Stirn runzelt. Ich ziehe die Brauen zusammen und ahme die Geste nach. Ich hasse es, wie unwohl sie sich fühlt, wenn sie so nah bei Charles ist und sich wie die perfekte Tochter verhält, die er sich wünscht.

Ich drehe mich wieder um und sehe, dass sowohl mein Vater als auch Alexander mich anstarren. Ivanov zwinkert mir zu, aber der Blick meines Vaters ist misstrauisch und enthält eine gesunde Portion Eifersucht. Es ist seltsam, dass dieser Mann alles andere als kalt und roboterhaft ist. Mein ganzes Leben lang war er so verschlossen, doch in letzter Zeit zeigt er praktisch Gefühle. Es ist faszinierend, wie Jazz' Ankunft den Schleier gelüftet hat, an dem wir alle über die Jahre hart gearbeitet haben. Charles, Madeline, Peyton, mein Vater, Bentley, ich – niemand ist dagegen immun. Jazz hat einfach diese Wirkung auf einen. Dagegen anzukämpfen ist zwecklos.

„Wenn ihr mich entschuldigen würdet, ich möchte noch mit ein paar Leuten sprechen, bevor ich gehen muss." Mein Blick wandert zu Alexander. „Ich melde mich wegen der Party so schnell wie möglich bei dir."

Er nickt. „Bitte tu das. Wenn es hilft, deine Freundin zu überzeugen, kann deine Schwester auch dabei sein."

Das lässt mich aufhorchen. „Warum denn das?"

Die Frage war an Ivanov gerichtet, aber mein Vater antwortet stattdessen. „Alexanders guter Freund ist der Dekan der Los Angeles School of Performing Arts. Alex war so freundlich, ein Treffen zu arrangieren. Ich weiß, dass sich deine Schwester für Juilliard entschieden hat, aber es kann nicht schaden, auch andere Möglichkeiten zu haben, vor allem, wenn sie so dicht vor der Haustür liegen."

Mist. Jetzt muss ich auf jeden Fall hingehen. Auf keinen Fall werde ich Ainsley dort allein lassen. Wer weiß schon, wie die Gästeliste aussehen wird?

Ich atme tief durch und erinnere mich daran, ruhig bleiben zu müssen. „Wir sprechen uns bald. Es war schön, dich zu sehen."

Auf dem Weg zu Jazz durchquere ich den Raum, werde aber auf halbem Weg von einem dunkelhaarigen Mann in den Dreißigern aufgehalten.

„Mr. Davenport."

Ich versuche, den Mann zu identifizieren, aber es gelingt mir nicht. „Kenne ich Sie?"

Er schüttelt den Kopf. „Nein, aber wir haben einen

gemeinsamen Freund." Der Mann greift in die Brusttasche seines Smokings und holt eine Visitenkarte hervor.

Rafe Garcia, Finanzanalyst

„Oh, ja? Und wer wäre das?"

„John Peterson."

Mein Blick sucht instinktiv den Raum ab, um zu sehen, ob irgendjemand dieses Gespräch mit anhört. Was treibt dieser Typ für ein Spiel? Hat mein Vater das mit John herausgefunden? Hat er diesen Typen angeheuert, um Informationen aus mir herauszuholen?

„Es tut mir leid, aber ich glaube nicht, dass ich jemanden namens John Peterson kenne."

Rafe lächelt freundlich. „Ich verstehe ihr Zögern. Ich wollte mich vorstellen, damit Sie den Namen einem Gesicht zuordnen können. Die Nummer auf der Karte führt zu einem nicht zurück verfolgbaren Handy. Sprechen Sie mit John; er wird für mich bürgen. Danach können Sie mich anrufen und wir vereinbaren einen Termin für ein Treffen."

Ich mag es überhaupt nicht, so überrumpelt zu werden. Ich stecke die Karte in meine Jackentasche und sage: „Wie ich schon sagte, Mr. Garcia, ich kenne niemanden namens John Peterson. Wenn Sie mich bitte entschuldigen würden, ich war auf dem Weg zu einem Gespräch. Einen schönen Abend noch."

Er nickt. „Ihnen auch."

Ich erreiche Jazz und Charles in dem Moment, in dem ein Senator und seine Frau sich verabschieden. „Charles, stört es dich, wenn ich dir meine Freundin wegnehme?"

Er wirkt irritiert, aber er macht keine Szene. „Natürlich nicht. Amüsiert euch gut."

Ich warte, bis wir außer Hörweite sind, bevor ich etwas sage. „Bist du bereit, von hier zu verschwinden?"

„So was von bereit."

Keiner von uns beiden sagt ein Wort, bis wir in meinem Auto sitzen, weit weg von allen neugierigen Ohren. Ich habe heute Abend bei Weitem nicht mit genug Leuten gesprochen, aber mein Instinkt sagte mir, dass ich Jazz von meinem Vater fernhalten muss. Er hat schlechte Laune und mein Bauchgefühl hat mich noch nie betrogen, also werde ich es auch jetzt nicht ignorieren. Außerdem bin ich zuversichtlich, dass ich eine weitere Chance haben werde, da die Teilnahme an Ivanovs Party nicht mehr freiwillig ist. Er und mein Vater haben viele gemeinsame Freunde oder Geschäftspartner.

Jazz seufzt, als sie sich anschnallt. „Ich schwöre, wenn ich noch einen Kongressabgeordneten oder Richter oder was auch immer hätte kennenlernen müssen, hätte ich geschrien. Du hättest mal hören sollen, was mein Samenspender für süße Sachen über mich gesagt hat. Sie haben ihm alle aus der Hand gefressen."

„Da bin ich mir sicher. Für Charles geht es nur um die Show und darum, wie viele Leute er um den Finger wickeln kann."

„Ich weiß nicht, wie jemand so ein verlogenes Leben führen kann. Sie hatten alle das gleiche polierte Auftreten."

Ich zucke mit den Schultern. „Wenn du in einer Welt aufwächst, in der materieller Besitz oder Macht deinen

Wert bestimmen, gewöhnst du dich daran, zu performen. Das ist alles, was wir kennen."

„Wenn du mich fragst, ist das eine beschissene Art zu leben. Ich weiß nicht, wie jemand das auf Dauer aushalten kann. Wie lange würde ich das schaffen? Eine halbe Stunde, vielleicht? Ich musste mir auf die Zunge beißen, als Charles mich wie eine gottverdammte Trophäe vorführte. Jedes Mal, wenn er mich aus irgendeinem Grund berührte, auch wenn es nur meine Schulter oder mein Arm war, kämpfte ich gegen den Drang an, zurückzuweichen oder ihn zu beschimpfen. Ich musste immer wieder an meine Mutter denken. Ob sie jemals mit einer solchen Menschenmenge zu tun hatte und wie sie damit umging. Oder ob ich sie beim Aufwachsen irgendwie an ihn erinnert habe."

„Ich bezweifle sehr, dass *irgendetwas* an dir deine Mutter an *ihn* erinnert hat."

„Ja, aber das kannst du nicht *mit Sicherheit* sagen", widerspricht Jazz. „Er ist der halbe Grund, warum ich existiere, und wenn man bedenkt, was du vermutest, wie ich auf die Welt gekommen bin, wie könnte sie mich dann nicht ansehen und an diese Zeit in ihrem Leben erinnert werden?"

Sie hat recht, aber ich werde nicht zulassen, dass sie denkt, sie hätte irgendwelche Eigenschaften mit diesem Mann gemeinsam. Ich kenne Charles Callahan schon mein ganzes Leben lang und er und Jazz könnten nicht gegensätzlicher sein.

„Nun, ich habe es ohne Prügel da rausgeschafft, also sollten wir den Abend als Sieg betrachten. Ich bezweifle nicht, dass mein Vater eine solche Ablenkung zu seinem Vorteil genutzt hätte, denn das war das Wichtigste, was mich zurückgehalten hat."

„Die Tatsache, dass ich Peyton nach all ihren abfälligen Bemerkungen keine Ohrfeigen verpasst habe, macht diesen Abend definitiv zu einem Erfolg."

Ich lache. „Aber es wäre lustig gewesen, Peytons Gesicht zu sehen, wenn du das getan hättest."

Jazz' volle Lippen verziehen sich. „Ja. Ja, das wäre es gewesen." Nach einem Moment der Stille verwandelt sich ihr Lächeln in ein Stirnrunzeln. „Es ist doch ein Ende in Sicht, oder? Wir werden nicht immer Monster jagen müssen, oder?"

Ich ergreife ihre Hand über der Konsole und presse meine Lippen auf ihren Handrücken. „Nicht, wenn ich was dazu zu sagen habe."

KAPITEL VIER

JAZZ

„Wie wäre es mit diesem hier?" Ainsley hält mir einen roten Spitzen-BH vor die Nase. „Der ist doch heiß, oder?"

„Ja", stimme ich zu und betrachte das Preisschild. „Aber willst du wirklich vierhundert Dollar für einen BH ausgeben?"

Sie hält sich das Stück Spitze vor die Brust und betrachtet sich im vergoldeten Spiegel. „Warum nicht?"

Ich kneife mir in den Nasenrücken. „Weil du wahrscheinlich fast genau dasselbe bei Victoria Secret für ein Zehntel des Preises bekommen könntest?"

Oder bei Walmart für etwa drei Prozent, aber das behalte ich lieber für mich.

Sie zieht ihre zarten, kastanienbraunen Augenbrauen zusammen. „Aber ... das ist La Perla. Handgefertigte italienische Dessous. Und es ist ein Black Friday Deal, also kostet es nur dreihundertzwanzig."

Ich liebe Ainsley über alles, aber sie hat bisher ein sehr

privilegiertes Leben geführt, wenn es um Dinge wie Geld geht. Ich hätte mich fast umgedreht und wäre aus dem Laden gelaufen, als ich das erste Preisschild gesehen habe. Ich meine, wir sind in Beverly Hills – in Rodeo, um genau zu sein – also wusste ich, dass die Sachen weit über meiner Gehaltsklasse liegen würden, aber ich hatte keine Ahnung, dass der Aufschlag für Designer so unglaublich hoch ist. Es macht mich ein bisschen krank, wenn ich daran denke, dass meine eigene Kommode mit ebenso teuren Dessous gefüllt ist, was ich Madeline zu verdanken habe. Für das bisschen Spitze in Ainsleys Händen könnte sich manche Familien fast einen Monat lang ernähren.

„Schon gut." Ich schüttle den Kopf. „Er ist hübsch. Du solltest ihn kaufen."

„Ich will nicht hübsch sein. Ich suche eher nach „Ich-will-das-mit-meinen-Zähnen-abreißen" sexy. Immerhin ist das ein Teil von Reeds Weihnachtsgeschenk."

„Das ist es allerdings." Ich wackle mit den Augenbrauen. „Schnapp dir ein passendes Höschen mit einem Ausschnitt hinten, und du bist perfekt."

„Jazz!"

Meine Lippen verziehen sich zu einem Grinsen. „Was? Du bist doch diejenige, die beschlossen hat, zu Weihnachten Analsex zu verschenken."

Meine Stimme war so leise, dass uns niemand sonst hätte hören können, aber Ainsleys Wangen laufen trotzdem hochrot an. Gott, sie macht es einem so leicht, ihr wegen Reeds innerem Freak das Leben schwer zu machen.

„Da fällt mir ein … Ich muss ein paar Sachen online kaufen, wenn ich nach Hause komme.“

„Was zum Beispiel? Gleitmittel?“

Eine hochnäsige Blondine kommt in diesem Moment vorbei und schnaubt angewidert, was mich zum Lachen bringt.

Ainsley verdeckt ihr Gesicht mit ihren Händen. „Oh, mein Gott.“

„Komm schon, Ains. Du weißt doch, dass ich dich nur verarschen will.“ Ich ziehe ihre Hände weg. „Verstehst du, was ich gesagt habe?“

Sie schüttelt grinsend den Kopf. „Du bist echt bescheuert.“

„Vielleicht.“ Ich zucke mit den Schultern. „Aber du liebst mich trotzdem.“

„Das tue ich, Jazz. Das tue ich wirklich.“

„Geht mir genauso, Babe.“ Ich schenke ihr ein sanftes Lächeln. „Hey, was weißt du über diese Party am nächsten Wochenende?“

Als Kingston mir von dieser Party erzählte, war meine erste Reaktion: „Auf keinen Fall“. Als er aber erwähnte, dass Ainsley dabei sein würde, habe ich es mir anders überlegt.

Sie nimmt einen gelben Balconette-BH aus Satin in die Hand und hält das Kleidungsstück vor sich, bevor sie sich doch dagegen entscheidet. „Nicht viel. Nur, dass ein Typ, mit dem mein Vater ab und zu zusammenarbeitet, sie schmeißt. Aber anscheinend hat er Verbindungen zu einem anderen Typen an der Los Angeles School of Performing Arts. Vielleicht sind sogar ein paar Lehrer anwesend. Ich dachte, es wäre gut, den Kontakt herzustellen, und mein Vater stimmt mir zu, deshalb hat er mich eingeladen, mitzukommen."

„Du gehst also mit deinem Vater zu der Party?"

„Nein. Reed kommt mit mir, aber mein Vater wird auch da sein."

„Ich dachte, du wolltest unbedingt auf die Juilliard?"

„Wollte ich auch." Ainsley schnappt sich ein paar Unterhosen. Ich muss mich daran erinnern, dass ich nicht im Kopf zusammenzählen muss, wie viel Geld sie ausgibt.

„Aber?"

„Aber … Ich weiß nicht, ob ich noch am anderen Ende des Landes wohnen will."

„Wegen Reed?", frage ich.

Sie seufzt. „Ich will nicht diejenige sein, die ihre große Chance für einen Jungen sausen lässt, aber es ist nicht nur Reed, den ich vermissen würde. Sondern auch meinen Bruder, Bent und dich. Ihr wollt alle in Südkalifornien bleiben, und ich will nicht so weit weg von euch sein. Ich weiß, ich könnte euch besuchen, aber das ist nicht dasselbe. Außerdem ist es nicht so, dass die LASPA eine Scheißschule ist. Sie hat eine der höchsten Vermittlungsquoten nach dem Abschluss im ganzen Land. Sie vermitteln ständig Absolventen an das Los Angeles Ballett."

„Warum bist du überhaupt auf der Windsor?" Ich neige meinen Kopf zur Seite und bin überrascht, dass mir das nicht schon früher eingefallen ist. „Du wusstest schon als Kind, dass du professionell tanzen willst. Es ist ja nicht so, dass es hier in der Gegend nicht mehrere Schulen für darstellende Künste gibt."

„Ich war eigentlich auf einer der besten, aber mein Vater hat mich überredet, auf seine Alma Mater zu gehen. Die Davenports machen alle ihren Abschluss in Windsor, und du bist eine Davenport, Ainsley." Ihre Stimme sinkt beim letzten Satz um ein paar Oktaven. „Deshalb belege ich auch so viele Kurse. Sie haben mir sogar angeboten, nach den Winterferien als Lehrerin zu arbeiten, was auf dem Papier gut aussieht, also denke ich, dass ich das machen werde. Kaum jemand weiß, wie viele Stunden Tänzerinnen und Tänzer jede Woche trainieren müssen, um Profi zu werden."

„Du kannst also nicht tagsüber trainieren – auch wenn das eine Option gewesen wäre – und du musst ein volles Lernpensum absolvieren? Dann musst du nicht nur deine Hausaufgaben machen, sondern auch noch stundenlang Tanzkurse besuchen, sodass kaum Zeit bleibt, ein normaler Teenager zu sein." Ich schüttle den Kopf. „Was für ein egoistischer Arsch."

„Ich bin das schon gewohnt." Sie zuckt mit den Schultern. „Er ist schon so, solange ich denken kann. Deshalb versuche ich immer, an den Wochenenden etwas zu unternehmen. Ich will ein normales Teenagerleben haben, mit Freunden und Partys und mit meinen Freunden abhängen. So viel wie möglich jedenfalls."

„Glaubst du wirklich, dass du in L.A. bleiben wirst?"

„Ich schätze, das hängt davon ab, an welcher Schule ich angenommen werde."

„Ich werde mich nicht beschweren, wenn du das tust, denn ich kann Belle nicht verlassen." Ich zeige mit einem strengen Finger auf sie. „Aber nur, wenn du aus den richtigen Gründen bleibst und nicht wegen eines Jungen."

Ainsley lächelt. „Reed hat mir sogar angeboten, bei mir zu bleiben, egal, wohin ich gehe. Er hat sich bei Schulen in New York beworben, nur für den Fall."

Ich ziehe die Brauen hoch. „So ernst ist es also schon mit euch beiden, was? Verdammt, wenn man sich verpflichtet, dann ist man verpflichtet."

Sie gluckst. „Erstens: Reed und ich kennen uns schon fast unser ganzes Leben. Die Sache zwischen uns bahnt sich schon seit Jahren an. Und zweitens: Du hast gut reden, Lady. Du weißt schon, dass ich gesehen habe, wie du und mein Bruder euch anschaut, oder? Wie anders er ist, seit du da bist? Eine Zeit lang habe ich mir wirklich Sorgen um Kingston gemacht, aber du machst ihn glücklich, Jazz. Ich glaube, es ist das erste Mal seit über zehn Jahren, dass ich ihn wirklich glücklich sehe."

Seit dem Tod ihrer Mutter.

Ich kann mir nicht vorstellen, wie schrecklich es für Kingston und Ainsley gewesen sein muss, mit ihrem kaltherzigen, unnahbaren Vater aufzuwachsen, nachdem sie ihre Mutter verloren hatten. Ich habe in meiner Kindheit vielleicht nicht viel gehabt, aber ich wurde geliebt. Belle und mir hat es nie an Zuneigung gefehlt, auch wenn unsere Mutter viel gearbeitet hat. Wir wussten, dass sie das nur tat, weil sie uns ein besseres Leben ermöglichen wollte.

Und wenn wir drei zusammen waren? Meine Mutter hat immer dafür gesorgt, dass wir viel Zeit miteinander verbringen. Egal, ob wir etwas spielten, an den Strand gingen oder einen Filmabend machten – wir drei waren immer aktiv dabei. Ich würde alles dafür geben, noch einmal mit ihr und Belle kuscheln zu können, während wir uns Disney-Filme ansehen.

Werde ich jemals aufhören, sie so sehr zu vermissen?

Mein Handy summt in meiner Tasche und lässt mich aufspringen. Ich lächle, als ich es herausziehe und eine SMS-Benachrichtigung von Kingston sehe.

Kingston: Seid ihr zwei schon fertig??? Wie lange dauert es, den Scheiße zu kaufen?

Ich: Bist du ungeduldig?

Kingston: Wenn ich darauf warte, dich zu sehen? Immer.

„Siehst du!" Ainsley zeigt auf mich. „Dieser Ausdruck in deinem Gesicht. Vor einer Minute warst du noch traurig, aber jetzt strahlst du geradezu."

Ich rolle mit den Augen. „Das tue ich nicht."

„Klar, Jazz. Wenn du meinst."

Ich zeige ihr den Stinkefinger, bevor ich ihrem Bruder eine Antwort schreibe.

Ich: Wir sind im La Perla, aber ich glaube, das ist unsere letzte Station.

Kingston: Erzähl mir mehr … besser noch, schick mir ein Foto aus der Umkleidekabine. *Gebetshand-Emoji

Ich kichere und muss mich immer noch daran gewöhnen, dass dieser ansonsten so ernsthafte Kerl gerne Emojis benutzt. Ich hätte ihn eher für einen Texter gehalten, der nur in vollständigen Sätzen schreibt und die ganze Zeit die richtige Grammatik benutzt.

Ich: Tut mir leid, aber ich bin nicht diejenige, die

einkaufen geht. Deine Schwester sucht Unterwäsche für Reed aus, die sie tragen will, bevor sie es treiben. Oder vielleicht sogar WENN sie es treiben.

Ich kann mir seinen entsetzten Gesichtsausdruck gut vorstellen. So schmutzig Kingston auch sein kann, er will nicht über Sex reden, wenn es um seine Schwester geht.

Kingston: Du bist der *Teufel Emoji

„Was ist denn so lustig?", fragt Ainsley, als sie meinen amüsierten Gesichtsausdruck sieht.

Ich reiche ihr mein Handy, damit sie durch meine Konversation mit Kingston scrollen kann.

„Oh, Mann, du bist so cool. Ich wette, er ist gerade buchstäblich am Würgen."

„Wahrscheinlich." Meine Daumen fliegen über die Anzeige, während ich meine Antwort tippe.

Ich: Ich mache es wieder gut mit einem *Kuss-Emoji *Zungen-Emoji *Avocado-Emoji *OK-Hand-Emoji

Kingston: Es sei dir verziehen. Und ich werde mich gerne revanchieren *Zungen-Emoji *Pfirsich-Emoji,

Ich lache, während ich das Telefon wieder in meine Tasche stecke.

„Was jetzt?"

Meine Lippen zucken. „Das willst du nicht wissen."

Ainsley hat die gleiche Regel, wenn es darum geht, über das Sexleben ihres Bruders zu sprechen.

„Igitt." Ainsley verzieht das Gesicht, als hätte sie in eine Zitrone gebissen. „Anderes Thema. Hast du schon entschieden, was du am Geburtstag deiner Schwester machen willst?"

Belle wird bald acht Jahre alt. Das wird ihr erster

Geburtstag ohne unsere Mutter sein, also möchte ich dafür sorgen, dass es ein ganz besonderer Tag wird.

„Kingston hat gesagt, dass er an etwas arbeitet, aber er will mir keine Details verraten, bevor er nicht die Bestätigung hat, weil er mir keine Hoffnungen machen will."

„Was für eine Bestätigung?"

Ich zucke mit den Schultern. „Ich weiß es nicht. Ich habe ihm gesagt, dass ich bei der Planung dabei sein möchte, weil ich für sie verantwortlich bin, aber er sagte, dass es auch für mich eine Überraschung ist. Er hat mir versprochen, dass ich mich über das Ergebnis freuen werde, falls er es schafft. Er hat mich noch nie enttäuscht, wenn er Pläne für den Sonntag gemacht hat, also lasse ich es auf mich zukommen. Das Wichtigste ist, dass der Tag für Belle schön wird."

„Er liebt sie auch, weißt du." Ainsley lächelt.

„Wen?"

„Belle. Kingston liebt Belle auch. Ich habe noch nie erlebt, dass er sich so sehr für ein Kind interessiert. Ich glaube, das liegt zum Teil daran, dass sie ein Teil von dir ist, aber auch daran, dass er es genießt, in ihrer Nähe zu sein. Sein Gesicht leuchtet förmlich, wenn er von ihr spricht."

„Er spricht über meine Schwester? Wann denn? Und was sagt er?"

Sie nickt. „Jedes Mal, wenn ihr mit ihr unterwegs wart. Wenn ich nicht dabei sein kann, muss er den ganzen Tag für mich rekapitulieren. Wusstest du, dass sie ihn manchmal per FaceTime anruft?"

„Wie bitte?!"

Ainsley gluckst. „Ja. Ich glaube, er hat seine Nummer in ihr iPad einprogrammiert, für den Notfall, wenn sie dich nicht erreichen kann. Aber eines Tages rief sie ihn an und sie redeten über eine Stunde lang. Dann haben sie angefangen, es halbwegs regelmäßig zu tun."

„Das ist nicht wahr."

Sie macht ein Kreuzzeichen über ihr Herz. „Ich schwöre. Ich war mit ihm im Poolhaus, als es das erste Mal passierte."

Ich schüttle verwirrt den Kopf. „Warum erfahre ich erst jetzt davon? Und nichts für ungut, aber warum erfahre ich es von dir und nicht von ihm?"

„Ganz ehrlich? Ich glaube, weil er Angst hat, dass du denkst, er benutzt sie, um dir näherzukommen."

Ich blinzle ein paar Mal und weiß nicht so recht, was ich darauf antworten soll. Das habe ich mehr als einmal gedacht, zumindest am Anfang. Belle hat keine Geheimnisse vor mir, aber das hier hat sie offensichtlich für sich behalten, was mir sagt, dass sie die privaten Gespräche mit Kingston schätzt. Sie möchte eine besondere Verbindung zu ihm haben, weil sie ihn auch liebt.

„Und du glaubst nicht, dass das der Fall ist?"

Ainsleys Kopf neigt sich erst nach links, dann nach rechts. „Ganz sicher nicht. Ich glaube, er ist einfach gerne in ihrer Nähe. Vielleicht erinnert Belle ihn daran, wie das Leben war, bevor er so abgestumpft ist."

Ich tupfe mir den Augenwinkel ab. „Wird er jemals aufhören, mich zu überraschen? Kingston ist wirklich einer der Guten, oder?"

Ich wusste schon, dass in Kingston mehr steckt, als er

den meisten Leuten zeigt, aber so ohne Hintergedanken für Belle da zu sein? So etwas würde jemand tun, der es ernst meint.

„Das ist er", bestätigt Ainsley. „Es sei denn, du bedrohst die Menschen, die er liebt. Ich weiß nicht warum, aber ich glaube, wir haben nur einen flüchtigen Eindruck davon bekommen, wozu mein Bruder fähig ist, als er diesen Lawson-Typen zu Brei geschlagen hat, Jazz. Ich kann dir wirklich nicht sagen, wie weit er gehen würde – und um ehrlich zu sein, will ich es wahrscheinlich auch gar nicht wissen – aber ‚gut' ist das letzte Wort, mit dem ich seine Absichten beschreiben würde. Kingston ist ein hundertprozentiger Alphamann, wenn es um sein Rudel geht. Wenn du dich mit den Menschen in seinem Revier anlegst, reißt er dich in Stücke."

Daran zweifle ich nicht eine Sekunde lang. Die Frage ist nur, warum ich das so heiß finde. Eines der Geheimnisse des Lebens, nehme ich an.

KAPITEL FÜNF

KINGSTON

„Wie war das Essen?", fragt John. „Hast du Fortschritte gemacht?"

„Nicht so sehr, wie ich es mir gewünscht hätte", gebe ich zu. „Aber ich musste da raus. Mein Vater war in Topform."

„Inwiefern?"

Ich streiche mir mit den Fingern durch die Haare. „Er war viel dreister, als mir das bei Jazz gefallen hätte."

„Ich kann nicht sagen, dass mich das überrascht, nachdem ich die Aufnahmen aus seinem Büro gesehen habe. Dein Vater scheint ... emotionaler zu reagieren als sonst."

Nachdem wir auf das Video von Peyton und meinem Vater in seinem Büro gestoßen waren, schickte ich John eine Nachricht mit dem Zeitstempel, damit auch er es sehen konnte.

„Ja, und das macht mir langsam wirklich Sorgen.

Preston Davenport kennt keine Gefühle und ist ein Kontrollfreak, der sich von anderen nicht beeinflussen lässt, aber das ändert sich jeden Tag mehr. Ich musste Jazz gestern Abend da herausholen. Ich war besorgt, dass entweder sie eine Szene machen würde oder ich. Sein Verhalten hat uns unvorbereitet getroffen."

„Das glaube ich sofort."

„Apropos überrumpelt … ein Mann hat sich mir auf der Party vorgestellt. Ich habe ihn noch nie gesehen, aber er sagte, er kenne dich."

„Er hat mich mit Namen erwähnt?" Die Überraschung ist in Johns Tonfall deutlich zu hören.

Ich nicke, bevor mir einfällt, dass er mich über das Telefon nicht sehen kann. „Ja, was mir aus offensichtlichen Gründen nicht recht war. Er hat mir seine Visitenkarte gegeben und gesagt, du würdest für ihn bürgen. Der Typ ist Finanzanalyst, nehme ich an."

„Wie heißt der Typ?"

Ich schaue auf die Karte. „Rafe Garcia. Kennst du ihn?"

Mein Privatdetektiv sagt gut dreißig Sekunden lang kein Wort. „Kannst du ihn mir beschreiben?"

„Mitte bis Ende dreißig, durchschnittliche Statur, braunes Haar, möglicherweise Latino. Seine Stimme war ziemlich rau."

„Das kommt von einem Arbeitsunfall, der ein paar Jahre zurückliegt."

Ich ziehe die Brauen hoch. „Du kennst ihn also tatsächlich?"

„Ja, ich kenne ihn", bestätigt John.

„Und was hat er damit zu tun? Und woher weiß er von unserer Zusammenarbeit?"

John räuspert sich. „Nun, eines kann ich dir sagen: Rafe ist definitiv kein Finanzanalyst und Garcia ein Deckname."

„Wie Peterson", vermute ich.

„Ganz genau." Er kichert.

„Wenn er also kein Analyst ist, warum gibt er dann vor, einer zu sein? Was macht er eigentlich?"

„Er ist FBI-Agent – ein alter Kumpel von mir. Wenn er dir gesagt hat, dass ich für ihn bürge, will er, dass du das weißt."

John war früher selbst ein Agent, bevor er Privatdetektiv wurde. Ich hatte schon immer den Verdacht, dass Peterson nicht sein richtiger Nachname ist, aber das hatte er bisher nie bestätigt. Ich weiß nicht viel über seine Vergangenheit, außer der Tatsache, dass er verdeckt gearbeitet hat. Wahrscheinlich ist er deshalb so verdammt gut in seinem Job. Er verließ das FBI, nachdem etwas Schlimmes vorgefallen war, aber er wurde das Gefühl der inneren Unruhe nicht los. Die Arbeit als Privatdetektiv gibt ihm die Möglichkeit, seine innere Sucht zu befriedigen, nehme ich an.

„Dieser Typ ist also ein Agent? Glaubst du, er ist Undercover?"

„Ich müsste ein paar Anrufe tätigen, um sicher zu sein."

Ich atme schwer aus. „Es gefällt mir nicht, dass er mich bei diesem Essen angesprochen hat. Was, wenn mein Vater uns gesehen hat? Was hatte er dort überhaupt zu suchen?"

„Kingston, ich weiß nur, dass Rafe dich nicht angesprochen hätte, wenn er es nicht für sicher halten würde. Er ist sehr gut darin, Risiken einzuschätzen, und er ist verdammt gut in seinem Job."

Ich reibe mir den Nacken. „Glaubst du, das FBI beobachtet meinen Vater oder Callahan? Oder beide?"

„Wenn ja, wird das meine Arbeit sehr erleichtern."

„Warum?"

Ich schwöre, ich kann John lächeln hören. „Weil das FBI gerne Grenzen überschreitet, wenn es um externe Auftragnehmer geht. Sie teilen gerne ihre Informationen und Ressourcen. Wenn Rafe will, dass ich ihr Verbindungsmann bin – was ich vermute, wenn man bedenkt, wie er an dich herangetreten ist – dann hätte ich viel mehr Personal zur Verfügung."

„Warum sollte das FBI das tun? Das scheint riskant zu sein."

„Wenn etwas schiefgeht und ein Agent nicht direkt involviert ist, kann die Regierung jede Beteiligung abstreiten. Aber wenn die Dinge so laufen, wie sie geplant sind, hast du die Behörde hinter dir, um Verhaftungen vorzunehmen und deine Anonymität zu schützen. Ein perfektes Beispiel dafür sind die Nachrichten über Verhaftungen innerhalb der Mafia. Oft wird ein Informant eingesetzt, weil diese Verbrecherbanden keine Neulinge mögen. Aber von diesen Leuten hörst du nie etwas, oder?"

„Warum habe ich das Gefühl, dass ich gerade das Set eines Mafia-Films betreten habe?", murmle ich.

„Die sind viel realistischer, als man vielleicht denkt." Er lacht. „Rafe weiß offensichtlich, dass ich herumschnüffle, und wenn er das weiß, dann nur, weil er sehr genau hingesehen hat. Ich weiß, wie ich mich absichern muss, und nur jemand mit bestimmten Fähigkeiten kann mich aufspüren."

Ich recke meinen Hals von einer Seite zur anderen. „Und dieser Rafe hat diese Fähigkeiten?"

„Das hat er."

„Warum hast du dich nicht an ihn gewandt, wenn ihr euch schon kennt? Warum kommst du erst zu mir?"

„Was genau hat er zu dir gesagt?"

„Dass wir einen gemeinsamen Freund haben – dich – und dass er wollte, dass ich dem Namen ein Gesicht zuordne. Er sagte, ich solle ihn anrufen, um ein Treffen zu vereinbaren, nachdem du dich für ihn verbürgt hast."

„Wie ich Rafe kenne, geht es genau darum. Ihr wart zur selben Zeit am selben Ort und er hat die Gelegenheit genutzt, dich persönlich zu treffen. Er wusste, dass ich die Details klären würde, sobald du mit mir gesprochen hast."

„Ich soll ihn also anrufen?"

„Das solltest du noch nicht tun. Ich mache erst ein paar Anrufe und melde mich bei dir, um dir die nächsten Schritte mitzuteilen."

„Glaubst du wirklich, dass dieser Typ uns helfen kann, meinen Vater und Callahan zu fassen?"

„Ich denke, es ist einen Versuch wert."

Ich will verdammt sein. Wie könnte ich dazu Nein sagen?

～

„Verdammt", sagt Reed. „Das ist doch super, oder?"

Ich habe Reed und Bentley gerade von Johns FBI-Freund erzählt. Sie hingen in Reeds Haus ab, also bin ich rübergegangen, nachdem ich aufgelegt hatte.

„John glaubt, dass es das sein könnte. Er wird der Sache auf den Grund gehen und dann entscheiden, wie wir weiter vorgehen. Wie auch immer das aussehen wird, es muss bald geschehen. Ich weiß nicht, wie lange ich das noch ertragen kann."

Reed runzelt die Stirn. „Was meinst du?"

„Mein Vater … seine Fixierung auf Jazz. Zwei Jahre lang hatte ich keine Probleme damit, mich auf das Ziel zu konzentrieren, aber seit ich das Video von ihm mit Peyton gesehen habe, ist jeder verdammte Tag ein Kampf. Und die Scheiße, die er gestern abgezogen hat? Ich hätte ihn am liebsten umgebracht, Alter. Ich hätte ihm am liebsten auf der Stelle das Leben genommen. Ich weiß, dass er etwas wirklich Schlimmes vorhat, und Jazz steht im Mittelpunkt dieser Pläne. Das macht mir eine Scheißangst."

„Wie kannst du dir da so sicher sein?", fragt Bentley.

„Weil ich ihn kenne", sage ich trocken. „Ich habe mein Leben damit verbracht, ihn zu studieren. Der Mann ist ein Soziopath und völlig durchgeknallt. Ich habe jahrelang zugesehen, wie er Frauen wie Scheiße behandelt hat, und ich hatte nie ein gutes Gefühl dabei, aber darum geht es hier nicht. Ich habe ihn noch nie so besessen erlebt. Es ist, als ob er mehr als nur Sex mit Jazz will. Er will sie besitzen, mit Körper, Geist und Seele. Das Verrückteste von allem …

Ich glaube wirklich, dass er sich in den Kopf gesetzt hat, dass sie mit ihm zusammen sein will.“

Bents Lippen werden schmal. „Das ist doch Wahnsinn.“

„Ich habe nie gesagt, dass er normal ist.“ Ich zucke mit den Schultern. „Die Sache ist die … ich verstehe es nicht. Überhaupt nicht. Er kennt sie kaum, war weniger als ein paar Mal mit ihr zusammen. Ich glaube, deshalb fühle ich mich so unwohl. Es ergibt einfach keinen verdammten Sinn.“

Reed räuspert sich. „Könnte das etwas mit ihrer Mutter zu tun haben?“

Mein Blick wandert zu ihm. „Was meinst du?“

„Er kannte ihre Mutter, richtig?“

„Ja. Und?“

„Meinst du, es ist möglich, dass er von ihr besessen war und diese Gefühle auf Jazz überträgt?“

Mein Atem geht stoßweise. „Heilige Scheiße. Das ergibt wirklich Sinn.“

Warum zum Teufel ist mir das nicht selbst eingefallen?

Reed zieht eine Schulter hoch. „Vielleicht ist es doch nicht so kompliziert.“

„Scheiße.“ Ich wische mir mit der Hand über das Gesicht. „Das macht es vielleicht noch schlimmer. Er hätte Jahre Zeit gehabt, eine Obsession für Jazz’ Mutter zu entwickeln. Wer weiß, was damals zwischen den beiden vorgefallen ist? Die einzige Person, die ich hätte fragen können, ist tot.“

„Kumpel, vielleicht ist diese FBI-Sache der Durchbruch, auf den du gewartet hast.“ Bentley zieht den Billardqueue zurück und versenkt zwei Kugeln. „Vielleicht musst du ihn einfach von Jazz fernhalten, bis sie ihn verhaften können. Verlass die Stadt für eine Weile. Ihr zwei könntet Online-Unterricht organisieren."

Ich schüttle den Kopf. „Sie würde ihre Schwester nie verlassen, und selbst wenn das kein Problem wäre, ist Jazz zu stur, um wegzulaufen. Außerdem wäre das verdammt verdächtig. Wir können es uns nicht leisten, etwas zu tun, was meinen Vater oder Callahan warnen würde. Zudem wissen wir nicht, wie lange es dauert, bis das FBI seine Arbeit erledigt hat. John hat gesagt, dass sie nichts unternehmen werden, solange sie nicht genügend stichhaltige Beweise haben, denn sie haben nur einen Versuch."

„So ein Mist", murmelt Bentley, während er seinen nächsten Stoß ausrichtet.

Ich nehme einen langen Zug aus meiner Wasserflasche. „Allerdings."

Bent fummelt kurz an seinem Handy herum, bevor „The Pretender" von den Foo Fighters aus den Bluetooth-Lautsprechern ertönt.

Ich stoße mit ihm an. „Gute Songauswahl."

Er grinst. „Ich dachte, es wäre angemessen."

Bentley trifft nicht, also schnappt sich Reed einen Queue und versenkt die Drei. „Ains hat gerade geschrieben, dass sie gleich hier sein werden."

Ainsley und Jazz haben beschlossen, uns nach ihrem Einkaufsbummel hier zu treffen. Reeds Eltern sind über das lange Wochenende in ihre Hütte in Tahoe gefahren, also haben wir das Haus für uns allein. Unsere Väter sind beide zu Hause, also werden Jazz und ich heute Nacht wahrscheinlich in einem seiner Gästezimmer schlafen.

„Ich habe alles vorbereitet“, sage ich. „Ich werde es Jazz heute Abend erzählen.“

Bent verpasst mir einen spielerischen Fausthieb. „Verdammt, Junge, da bekommt aber jemand heute Abend eine besonders große Portion Liebe.“

Ich verdrehe die Augen über diesen Idioten. „Das wäre ohnehin passiert.“

Jazz’ kleiner Plan, keinen Sex zu haben, war schnell Geschichte. Sie hat es ganze zehn Minuten ausgehalten, nachdem wir gestern Abend bei mir zu Hause angekommen waren, bevor sie praktisch danach gelechzt hat.

„Was gibt es da zu grinsen?“, fragt Reed.

Hm. Ich hatte gar nicht bemerkt, dass ich lächelte. „Ich erinnere mich nur an etwas von gestern Abend.“

Reed wirft mir einen vielsagenden Blick zu. „Ah. Verstehe.“

Diese Arschlöcher können mich manchmal zu leicht durchschauen.

„Jazz hat also keine Ahnung, was du geplant hast?“ Bentleys Feuerzeug flackert, als er einen Zug aus seiner Pfeife nimmt.

Ich schüttle den Kopf. „Nicht die geringste.“

Belles achter Geburtstag steht vor der Tür und Jazz wollte etwas Besonderes machen, um ihn zu feiern. Da ich für beide etwas Besonderes machen wollte, habe ich mit Belles Vater vereinbart, dass sie das ganze Wochenende bei ihr verbringen darf. Ich kann es kaum erwarten, das Gesicht dieses süßen kleinen Mädchens zu sehen, wenn wir durch die Tore von Disneyland fahren.

„Belle wird begeistert sein, wenn sie sieht, wohin wir

fahren. Keiner von ihnen war je in Disneyland, also habe ich mehrere MaxPässe besorgt. Ich wollte eigentlich die ganze VIP-Sache machen, aber ich glaube, Jazz würde es vorziehen, ohne Reiseführer durch die Parks zu streifen.“

Bentleys Augenbrauen ziehen sich zusammen. „Wie kann man in Südkalifornien aufwachsen und nie in Disneyland gewesen sein?“

Ich lasse ihn einen Moment darüber nachdenken, bevor ihm die sprichwörtliche Glühbirne aufgeht. Disney-Themenparks sind nicht gerade billig. Ehrlich gesagt, weiß ich nicht, wie sich das eine durchschnittliche Mittelklassefamilie leisten kann, geschweige denn jemand, der von Sozialhilfe leben muss.

Reed und Bent grinsen beide wie ein Honigkuchenpferd.

„Was soll dieser Blick?“

Reeds Lippen zucken. „Hätte nie gedacht, dass ich den Tag erlebe, Mann.“

Ich runzle die Stirn. „Welchen Tag?“

„Der Tag, an dem du dich in ein pussygesteuertes Weichei verwandelst.“ Bentley macht ein schnalzendes Geräusch, um seine Aussage zu unterstreichen.

Ich winke nur ab, während die Arschlöcher sich kaputt-lachen.

„Was ist so lustig?“

Reeds Augen leuchten auf, als Ainsley den Raum betritt. „Ich ziehe nur deinen Bruder auf.“

Meine Lippen zucken, als Bent das Lied wechselt.

Sie macht eine seltsame, rollende Handbewegung. „Lass dich auf keinen Fall von mir aufhalten.“

Meine Augen verengen sich. „Ihr könnt euch alle verpissen."

Als Jazz den Raum betritt, greife ich ihr mit der Hand in den Nacken und drücke ihr einen festen Kuss auf den Mund. Verdammt, sie sieht heute gut aus. Sie ist an jedem Tag verdammt hübsch, aber aus irgendeinem Grund ist das jetzt noch mehr der Fall. Ich war vor weniger als zwölf Stunden in dieser Frau, aber ich kann einfach nicht genug bekommen.

„Du nicht. Aber du kannst mich ficken." Ich wackle anzüglich mit den Augenbrauen, während Cardi B darüber rappt, dass sie einen Mack Truck in einer kleinen Garage parkt.

Jazz' schokoladenbraune Augen glitzern amüsiert. „Da bin ich mir ganz sicher."

Ich klopfe ihr auf den Hintern, als sie an mir vorbeiläuft und sich auf die Ledercouch setzt. „Sag mir einfach, wann und wo, Baby."

„Wie war der Einkauf?", fragt Reed meine Schwester.

Ainsley lächelt. „Sagen wir einfach, ich bin froh, dass ich mir Kingstons Rover ausgeliehen habe."

„Du solltest das Kleid sehen, das Ainsley für die Weihnachtsfeier gekauft hat. Es lässt ihren Hintern spektakulär aussehen. Ich meine, der war schon vorher toll, aber das Kleid ist einfach der Hammer. Ich wette, du kannst es kaum erwarten, es zu sehen, was, Reed?" Jazz grinst fröhlich und macht eine Handbewegung in die Luft.

Leider funktioniert das Gedankenlesen zwischen den Jungs und mir in beide Richtungen, sodass ich genau weiß, was Reed gerade denkt. Die Zwillingsverbindung ist auch in vollem Gange, also habe ich eine ziemlich gute Vorstellung davon, was meine Schwester denkt, als sie Jazz mit großen Augen anschaut, obwohl ich mir verdammt viel Mühe gebe, das alles auszublenden.

Reeds Blick wandert kurz zu mir, bevor er zu Jazz übergeht. Er wirkt nachdenklich, während er über ihre Frage nachdenkt, obwohl ich bezweifle, dass er versucht, eine ernsthafte Antwort zu formulieren. Er fragt sich wahrscheinlich, wie viel Jazz über seine sexuellen Neigungen weiß. Mein Blick wandert zu ihr und ich frage mich dasselbe, denn es scheint, als würde sie ihn auf den Arm nehmen.

Jazz und ich haben ein paar leichte Arschspielchen gemacht, die sie sehr genossen hat, aber wir haben noch nie über einen vollständigen Analverkehr gesprochen. Ich brauche es nicht so wie Reed, aber ich kann nicht sagen, dass ich Jazz' engen Arsch nicht gerne an meinen Schwanz drücken würde. Ich bin neugierig, wie aufgeschlossen sie in dieser Hinsicht ist.

Fuck.

Ich muss mir wirklich etwas anderes einfallen lassen, denn das Letzte, was ich will, ist, vor meiner Schwester und diesen beiden Idioten einen Ständer zu bekommen.

Meine Augen verengen sich in Reeds Richtung, als ich mich zu Jazz auf die Couch setze und sie wieder an mich ziehe.

„Antworte nicht darauf.“

Reed hält seine Handflächen nach oben. „Das hatte ich auch nicht vor.“

Meine Schwester kichert. „Idioten.“

Bent gibt das Billardspiel auf und nimmt den Platz neben Jazz ein. Er steckt eine kleine Knospe in den Kopf seiner Pfeife und reicht sie ihr. „Ladies first.“

„So ein Gentleman.“ Während Jazz ihre Lippen um das Mundstück schlingt, muss ich daran denken, wie sie dasselbe mit meinem Schwanz macht.

Shit. Ich tue es schon wieder. Ich drücke Jazz an mich und reibe meine wachsende Erektion gegen ihren Rücken, um etwas Erleichterung zu bekommen. Sie wackelt, während sie sich gegen mich drückt, bevor sie ihren Kopf dreht und mir zuzwinkert.

Ich kneife sie in die Seite und drücke meinen Mund an ihr Ohr. „Dräng mich nicht, Jazz. Ich bin so kurz davor, dich raus zuschleifen.“ Ich halte meinen Zeigefinger und meinen Daumen einen Zentimeter auseinander, um es zu demonstrieren.

„Steck die Keule weg, Neandertaler.“

Jazz bietet mir die Pfeife an, aber ich lehne ab. Wenn sie mich weiter so ärgert, werden wir nicht mehr lange in diesem Raum sein. Wenn sie mich so nennt, werfe ich sie über meine verfluchte Schulter und zeige ihr, was ein Höhlenmensch ist.

„Dafür wirst du später bezahlen.“

„Zeigs mir, Babe“, erwidert sie.

Ich stöhne auf. Dieses Mädchen stellt meine Geduld und Selbstbeherrschung ständig auf die Probe. Offensichtlich bin ich inzwischen Masochist, denn ich stehe auf diesen Scheiß.

Und zwar gewaltig.

KAPITEL SECHS

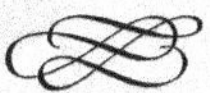

JAZZ

Die Thanksgiving-Ferien gingen viel zu schnell vorbei, wenn man mich fragt. Die meiste Zeit habe ich bei Kingston verbracht, abgesehen von meinem Einkaufsbummel mit Ainsley oder meinem wöchentlichen Date mit Belle. Ich kann es immer noch nicht fassen, was Kingston für Belles Geburtstag geplant hat. Es war so schwer, es ihr nicht zu verraten, als ich sie gestern besucht habe. Kingston und ich haben uns darauf geeinigt, es geheim zu halten, bis wir dort sind. Ich war noch nie in Anaheim, aber er hat gesagt, dass es überall Disney-Schilder gibt, sobald man in die Stadt kommt. Kingston meint aber, dass sie es erst merken wird, wenn wir mit dem Auto durch die Tore fahren.

Belle wird total ausflippen und ich kann es kaum erwarten, ihre Reaktion zu sehen. Und wenn ich ehrlich bin, bin ich auch selbst ganz schön aufgeregt. Ich habe schon eine Liste mit Prinzessinnen, die wir sehen müssen, und ich bin sicher, dass meine Schwester auch ein paar Feen besuchen will. Es ist irgendwie bittersüß, denn ich dachte immer, wenn ich die Chance hätte, würde ich mit meiner Mutter und Belle hingehen, aber ich weiß, dass unsere Mutter sich für uns freuen würde. Sie liebte Disney – daher auch unsere Namen – so sehr, dass sie sicherstellte, dass Belle und ich so viele Filme wie möglich zu sehen bekamen.

Wann immer sie eine DVD auf einem Flohmarkt sah oder eine im Ausverkauf bei Walmart angeboten wurde, fügte sie sie unserer Sammlung hinzu. Jedes Mal, wenn wir einen Filmabend mit der Familie machten, war die Wahrscheinlichkeit groß, dass wir uns für eine dieser DVDs entschieden. Ich bin froh, dass Belle diese Sammlung mit zu ihrem Vater nehmen konnte. Vielleicht kann sie die Tradition eines Tages weitergeben.

„Bist du bereit?"

Ich blinzle schnell und nehme meine Umgebung in Augenschein. Ich war so in Gedanken versunken, dass ich gar nicht gemerkt habe, dass Kingston und ich die Tore der Windsor Academy passiert haben.

Ich wende meinen Blick zu meinem Freund. „Wenn es sein muss."

„Wenigstens haben wir nur noch ein paar Wochen bis zu den Winterferien." Kingstons Augen glitzern amüsiert. Sie leuchten heute besonders grün, mit winzig kleinen goldenen Flecken. Es erstaunt mich immer wieder, wie drastisch sie ihre Farbe ändern. „Dann sind es noch zehn Wochen bis zu den Frühlingsferien und danach sind es nur noch gut zwei Monate, bis wir endgültig aus diesem Höllenloch raus sind."

Ich lächle. „Nicht, dass dir das wichtig wäre oder so."

„Nein. Ganz und gar nicht." Er grinst, bevor seine Miene düster wird. „Weißt du, bevor du aufgetaucht bist, hat mir die Schule wirklich nicht viel bedeutet."

Ich lache höhnisch auf und verschränke die Arme vor der Brust. „Oh, vielen Dank."

Er greift nach mir und entwirrt meine Gliedmaßen. „Das habe ich nicht gemeint. Es ist nur so, dass die Dinge für mich einfach waren. Ich konnte mich mit minimalem Aufwand über die Schularbeiten hinaus durchschlagen. Niemand kam mir in die Quere; ein Tag ging in den anderen über. Es war eine schöne Abwechslung zu dem ganzen Mist, den ich nach der Schule mit unseren Vätern erleben musste."

„Was hat sich geändert?"

„Seit du da bist, bin ich … bin ich die ganze Zeit hyperaufmerksam. Zuerst war das so, weil du mich fasziniert hast und ich versucht habe, herauszufinden, was dich so anders macht. Jetzt halte ich ständig Ausschau nach jedem, der sich mit dir anlegen will. Und bevor du es sagst: Ich weiß, dass du das nicht brauchst, aber ich kann nicht anders. Mein innerer Höhlenmensch, den du so sehr liebst, verlangt es. Außerdem ist es ziemlich offensichtlich, dass du diesen Ort hasst, und das macht ihn auch für mich nicht gerade warm und gemütlich."

Ich ziehe eine Augenbraue hoch. „Gibt es so einen Ort für dich überhaupt?"

„Ich weiß, was mich schön warmhält."

„Ich meinte, außer meiner Vagina", sage ich trocken.

Seine unglaublichen Kussmundlippen zucken. „Mir fallen noch ein paar andere Stellen ein, aber ich kann nicht aus Erfahrung über eine davon sprechen. Noch nicht."

Ich erschaudere unwillkürlich, als sich Hitze zwischen meinen Schenkeln ausbreitet. „Willst du jetzt wirklich von Analverkehr reden?"

Kingston zuckt unschuldig mit den Schultern. „Es geht mir durch den Kopf."

Ich lache. „Ach, wirklich? Wie kommst du darauf, dass mich das interessieren würde?"

„Oh, du wärst interessiert." Sein Blick streift meinen Körper hinunter und wieder hinauf. „Ich frage mich immer wieder ..."

„Was?"

„Ob Taco Truck Shawn euch beide entjungfert hat." Kingston legt seine Hand auf meinen nackten Oberschenkel und drückt ihn ein wenig.

Ich schlage ihm auf die Hand, als er versucht, unter meinen karierten Rock zu kommen. „Erstens ist es immer noch nur Shawn."

Jetzt heben sich seine Augenbrauen. „Und zweitens?"

„Und zweitens ..." Meine Augen verengen sich, als er sich aus meinem Griff befreit und seine Hand nach oben fährt. Mein Atem stockt, als er den Spitzenbesatz meines Baumwollhöschens erreicht. „Zweitens ..." Unwillkürlich spreizen sich meine Beine, um Kingston besseren Zugang zu gewähren. Ich halte mich an der Kante des Ledersitzes fest, als er mit dem Zeigefinger über den Schritt meines Höschens fährt.

„Was ist los, Jazz?", stichelt das Arschloch. „Hast du den Faden verloren?"

„Verpiss dich!"

Ich keuche und werfe meinen Kopf zurück, als er unter den Stoff taucht und seinen Finger durch meine Nässe gleiten lässt. Ich bin froh, dass er heute Morgen den Range Rover genommen hat, damit wir hoch genug über dem Boden sind, damit niemand sehen kann, was wir tun, es sei denn, er käme direkt ans Fenster; ich will wirklich nicht, dass er aufhört. Kingstons Zunge zeichnet eine Linie in meinen Nacken, während er zwei lange Finger in mich einführt, alles auf einmal. Ich bin so peinlich nass, dass ich mich überhaupt nicht wehren kann.

„Mmm … Ich würde dich lieber ficken. Aber im Moment muss ich mich damit begnügen."

Er lehnt sich zurück und betrachtet mein Gesicht, während er mit seinen Fingern ein- und ausfährt. Ich bin mir sicher, dass ich genauso wild dreinschaue wie er, und ich spüre, wie meine Wangen rot werden. Kingstons Blick senkt sich auf meinen Mund, während ich auf die Unterlippe beiße und versuche, kein Geräusch zu machen. Es kostet mich viel Mühe, denn der Junge ist mit seinen Händen genauso begabt wie mit anderen Körperteilen.

Seine Daumenkuppe zieht träge Kreise über meine Klitoris und bringt mich immer näher an den Rand des Abgrunds. Ich zucke zusammen, als er seine Finger in mir kreisen lässt und damit die Mutter aller Orgasmen auslöst. Er kommt so plötzlich, dass ich vor Überraschung scharf einatme, während ich auf der Welle reite. Kingston zieht seine Hand unter meinem Rock hervor und beginnt, seine

Finger sauberzulecken. Es ist absolut obszön und offensichtlich, warum er das tut, aber ich bin in meinem postorgasmischen Dunst zu glücklich, um mich darum zu scheren.

Er grinst frech. „Du hast meine Frage nicht beantwortet."

„Ja … nun …" Ich deute auf meinen Schoß, wo mein Höschen immer noch schief hängt. „Du hast mich abgelenkt."

„Ich werde mich nicht entschuldigen." Mein Gott, könnte er noch selbstgefälliger sein?

Ich schaue aus dem Fenster und sehe, dass der Parkplatz völlig menschenleer ist. Als mein Blick auf die Uhr auf seinem Armaturenbrett fällt, fluche ich.

„Scheiße. Wir kommen zu spät zur ersten Stunde."

„Das war es wert."

„Oh Ja." Ich ziehe das A am Ende in die Länge.

„Und? Wirst du jetzt die verdammte Frage beantworten?"

Ich schenke Kingston ein träges Lächeln. „Ich will es dir nicht sagen, denn dann würdest du sagen: „Ich bin die erste – und einzige, wenn ich etwas dazu zu sagen habe – Eroberung"."

„Das ist die Antwort, die ich brauche, Baby."

Er packt mich im Nacken und drückt mir einen harten Kuss auf den Mund. Ich kann meine Erregung auf seinen Lippen leicht schmecken. „Und du kannst deinen süßen, unberührten Arsch darauf verwetten, dass es nicht mehr lange so bleiben wird."

„So eingebildet." Ich rolle mit den Augen, um meinen Standpunkt zu unterstreichen.

Kingstons volle Lippen zucken. „Dafür gibt es einen Grund."

Ja. Ja, den gibt es.

Ich gönne ihm aber nicht die Genugtuung, das laut auszusprechen. Das Letzte, was Kingston Davenport braucht, ist jemand, der sein riesiges Ego weiter füttert. Stattdessen strecke ich ihm die Zunge raus und zeige ihm den Mittelfinger, aber das bringt den Idioten nur noch mehr zum Lachen.

Meine Augen verengen sich. „Du hast Glück, dass ich dich mag."

„Oh, das tust du, ja?"

Ich halte meinen Daumen und Zeigefinger einen halben Zentimeter auseinander. „Nur ein kleines bisschen."

Sein großer Körper klettert über die Mittelkonsole und landet auf dem Rücksitz.

Ich drehe mich auf meinem Sitz um. „Was machst du da?"

Kingston greift hinüber und löst meinen Sicherheitsgurt. „Tu nicht so überrascht, Jazz. Du hast mir den Fehdehandschuh hingeworfen."

„Und was willst du dagegen tun?" Ich bin mir ziemlich sicher, dass mein Tonfall nicht noch frecher hätte ausfallen können.

„Ich werde dich daran erinnern, dass du mich viel mehr magst als ‚ein bisschen'." Er streckt eine Hand aus. „Und jetzt schwing deinen Arsch nach hier hinten."

Wenn jemand fragt, würde ich es abstreiten, bis ich blau

anlaufe, aber ich bin mir ziemlich sicher, dass noch nie jemand schneller auf einen Rücksitz gesprungen ist.

~

„Hat Ainsley in letzter Zeit etwas über mich gesagt?"

Ich lächle Reed an. „Sie sagt viel über dich."

Während wir den belebten Flur hinuntergehen, sehe ich, wie er mich aus dem Augenwinkel angrinst. „Was genau? Hat sie irgendetwas über … denn es scheint, als wüsstest du vielleicht …?"

Ich stemme meinen Fuß gegen einen Spind, der an meine letzte Klasse des Tages angrenzt. Ich gehe in dieselbe Klasse wie Ainsley, also ist es ziemlich dreist von ihm, mich das gerade jetzt zu fragen. Sie müsste jeden Moment hier sein. „Weiß was?"

„Über mich. Darüber, mit mir zusammen zu sein."

Ich seufze. „Hör zu, Reed. Ich werde nicht gegen den Mädchenkodex verstoßen, aber lass uns einfach sagen, dass Ainsley sehr zufrieden ist. Du machst sie in jeder Hinsicht unglaublich glücklich. Wenn du noch etwas wissen willst, musst du sie schon selbst fragen."

Reed schaut verunsichert drein. „Meinst du das wirklich ernst? Sie ist nicht beunruhigt?"

„Warum sollte sie das sein? Weil du denkst, dass sie einen wirklich tollen Arsch hat? Jeder, der Augen hat, kann das sehen."

Seine grünen Augen weiten sich. Gott, ich liebe es, ihn zu verarschen.

„Du weißt es doch."

„Ich habe nicht die geringste Ahnung, wovon du redest, Kumpel." Ich klopfe ihm herablassend auf die Wange.

Er wischt sich mit der Hand über das Gesicht. „Jetzt verstehe ich, warum Kingston immer so frustriert ist."

„Na ja." Ich zucke mit den Schultern. „Er tut zwar so, als würde er es hassen, aber wir wissen beide, dass das nicht stimmt."

Seine Lippen zucken. „Touché."

„Hi, Leute."

Wo wir gerade von der Frau der Stunde sprechen …

Reeds Gesicht erhellt sich, als sein Blick auf meine beste Freundin fällt. „Hey." Er umschließt ihr Kinn mit beiden Händen und drückt ihr einen Kuss auf den Mund.

Meine Augenbrauen heben sich. „Da seid ihr also schon, was?"

„Ich denke schon." Ainsley schaut Reed immer noch mit großen Augen an, als sie mir antwortet. „Was sollte das?"

„Ich habe dich vermisst", murmelt er gegen ihre Lippen.

Sie schließt kurz die Augen und lächelt sanft. „Ich habe dich auch vermisst."

Ainsley und Reed haben sich bisher in der Schule ziemlich bedeckt gehalten, was die Tatsache angeht, dass sie zusammen sind. Sie sagten, sie wollten sich nicht mit den Gemeinheiten der anderen Mädchen herumschlagen, solange ihre Beziehung noch so neu ist, aber das ist wohl kein Thema mehr.

„Ihr zwei seid so süß, dass mir fast übel wird."

Ainsley winkt nur ab und drückt ihm noch einen schnellen Kuss auf. „Du musst dich beeilen, wenn du rechtzeitig zu Mathe kommen willst. Ich treffe dich nach der Stunde am Auto."

„Viel Spaß." Reed gibt ihr einen dezenten Klaps auf den Hintern, bevor er weggeht.

„Warum wirst du so rot, Ains?"

„Halt die Klappe." Sie rollt mit den Augen und lehnt sich gegen die Wand.

Wir haben noch ein paar Minuten bis zum Unterricht, also nutzen wir die Zeit, um unser Gespräch fortzusetzen.

„Worüber hast du mit Reed gesprochen, bevor ich kam?"

„Über dich."

„Was heißt das, über mich?"

„Er zweifelt immer noch daran, dass du klarkommst mit seinen …" Ich senke meine Stimme und füge hinzu: „Macken."

Sie zieht ihre zarten Augenbrauen überrascht hoch. „Reed hat das gesagt?"

„So in etwa. So deutlich wie er konnte, ohne zu verraten, was sein Ding ist. Er vermutet, dass ich es weiß, aber ich habe es nicht bestätigt."

Ainsley grinst. „Nun, um ehrlich zu sein, du bist nicht gerade subtil."

Ich zucke mit den Schultern. „Ich respektiere die Tatsache, dass Reed diskret sein will, aber du weißt genau, dass die Jungs es wissen. Und ich erwähne es nur ungern, aber die meisten Mädchen, mit denen er zusammen war, wissen es auch, also ist es kein Geheimnis, das man mit ins Grab nehmen muss. Er muss sich für nichts schämen, aber ich glaube nicht, dass er das auch glaubt."

„Ich glaube, ich kenne den Grund dafür." Sie seufzt schwer. „Seine Eltern sind sehr konservativ. Richtige Arschlöcher, wirklich. Reed ist damit aufgewachsen, dass sie christliche Werte predigen, auf die sie gerne zurückgreifen, um ihre Engstirnigkeit zu rechtfertigen. In Wirklichkeit ist ihr Verhalten sehr unchristlich. Er kauft ihnen ihren Mist nicht ab – vor allem nicht nach dem, was sie seiner Schwester angetan haben – aber ich glaube, er kämpft immer noch mit vielen tief verwurzelten Glaubenssätzen in seinem Kopf."

„Reed hat eine Schwester?"

„Ja." Ainsley nickt. „Sie ist vier Jahre älter, aber sie stehen sich sehr nahe. Reed verbringt die Sommerferien meistens bei ihr. Er hat mich sogar gefragt, ob ich über Weihnachten mit zu ihr fliegen will."

„Warum habe ich noch nie von ihr gehört?"

Ainsleys Schulter hebt sich. „Sie zog buchstäblich am Tag nach ihrem Abschluss mit nichts als den Kleidern auf dem Leib nach Oregon. Sie konnte nicht schnell genug von ihren Eltern wegkommen."

„Warum? Was ist passiert?"

Sie runzelt die Stirn. „Regan – so heißt sie – ist bisexuell. Gegen Ende ihres letzten Schuljahres beschloss sie, sich endlich vor ihren Eltern zu outen, weil sie sich in eine Frau verliebt hatte und ihre Gefühle nicht länger verbergen wollte. Die Eltern waren damit überhaupt nicht einverstanden. Die Idioten drohten, Regan aus ihrem Testament zu streichen, wenn sie sich den „lesbischen Unsinn“ nicht aus dem Kopf schlagen würde. Im Gegenzug sagte sie ihnen, wenn sie nicht verstehen könnten, dass Liebe Liebe ist, egal, wie sie aussieht, könnten sie ihr Geld nehmen und sich selbst damit ficken.“

„Das ist traurig.“

„Sehr. Regans Freundin Cass hatte Familie in Portland, also packten sie ihre Sachen und verließen die Stadt, sobald sie konnten. Als Reed seinen Eltern von Regans und Cassidys Verlobung erzählte, taten sie so, als hätten sie keine Tochter. Das war so ziemlich der letzte Strohhalm für Reed – er will nichts mehr mit ihnen zu tun haben. Er kann es auch nicht erwarten, aus dem Haus zu kommen.“

Ich seufze. „Armer Kerl. Kein Wunder, dass er die ganze Zeit so ernst ist. Ich habe irgendwie ein schlechtes Gewissen, weil ich ihn verarscht habe.“

„Ja.“ Ainsley pustet sich ein Haar aus dem Gesicht. „Und mach dir keine Vorwürfe, Jazz. Du wusstest es nicht, und er könnte definitiv etwas mehr Humor in seinem Leben gebrauchen. Er wird verstehen, dass du es nicht böse gemeint hast.“

„Du solltest ihm sagen, dass du es mir gesagt hast und dass ich ihn deswegen nicht verurteile.“ Ich wackle anzüglich mit den Augenbrauen. „Und du solltest auf jeden Fall versuchen, ihn davon zu überzeugen, dass es für dich mehr als okay ist. Was immer du tun musst, um sicherzustellen, dass er keine Zweifel mehr hat, tu es.“

Die Röte in ihren Wangen wird noch tiefer, als wir in die Klasse gehen.

„Buenas tardes, señorita Davenport y señorita Callahan.”

„Buenas tardes, Señor Reyes“, antworten Ainsley und ich unisono.

Bevor wir uns aufteilen, um unsere Plätze einzunehmen, zwinkert Ainsley mir zu und sagt: „Ich werde sehen, was ich tun kann.“

Ich kichere. „Da bin ich mir ganz sicher.“

KAPITEL SIEBEN

JAZZ

Wenn ich der Meinung war, dass die Thanksgiving-Ferien schnell vorbeigegangen sind, dann war das nichts im Vergleich zu unserer ersten Woche zurück in der Schule. Am Montag wurde ich in fast jeder meiner Klassen mit einem Pop-Quiz konfrontiert, weil die Lehrer in Windsor offensichtlich riesige Arschlöcher sind, und danach wurde es nicht viel besser. Das einzig Gute war, dass Peyton und ihre Gang relativ unauffällig blieben, abgesehen von ein paar geflüsterten Beleidigungen hier und da. Nach der Schule haben die Jungs und ich Videomaterial durchgesehen, während Ainsley beim Tanzunterricht war. Die Jungs haben jedoch alles aus Prestons Büro übernommen, weil ich es nach den jüngsten Ereignissen nicht mehr ertrage, den Mann für längere Zeit zu sehen.

Seit wir gesehen haben, wie Preston meine Stiefschwester auf dem Video missbraucht hat, ist nichts Aufregendes mehr passiert, obwohl man die wachsenden

Spannungen zwischen meinem Samenspender und seiner Frau deutlich spüren kann. Ich werde nicht lügen und sagen, dass es nicht unterhaltsam ist, Madeline dabei zuzusehen, wie sie sich windet. Mittlerweile ist es Samstag und wir sind auf dem Weg zu einer weiteren schicken Party. Wenn man mir vor sechs Monaten gesagt hätte, dass ich einmal in Designerkleidern zu solchen Veranstaltungen gehen würde, hätte ich mich schlapp gelacht.

„So. Ich glaube, ich hab's." Kingston knöpft sein Hemd zu und fängt an, seine knallrote Krawatte zu knoten.

„Willst du es ausprobieren?" Ich richte die Ecke seines Kragens gerade.

„Das haben John und ich schon gemacht", sagt mein Freund. „Es ging nur darum, es richtig zuzukleben, ohne das Mikrofon zu verdecken. Jetzt muss ich nur noch den Knopf drücken, um es zu aktivieren, wenn wir da sind."

Es stellte sich heraus, dass John Petersons FBI-Freund in der Tat gegen unsere Väter ermittelt. John wollte uns keine Details verraten, weil er den Fall nicht gefährden will, aber er scheint das für eine positive Entwicklung zu halten. Kingston hat eingewilligt, bei der Party heute Abend ein Mikrofon zu tragen, da möglicherweise mehrere wichtige Personen anwesend sein werden. Er hat auch beschlossen, alle belastenden Videoaufnahmen, die wir haben, zu übergeben, obwohl ich nicht weiß, wie Kingston die Tatsache umgehen will, dass er technisch gesehen eine illegale Überwachung durchführt. John sagt, dass er dem Mann vertraut, und Kingston vertraut John, also mache ich mit.

„Na, sieh mal einer an. Wir haben uns gut herausgeputzt, findest du nicht?“ Ich gestikuliere zu unserem Spiegelbild über Kingstons Kommode.

Seine Augen verdunkeln sich, als sie mich betrachten und verweilen einige Sekunden lang auf meinem zarten Dekolleté. „Du siehst unglaublich aus, aber das ist eigentlich nichts Neues.“

Ich trage ein smaragdgrünes, mittellanges Kleid, das im Mieder eng anliegt und einen fließenden Rock hat. Es ist schlicht und zart, aber für mein Alter absolut angemessen. Und was noch wichtiger ist: Im Gegensatz zu dem letzten Kleid, das ich zu einer spießigen Veranstaltung trug, verpasst mir dieses Kleid nicht die Ausstrahlung eines Sexkätzchens. Als ich hierherzog, war mein Schrank voll mit schönen Kleidern, aber es gab kein einziges Cocktailkleid, weil Madeline sagt, dass Abendkleider nur einmal getragen und dann sofort weggeworfen werden sollten. Sie hat meinen spöttischen Blick nach dieser lächerlichen Aussage zwar nicht geschätzt, aber das ist mir auch scheißegal.

Mein Stiefmonster wollte mir für heute Abend etwas zum Anziehen kaufen, aber das habe ich aus offensichtlichen Gründen abgelehnt und stattdessen Ainsleys Kleiderschrank geplündert. Zum Glück hat das Mädchen einen riesigen Kleiderschrank, in dem es alles gibt, was züchtig ist, bis hin zu einem Kleid, das perfekt zu einem Paar Stripper-Heels passen würde. Ich habe mich für ein Kleid aus dem ersten Teil des Spektrums entschieden, weil ich auf keinen Fall in einem Haus voller perverser alter Männer in einem aufreizenden Outfit auftauchen wollte. Allerdings könnte man meinen, ich wäre völlig nackt, so wie die Blicke meines Freundes mich verschlingen.

Die Spitzen meiner rubinroten Fingernägel kratzen an Kingstons hellbraunen Bartstoppeln. „Wenn du mich weiter so ansiehst, kommen wir hier nie raus."

„So verlockend das auch ist, ich habe einen Job zu erledigen." Seine vollen Lippen verziehen sich. „Aber heb dir diesen Gedanken für später auf."

„Aha." Ich klopfe ihm herablassend auf die Wange, um zu verbergen, dass ich ihn am liebsten wie einen Baum besteigen würde. „Ich werde die Sekunden zählen, bis ich dich nackt ausziehen kann."

„Klugscheißerin." Kingston gibt mir einen Klaps auf den Hintern. Fest.

„Hm", denke ich. „Ich glaube, ich kann den Reiz erkennen."

Er lacht. „Worin?"

Meine Lippen zucken. „Nichts."

Er starrt mich einen Moment lang an, als würde er versuchen, meine Gedanken zu lesen. „Wir sollten jetzt gehen."

„Ja." Ich schnappe mir die kleine Handtasche von Kingstons Nachttisch, die ich mir ebenfalls geliehen habe, und stecke meinen Lipgloss und mein Handy hinein. „Lass uns loslegen."

～

Ein Schauer läuft mir über den Rücken, als ich meinen Mantel ablege und ihn dem Butler übergebe. Ich schüttle den Kopf darüber, dass heutzutage überhaupt noch jemand einen Butler hat. Alexander Ivanov, der Gastgeber des heutigen Abends, wohnt in einem Herrenhaus in Brentwood Hills, das genauso opulent ist, wie man es erwarten würde. Das Seltsame ist, dass mich solche Häuser nicht mehr so sehr abschrecken wie früher, und das gefällt mir gar nicht.

Kingston fährt mit seinem Finger über die Falte zwischen meinen Augenbrauen. Ich hatte bis dahin gar nicht gemerkt, dass ich die Stirn runzle.

Er legt mir eine Hand auf den Rücken und lehnt sich an mein Ohr. „Entspann dich."

„Mir geht es gut", versichere ich ihm. „Ich habe mir nur die protzige Innenausstattung angesehen."

Seine haselnussbraunen Augen schauen sich kurz um, während er mit einer Hand gegen seine Brust drückt, um das Mikrofon zu aktivieren. „Ich bin so daran gewöhnt, dass es mich nicht mehr stört."

„Und genau das befürchte ich auch", murmele ich leise.

„Mach dir keine Sorgen, Jazz. Egal, wie lange du in dieser Welt bist, du wirst nie so werden wie sie." Er nickt mit dem Kopf in Richtung dieser Gruppe von nachgemachten „Real Housewives of Beverly Hills".

Oh Himmel! Aus der Nähe betrachtet wirken sie fast, als wären sie tatsächlich der Fernsehserie entsprungen.

Kingston führt mich durch das Haus in Richtung des hinteren Teils, wo die meisten Leute versammelt sind.

„Warst du schon mal hier? Es scheint, als wüsstest du, wohin du gehst."

„Nein." Er schüttelt den Kopf. „Aber ich war schon oft genug auf solchen Veranstaltungen, um zu wissen, wie es funktioniert. Es gibt ein Muster. Die Frauen sitzen meist in kleinen Gruppen an der Seite und unterhalten sich, während die Männer irgendwo anders über Geschäftliches reden."

„Das hört sich ziemlich sexistisch an."

Er hebt die Schultern. „Aber so ist es nun mal."

Als ich mich umschaue, verstehe ich, was Kingston meint. Männer und Frauen sitzen fast ausnahmslos getrennt voneinander. Eine dieser Ausnahmen ist Ainsley, die wir gerade neben ihrem Vater und einem dunkelhaarigen Mann in ein Gespräch vertieft sehen. Meine beste Freundin gestikuliert dabei wild, während Reed neben ihr steht und sich über ihre offensichtliche Begeisterung amüsiert.

Preston bemerkt uns zuerst und winkt uns zu sich, wobei er seine Tochter unsanft unterbricht. „Kingston! Jasmine. Kommt, gesellt euch zu uns."

Ainsley senkt den Blick und wirkt überhaupt nicht überrascht, dass ihr Vater sie so abs* absserviert, was mich traurig und wütend zugleich macht. Reeds Gesichtsausdruck tendiert jetzt eher in Richtung Mordlust, was mich vermuten lässt, dass er dasselbe denkt wie ich. Sie schenkt mir ein Lächeln, als ich mich neben sie stelle und unsere kleinen Finger miteinander verschränke.

„Alexander, ich möchte dir Jasmine Callahan vorstellen." Preston nickt mit dem Kopf in meine Richtung.

„Jasmine, ich habe schon so viel von dir gehört." Mir gefällt die Tatsache überhaupt nicht, dass die beiden über mich reden. Kingston auch nicht, wie man am Zucken seiner Kiefermuskeln sehen kann. „Du hast keine Witze gemacht, Preston. Sie sieht ihrer Mutter tatsächlich ziemlich ähnlich, wenn ich mich richtig erinnere."

Ich unterdrücke den Impuls, zurückzuweichen, als Alexander meine Hand nimmt und sie küsst. „Sie kannten meine Mutter?"

Kingston streicht mir mit der Hand über den Rücken, was mir die nötige Kraft gibt, ruhig zu bleiben.

„Ja", bestätigt Alexander. „Aber leider nicht so gut wie andere." Er wirft Preston einen Seitenblick zu, während er das sagt.

Preston schenkt ihm ein verschmitztes Lächeln. „Dein Vater und ich machen schon seit vielen Jahren Geschäfte mit Alexander."

„Was für Geschäfte?", fragt Kingston.

Der Blick aus Prestons goldgrünen Augen richtet sich auf seinen Sohn. „Ein bisschen dies, ein bisschen das. Du weißt ja, wie es läuft." Sein Blick kehrt zu mir zurück. „Alex und ich haben uns zufällig am selben Abend kennengelernt, an dem Charles mir deine reizende Mutter vorgestellt hat."

„Wirklich?" Ich lege meinen Kopf fragend zur Seite. „Mir war nicht bewusst, dass sie und mein Vater so eng befreundet waren, dass er sie sogar seinen Freunden vorstellte."

Natürlich weiß ich, dass Preston meine Mutter kannte, aber er weiß nicht, dass ich es weiß.

Der Blick, den Preston mir zuwirft, kann nicht anders als lüstern bezeichnet werden. Sogar Ainsley merkt das. Neugierig blickt sie zwischen uns hin und her, aber darüber kann ich mir im Moment keine Gedanken machen. Wenn Preston über meine Mutter reden will, dann muss ich das ausnutzen.

„Oh, ich kannte Mahalia sehr gut. Ich bin überrascht, dass dein Vater es nicht erwähnt hat. Obwohl er immer ziemlich … knausrig war, wenn es um sie ging. Er suchte ständig nach Möglichkeiten, deine Mutter für sich allein zu haben. Ich habe ihn noch nie so mit einer Frau umgehen sehen.“

Ich muss mir buchstäblich auf die Zunge beißen, damit ich nicht ausraste, weil er so vertraut über meine Mutter spricht. „Was heißt das?“

Kingstons Griff um meine Hand wird fester. „Apropos Charles … ist er heute Abend hier?“

Das Ablenkungsmanöver meines Freundes nervt mich, aber ich weiß, warum er es tut. Preston Davenport wird von Sekunde zu Sekunde dreister. Dieses Gespräch ist der Beweis dafür. Für einen Mann, der so stolz darauf ist, immer ruhig und beherrscht zu sein, schlägt er sich nicht besonders gut.

„Nein, leider nicht“, antwortet Preston kühl. „Warum fragst du?“

„Einfach aus Neugier, nehme ich an.“ Kingston zuckt mit den Schultern.

„Also …“, mischt sich Ainsley ein, die offensichtlich versucht, die Situation zu entspannen. „Mr. Ivanov, Sie erwähnten, dass Sie mir einen Ihrer Freunde von der LASPA vorstellen wollten?"

„Ja, natürlich." Iwanow lächelt. „Ich habe ihn das letzte Mal im Foyer gesehen. Sollen wir nachsehen, ob er noch da ist?"

Kingston und Reed wechseln einen vielsagenden Blick, bevor Alexander sich mit Ainsley und Reed auf die Suche nach seinem Freund macht. Ich warte, bis sie außer Hörweite sind, bevor ich Preston in die Mangel nehme.

„Wenn du sagst, dass du meine Mutter ‚sehr gut' kanntest, was genau meinst du damit?"

Seine Lippen verziehen sich zu einem süffisanten Lächeln. „Vielleicht erzähle ich dir das ein andermal. Für den Moment … sagen wir einfach, mein Sohn und ich haben mehr gemeinsam, als du vielleicht denkst."

Mit dieser kryptischen Bemerkung lässt er mich stehen.

„Du und dein Sohn habt überhaupt nichts gemein, Arschloch", murmele ich und drehe mich zu Kingston um. „Gott, ich möchte diesen Mann am liebsten erwürgen."

Er starrt seinem Vater hinterher. „Stell dich in die Reihe. Wie ich meinen Vater kenne, sind wahrscheinlich noch ein paar andere Leute vor uns dran."

„Ohne Zweifel", schnaube ich. „Was jetzt?"

Kingston schaut sich um. „Ich sehe ein paar bekannte Gesichter, aber sie werden nicht offen reden, wenn du bei mir bist."

„Ich warte hier auf dich."

Kingston lacht auf. „Sicherlich … nicht. Ich lasse dich nicht eine Sekunde allein. Lass uns zu meiner Schwester und Reed gehen. Er weiß, dass er ein Auge auf dich haben muss.“

„Ich brauche keinen Babysitter.“

„Tu mir den Gefallen, Jazz. Ich weiß, dass du klug und fähig bist, aber du bist auch schmächtig. Du bist nicht stark genug, um dich gegen jemanden zu wehren, der doppelt so groß ist wie du, auch wenn du noch so rauflustig bist.“ Er zeigt auf mich, während ich ihn anstarre. „Sieh mich nicht so an. Du weißt, dass ich recht habe.“

Ich verdrehe die Augen. „Was kann mir vor all diesen Zeugen schon passieren?“

Er atmet tief aus. „Ich will kein Risiko eingehen.“ Als ich protestieren will, legt er einen Finger auf meine Lippen. „Hör auf, dich zu wehren. Wenn du es schon nicht für mich tun willst, dann wenigstens für deine Schwester. Du kannst Belle nicht beschützen, wenn dir etwas zustößt, richtig?“

Meine Augen verengen sich. „Das war ein Tiefschlag.“

Der Idiot wirkt nicht im Geringsten schuldbewusst. „Dann hör auf, mich zu zwingen, unter die Gürtellinie zu zielen.“

„Gut. Lass uns gehen.“

Kingston nimmt meine Hand und führt mich durch die Menge, bis wir seine Schwester entdecken. Sie und Reed haben sich gerade von dem Mann abgewandt, mit dem sie gesprochen haben, also scheint unser Timing perfekt zu sein.

„Hey“, sage ich zu Ainsley. „War das der Dekan?“

„Ja“, bestätigt sie. „Anscheinend ist er gut mit Madame Rochelle aus meinem Studio befreundet. Sie hat ihm bereits von mir erzählt. Er wird nächste Woche kommen und mir beim Training zusehen.“

Ich ziehe die Brauen hoch. „Das ist doch gut, oder?“

Ainsley nickt. „Das ist sogar sehr gut.“

„Das ist großartig, Ains. Die Chancen, dass du in L.A. bleibst, sind also gerade gestiegen?“

Sie lächelt. „Um ein Vielfaches.“

Reeds Lächeln ist voller Stolz und Bewunderung. Wenn ich nicht wüsste, dass er so ein perverser Ficker ist, würde ich schwören, dass der Junge ein riesiges Marshmallow ist, wenn es um Ainsley Davenport geht. Trotzdem ist es offensichtlich, dass er sich Hals über Kopf in sie verliebt hat, was mich unglaublich glücklich für meine Freundin macht.

Kingston stupst Reed mit seinem Arm an. „Ich habe ein paar Leute gesehen, denen ich Hallo sagen wollte, aber ich will Jazz nicht langweilen. Kann sie so lange hierbleiben?“

„Natürlich“, nickt Reed.

„Ach so“, fügt Ainsley hinzu und legt ihren Arm um meine Schultern. „Was hältst du davon, wenn wir uns auf die Suche nach Alkohol machen?“

Kingston und Reed unterhalten sich kurz, bevor Kingston mich an sich zieht und mir einen Kuss auf den Mund drückt.

„Ich bin gleich wieder da.“

Ich winke ab. „Tu, was du nicht lassen kannst.“

Ich beobachte, wie Kingston sich durch die Menge schlängelt. Er hat jemand Bestimmten im Visier, aber Ainsley zerrt an meinem Arm, um meine Aufmerksamkeit zu bekommen, bevor ich sehen kann, hinter wem er her ist.

„Jazz? Hast du das mit dem Alkohol gehört?"

„Das klingt toll." Ich könnte tatsächlich etwas gebrauchen, um mich von der Begegnung mit ihrem Vater abzulenken.

„Also … was hat es mit den seltsamen Schwingungen auf sich, die ich vorhin gespürt habe?"

Ich runzle die Stirn. „Was meinst du?"

„Ich meine …" Sie zieht das letzte ‚e' in die Länge. „Warum hat sich mein Vater wie ein totaler Widerling aufgeführt? Und er kannte deine Mutter?! Wie verrückt ist das denn? Was hat er gesagt, nachdem ich zum Dekan gegangen bin?"

„Äh …" Ich schaue Reed Hilfe suchend an.

„Babe." Reed legt Ainsley eine Hand auf den Rücken. „Lass uns die Drinks holen. Ich sterbe vor Durst."

Ainsley kichert und stellt sich auf die Zehenspitzen, um ihm etwas ins Ohr zu flüstern. Reeds Hand legt sich um ihre Hüfte, was mich zu der Annahme verleitet, dass das, was sie sagt, schmutzig ist. Was auch immer er zu ihr sagt, ist wahrscheinlich noch schmutziger, denn sie wird knallrot.

Ablenkung erfolgreich. Gott segne die Hormone von Teenagern.

Nachdem sie sich endlich von ihm losgerissen hat, streifen Ainsleys haselnussbraune Augen, die denen ihres Bruders gleichen, durch den Raum. „Geht es nur mir so, oder gibt es hier viele Mädchen in unserem Alter?"

Das war mir auch schon aufgefallen, aber ich weiß nicht genau, was bei solchen Treffen als untypisch gilt.

„Und das ist seltsam?"

Ainsley nickt. „Total merkwürdig. Normalerweise sind die einzigen anwesenden Frauen frisch gebotoxte Ehefrauen oder Freundinnen. Zumindest bei den Partys, die mein Vater bisher in unserem Haus veranstaltet hat. Das müssen auch Tänzerinnen sein, die hier sind, um den Dekan zu treffen."

Reed mustert die Anwesenden, genauso wie ich, und aus seinem misstrauischen Blick schließe ich, dass ihm die gleichen Gedanken durch den Kopf gehen. Könnten diese Mädchen vielleicht Opfer des Mädchenhandels sein? Meine jüngsten Online-Recherchen haben mir verdeutlicht, dass der Sexhandel viele verschiedene Formen annehmen kann. Oberflächlich betrachtet können die Opfer wie ein glücklicher, gesunder Durchschnittsmensch wirken.

Aber manchmal werden schöne Frauen als Edel-Escorts in wohlhabenderen Kreisen eingesetzt. Oder sie arbeiten als Masseurinnen – nicht zu verwechseln mit Massagetherapeutinnen – in scheinbar seriösen Day Spas oder ähnlichen Einrichtungen. Man kann nie sicher sein, denn die Umstände sind oft nicht so, wie sie scheinen. Während des Super Bowl gibt es sogar Sondereinheiten, deren einzige Aufgabe es ist, die Öffentlichkeit zu sensibilisieren oder den Opfern die Möglichkeit zu geben, die Zuschauermengen für die Flucht zu nutzen.

Leider ist es für ein Opfer nicht immer einfach zu fliehen, selbst wenn es die Chance dazu hätte. Die Menschenhändler halten sie mit Drohungen, Erpressung, Drogen, materiellen Dingen oder so ziemlich allem, was sie als Druckmittel einsetzen können, gefügig. Eine aktuelle Studie besagt, dass Mädchen, die in Pflegefamilien untergebracht sind, besonders gefährdet sind. Ist meine Mutter so in die Falle getappt? War sie so etwas ausgesetzt?

Ainsley hat recht – viele dieser Frauen sind im späten Teenageralter, vielleicht Anfang zwanzig. Kingston sagte mir einmal, dass man einen interessierten Käufer meist daran erkennt, wie genau er andere beobachtet. Achte auf ihre Körpersprache, wenn sie eine junge Frau oder, was noch beunruhigender ist, kleine Mädchen verfolgen. Ich probiere es, und entdecke auch sofort einen.

Der Mann ist noch nicht einmal so alt – vielleicht höchstens dreißig –, aber er hat eine seltsame Ausstrahlung. Die Rothaarige, mit der er redet, legt ihre Handfläche auf seine Brust, bevor sie sich auf die Zehenspitzen stellt und ihm etwas ins Ohr flüstert. Als er zurückweicht, nickt er und sieht ihr hinterher. Eine andere Frau – eine blonde Frau, die näher an seinem Alter ist als an meinem – kommt mit einem wütenden Ausdruck im Gesicht auf ihn zu.

Ich vermute, dass es sich dabei um seine Frau oder Freundin handelt, die zufällig Zeuge seiner Interaktion mit der anderen Frau wurde. Der Mann wird rot, während sie ihm vermutlich den Arsch aufreißt, bevor sie davon stapft. Mit leichtem Zögern schaut er den Flur hinunter, den die jüngere Frau vor wenigen Augenblicken entlang gegangen ist, und läuft der Blondine hinterher. Ich schaue den Flur entlang und sehe, wie die Rothaarige durch eine Balkontür verschwindet. Mein Bauchgefühl sagt mir, dass hier etwas nicht stimmt. Ich muss mir eine Ausrede einfallen lassen.

„Ich muss mal.“

„Okay“, sagt Ainsley.

„Warte mal kurz“, fügt Reed hinzu.

Der Mann von der Ballettschule kommt auf uns zu. „Miss Davenport, kann ich Sie noch einmal sprechen? Es wird nicht lange dauern, versprochen.“

Reed schaut zwischen Ainsley und mir hin und her.

„Ich komme schon klar“, versichere ich ihm und hebe einen Daumen über meine Schulter. „Ich glaube, die Toilette ist gleich da drüben. Dauert nur eine Minute.“

Reed lässt sich nur widerwillig von Ainsley zur Seite ziehen, während sie mit dem Mann spricht. Ich sehe, wie er mit dem Daumen über den Bildschirm seines Telefons fährt, wahrscheinlich schreibt er Kingston eine SMS, aber ich verschwende keine Zeit. Ich gehe den Flur entlang und finde die Tür, durch die die geheimnisvolle Frau gegangen ist. Sie führt zu einer kleinen Backsteinterrasse, die direkt an einen schönen Innenhof angrenzt. Ich erhasche einen kurzen Blick auf ihr kupferfarbenes Haar, als sie in einem großen Heckenlabyrinth verschwindet.

Ich habe das ungute Gefühl, dass ich das noch bereuen werde, aber das hält mich nicht davon ab, ihr trotzdem zu folgen.

KAPITEL ACHT

JAZZ

Eines ist sicher, das ist definitiv ein Labyrinth. Ich habe aufgehört zu zählen, wie oft ich schon um die nächste Ecke gebogen bin, und noch immer ist kein Ende in Sicht. Ich folge der Frau gerade so weit, dass ich nicht gesehen werde, sie aber auch nicht verlieren könnte. Die Außenbeleuchtung reicht kaum bis hierher, also kann ich die Dunkelheit für die Tarnung nutzen, aber ich muss mich trotzdem vorsichtig bewegen. Zum Glück haben die Planer daran gedacht, den Weg zu pflastern, damit ich mit meinen verdammten Stöckelschuhen besser zurechtkomme.

Mein Handy vibriert wie verrückt in meiner Handtasche, aber ich werde jetzt nicht das Risiko eingehen, es herauszuziehen und die Tussi zu verscheuchen. Ich habe vielleicht keine Ahnung, wohin wir gehen, aber sie schon, und ich möchte herausfinden, was am Ende dieses Labyrinths liegt. Gerade als ich denke, dass es ewig so weitergeht, öffnen sich die Hecken zu einem weiteren Innenhof, ähnlich dem am anderen Ende. Dahinter befindet sich jedoch ein Häuschen. Es kommt mir etwas seltsam vor, dass die Gäste so viel auf sich nehmen müssen, um hierherzugelangen, aber was weiß ich schon? Ich nehme an, dass sie so eher ihre Ruhe haben.

Die Frau geht durch die Vordertür, ohne zu klopfen, also nehme ich an, dass sie hier wohnt. Ich will gerade den Rückweg antreten, als eine vertraute Stimme meine Aufmerksamkeit erregt.

Was zum Teufel?

Ich drehe meinen Kopf herum und sehe, dass die Rothaarige die Tür einen Spalt offengelassen hat. Langsam schleiche ich mich näher heran, während meine Augen hin und her huschen, um sicherzugehen, dass die Luft rein ist. Ich lehne mich mit dem Rücken an die Stuckwand rechts neben der Tür und lausche. Den Geräuschen nach zu urteilen, gibt es zweifellos Sex, und wenn ich raten müsste, sind da auch mehr als zwei zugange. Es klingt genauso wie das, was ich vor dem Bootshaus am See mitbekommen habe.

Was hat es nur mit diesen reichen Leuten und ihren Orgien auf sich?

Ich horche auf, als ich erneut die Stimme höre, die mich hergelockt hat.

„Warum hast du so lange gebraucht?", fragt die Frau.

Ich werfe einen schnellen Blick durch den Spalt und tatsächlich, Madeline steht direkt in der Tür und spricht mit dem rothaarigen Mädchen. Sie trägt ein kurzes, leuchtend rotes Kleid, das ihre Kurven umspielt, und ein Paar hochhackige Absätze. Ich kann die Antwort der anderen

Frau nicht hören, weil sie zu leise spricht, aber ich höre, was meine Stiefmutter als Nächstes sagt.

„Wenn du mehr willst, weißt du, was du tun musst, um es dir zu verdienen." Oh Scheiße, sie kommt in meine Richtung. „Bist du in einer verdammten Scheune aufgewachsen, Nadia? Mach die verdammte Tür zu, wenn du reinkommst."

Ich drücke eine Hand auf meine Brust, als Madeline die Tür zuschlägt, und versuche, mein rasendes Herz zu beruhigen. Scheiße, das war zu knapp. Ich schleiche geduckt auf die andere Seite des Hauses. Hier gibt es eine Glasschiebetür, durch die ich ins Haus sehen kann. Ich weiß, dass es verdammt riskant ist, aber ich muss wissen, was zum Teufel da drin vor sich geht. Gruppensex, klar, aber warum steht Madeline vollständig bekleidet da rum? Ich bleibe so nah wie möglich an der Außenwand und nähere mich der Scheibe, um einen besseren Blick zu erhaschen.

Ich verschlucke mich fast, als mir das gelingt. Es sind nicht viele Leute drinnen, aber es ist offensichtlich, was sie vorhaben. Ich hatte eine gemütliche Einrichtung erwartet, vielleicht eine kleine Küche wie in Kingstons Haus, aber nichts davon ist hier zu sehen. Nein, dieser Ort hat nur einen einzigen Zweck und ich bezweifle, dass hier jemals geschlafen oder herumgelungert wird. Die Beleuchtung ist gedämpft, aber immer noch hell genug, dass ich alles gut sehen kann.

Es gibt drei verschiedene Geräte, die im offenen Raum verteilt sind. Das Erste ist eine Art seltsamer Bank auf der rechten Seite. Sie sieht fast so aus wie ein Nackenmassagestuhl, aber anstelle des unteren Sitzes ist der mittlere Teil

erhöht und an beiden Enden sind Fesselriemen ange-
bracht. Eine wunderschöne nackte Frau ist auf der Bank
festgeschnallt, den Arsch hoch in der Luft, während ein
viel älterer – ebenfalls nackter – Mann von hinten in sie
eindringt. Ich bin mir ziemlich sicher, dass sein Schwanz
in ihrem Arsch steckt, aber ich kann es nicht genau sagen,
weil sein massiver, wabbeliger Bauch im Weg ist. Es wirkt
zwar nicht so, als wäre sie unfreiwillig da, aber richtig
aktiv mit macht sie auch nicht. Sie liegt einfach nur da,
lässt es über sich ergehen und öffnet gelegentlich ihren
Mund, um zu schreien. Ob aus Lust oder Schmerz, weiß
ich nicht.

Das zweite Gerät ist eine Sexschaukel, die an den frei-
liegenden Dachsparren auf der linken Seite des Raums
hängt. Darin sitzt eine junge Frau, zwischen zwei Männern
eingeklemmt, die etwa gleich alt sind wie sie. Ihr Oberkörper ist leicht verdreht, wahrscheinlich um den Schwanz
besser in ihren Mund bekommen zu können. Der eine Kerl
fickt sie von vorn, während der, der ihr Gesicht fickt, an
den Nippeln ihrer riesigen Brüste herumzupft. Genau wie
das erste Mädchen scheint sie sich nicht zu wehren und ist
definitiv wach, aber sie scheint es auch nicht zu genießen.

In der Mitte des Raums steht ein riesiges Himmelbett.
Ein Mann mit einem leicht ergrauten Bart liegt auf dem
Rücken und fährt mit einer Hand über sein steifes Glied.
Die Rothaarige, der ich hierher gefolgt bin, nähert sich ihm
und sie wechseln ein paar Worte. Im nächsten Moment
lässt sie die Träger ihres Kleides herunter und schlüpft aus
dem Kleid, sodass sie so nackt dasteht, wie Gott sie
geschaffen hat. Dann krabbelt sie neben ihm auf die

Matratze und senkt ihren Kopf über seinen Schwanz. Er fasst in ihr langes Haar und sieht zu, wie sie seinen Schwanz für ein paar Augenblicke lutscht, bevor er ihr auf den Hintern klopft und sie auf seinen Schoß klettert, wo sie ihn im umgekehrten Cowgirl-Stil reitet. Ohne Kondom, wohlgemerkt, was den Ekelfaktor total erhöht. Meine Augen weiten sich vor Panik, als ihr Blick auf mich fällt, aber ich glaube nicht, dass sie mich wirklich sieht. Sie starrt einfach nur ins Leere und tut so, als ob nichts wäre.

Grundgütiger! Wo bin ich da nur reingestolpert?

Die ganze Zeit über steht Madeline an der Wand und beobachtet jedes Paar mit einem Ausdruck kranker Befriedigung im Gesicht. Plötzlich öffnet sich die Haustür und kein Geringerer als Preston Davenport kommt herein und schaut sich um, während er in der offenen Tür stehen bleibt.

Scheiße, Scheiße, Scheiße.

Das ist genau die Art von Beweisen, die Kingston braucht. Ich krame in meiner Handtasche, um mein Handy herauszuholen, aber Preston betritt das Haus, während ich das Textfenster öffne. Vor Schreck lasse ich fast mein Handy fallen – mein Freund taucht hinter ihm auf und sagt etwas zu seinem Vater. Preston winkt ihn zu Madeline rüber und die drei fangen an, über wer weiß was zu diskutieren, während sie die Orgie beobachten. Was auch immer es ist, ihre Körpersprache verrät mir, dass es sich um ein angenehmes Gespräch handelt, was mich noch mehr verwirrt.

Nach ein paar Minuten kommt eine vierte nackte Frau aus dem Flur und nähert sich Kingston. Sie streicht ihm mit ihren krallenartigen Fingernägeln über die Brust und lächelt ihn verschmitzt an. Meine Fäuste ballen sich, als ich sehe, wie dieses Mädchen mit ihm flirtet, und ich könnte schwören, dass er zurück flirtet, scheinbar ohne sich darum zu kümmern, dass sie außer ihren Stilettos nichts anhat. Wenn ich mich nicht irre, sieht er sogar so aus, als würde er genau das zu schätzen wissen. Mir fällt auf, wie viele Gemeinsamkeiten sie und ich haben, von ihrer kleinen Statur über ihre langen dunklen Haare bis hin zu ihrer gebräunten Haut. Der einzige drastische Unterschied sind die vergrößerten Brüste, die sie meinem Freund entgegenstreckt. Preston sagt etwas zu seinem Sohn, und beide Männer lachen, während sie auf die Brüste starren.

Die nackte Frau flüstert etwas in Kingstons Ohr und drückt ihre riesigen Brüste gegen seinen Oberkörper. Als sie sich zurückzieht, nickt er, was sie zu erregen scheint. Dieses Mädchen ist entweder eine großartige Schauspielerin oder viel glücklicher, hier zu sein als die anderen drei Mädchen im Raum. Mir fallen fast die Augen aus den Höhlen, als sie auf die Knie fällt und voll Vorfreude Kingstons Gürtelschnalle zu öffnen beginnt.

Endlich – endlich – legt Kingston eine Hand auf ihr Handgelenk, während sie sich am Knopf seiner Hose zu schaffen macht. Sie schaut einen Moment lang verwirrt, als er etwas sagt, bevor sie wieder aufsteht und lächelt. Kingstons Hand greift in ihren Nacken und zieht sie zu sich heran. Das kann doch nicht sein …. Tränen steigen mir in die Augen, als er seinen Mund auf ihren presst und sie einander die Zungen tief in den Rachen stoßen. Mir kommt die Galle hoch, aber ich kann nicht wegschauen, selbst wenn mein Leben davon abhinge. Als Kingston den Kuss unterbricht, nimmt die nackte Tussi seine Hand und führt ihn den Flur entlang. Während der ganzen Zeit, in der dieser Scheiß abläuft, huscht ein selbstgefälliges Lächeln über Prestons und Madelines Gesicht.

Was zum Teufel geht hier gerade ab?

Ich brauche meine ganze Selbstbeherrschung, um nicht auf die beiden loszugehen und der Schlampe zu sagen, dass sie die Finger von meinem Freund lassen soll. Andererseits hat besagter Freund sie gerade geküsst und es scheint ihm nichts auszumachen, ihr durch den Flur zu folgen, vermutlich in ein Schlafzimmer. Ich drücke meine Augen zusammen, um die aufkommenden Tränen zurückzuhalten. Ich möchte Kingston vertrauen. Das will ich wirklich. Aber was ich gerade gesehen habe, ist schwer zu rechtfertigen, egal, wie man es dreht und wendet. Hat er die ganze Zeit nur mit mir gespielt? War die Geschichte über seine Mutter nur ein Haufen Lügen? War *alles* eine Lüge? Ich muss hier weg.

Ich ziehe meine Schuhe aus und laufe so schnell ich kann zurück zum Labyrinth. Ich renne blindlings, die Tränen laufen mir über das Gesicht und ich lande in einer Sackgasse nach der anderen. Ich kann nicht lange genug klar denken, um mich darauf zu konzentrieren, wohin ich unterwegs bin. Meine Lungen brennen von der Anstrengung, meine weichen Fußsohlen sind wund vom Barfußlaufen auf dem Asphalt und mein Herz schmerzt von dem, was ich gerade gesehen habe. Als ich um eine weitere Ecke biege, stoße ich mit jemandem zusammen, was uns beide vor Schmerz aufstöhnen lässt. Äste zerschrammen meinen

Rücken, als ich gegen einen Busch falle, bevor ich das Gleichgewicht wiederfinde.

„Jazz, bist du okay?", fragt eine tiefe Stimme.

Ich blinzle die Tränen weg und sehe Reed und Ainsley, die mich besorgt anschauen. Ich fühle mich gerade wie ein riesiger Müllcontainer, also kann ich es ihnen nicht wirklich verübeln. Es muss Reed gewesen sein, mit dem ich zusammengestoßen bin, denn es fühlte sich an, als wäre ich gegen eine Backsteinmauer geknallt und nicht gegen den winzig kleinen Kobold Ainsley.

„Jazz." Ainsley zupft an meinem Arm. „Geht es dir gut? Warum weinst du?"

Wütend wische ich über die Tränen in meinem Gesicht. „Ja … äh, mir geht's gut. Ich habe mich nur erschrocken, weil ich versucht habe, den Weg aus diesem verdammten Labyrinth zu finden, und es nicht geschafft habe. Ich schätze, ich habe ein wenig überreagiert." Keiner der beiden sieht so aus, als würde er mir glauben, aber ich gebe mir alle Mühe, meine Gefühle zu kontrollieren. „Was macht ihr denn hier?"

„Wir haben dich gesucht", antwortet Reed und hält mir sein Handy hin. „Kingston hat mir den Log-in für seine Tracker-App gegeben, als du nicht aus dem Bad zurückgekommen bist."

Ich schaue auf den Bildschirm und sehe zwei kleine grüne Punkte direkt nebeneinander. Scheiße, fast hätte ich den Tracker vergessen, den er auf meinem Handy installiert hat.

„Warum hat er nicht nach mir gesucht?"

Wenn Kingston mit mir spielt, wer weiß, ob Reed nicht mit drinsteckt?

Reed schaut kurz zu Ainsley, bevor er antwortet. „Weil er gerade zu tun hatte."

Ja, mit einer Hure.

Ich lache. „Ja, sicher."

Scheiße. Nicht weinen, Jazz. Jetzt. Nur. Nicht. Weinen.

„Er, äh …" Reed greift sich in den Nacken. „Er sagte, er würde länger benötigen, also hat er mir die Schlüssel zu seinem Rover gegeben, damit ich dich nach Hause fahren kann."

Ainsley beißt sich auf die Unterlippe. „Jazz? Willst du nach Hause gehen?"

Na, wenn das mal keine Fangfrage ist! Ich würde alles dafür tun, nach Hause zu gehen, aber die Sache ist die, dass die Villa des Samenspenders nicht in die Kategorie fällt.

„Klar. Ich bin ohnehin müde." Ich schniefe und schaue mich um. „Weiß einer von euch, wie man hier rauskommt?"

„Ja. Ich bin wirklich verdammt gut in Labyrinthen. Ein Kinderspiel." Ainsley tippt mit einem Zeigefinger an ihre Schläfe. „Eingebautes GPS."

Ich strecke meine Hand aus. „Zeig mir den Weg."

Ainsley hat nicht übertrieben. Sie führt uns ohne Zögern oder Fehler aus dem Labyrinth heraus. Die ganze Rückfahrt über bin ich still und benutze die Erschöpfung als Ausrede, wenn Ainsley mich etwas fragt. Je mehr ich darüber nachdenke, was ich in dem Haus des Schreckens erlebt habe, desto mehr glaube ich, dass ich es für bare Münze nehmen muss.

Niemand hat Kingston gezwungen, das Mädchen zu küssen. Ihren nackten Körper mit so einem lüsternen Blick anzustarren. Ihre Hand zu nehmen und in einem Hinterzimmer zu verschwinden, um Gott weiß was zu tun. Oh, wem mache ich etwas vor? Ich weiß genau, was sie getan haben.

Gerade als wir in die Einfahrt zu meinem Haus einfahren, kommt eine SMS von meinem Freund, die mich fast laut aufschluchzen lässt. Ich sollte ihn wohl nicht mehr als meinen Freund bezeichnen, denn er ist ein Lügner und ein *Betrüger*. Ich kann viele Dinge verzeihen, aber das hier gehört nicht dazu.

Kingston: Bist du schon zu Hause?

Ich kämpfe mit meinem inneren Klugscheißer und will unbedingt mit etwas Sarkastischem antworten, kann mich aber gerade noch beherrschen.

Ich: Ja. Ich bin gerade in die Einfahrt gefahren. Ich bin müde, gehe gleich ins Bett. Wir sprechen uns später.

Kingston: Bist du sicher? Ich mache mich gerade auf den Weg. Ich kann dich abholen kommen, und du kannst bei mir übernachten.

Ja, klar. Auf keinen Fall.

Ich: Ich bin sicher. Wirklich müde. Gute Nacht.

Statt einer weiteren eingehenden Nachricht klingelt mein Telefon. Ich halte es hoch, während ich die Autotür öffne und Reed und Ainsley Kingstons Namen auf dem Bildschirm zeige.

„Da muss ich rangehen. Wir sehen uns später. Danke fürs Mitnehmen."

„Gute Nacht, Jazz", sagen sie unisono.

Ich setze mich auf die Treppe vor dem Haus und drücke auf den Knopf, um den Anruf anzunehmen. „Ja?"

„Bist du sicher, dass es dir gut geht? Du klingst komisch."

„Wie kann ich mich in einer SMS komisch anhören?"

Ich bin mir ziemlich sicher, dass er knurrt. „Du weißt, was ich meine, Jazz."

Ich mir nicht mehr sicher, ob ich überhaupt etwas über dich weiß.

Ich seufze und sage mir einmal mehr, dass ich nicht weinen darf. „Mir geht's gut, Kingston. Ich bin nur sehr müde. Wir sprechen uns morgen, okay?"

„Reed sagte, du hast geweint, als sie dich gefunden haben."

Dieser Mistkerl.

„Es ist nicht so schlimm. Ich bin nur in Panik geraten, weil ich mich verlaufen habe. Mir geht's gut."

„Warum warst du in diesem Labyrinth, Jazz?"

Warum warst du in diesem Haus, Kingston?

„Ich dachte, es sieht cool aus, also bin ich reingegangen, um es auszuprobieren."

Er schweigt einen Moment lang. „Wie bist du draußen gelandet, obwohl du gesagt hast, dass du auf die Toilette wolltest?"

„Warum ist das wichtig?"

„Was meinst du mit: 'Warum ist das wichtig'? Du weißt, dass ich dich auf keinen Fall allein lassen wollte."

„Warum nicht? Weil du Angst hattest, ich könnte dich bei etwas erwischen, was du nicht hättest machen sollen?"

„Was zum Teufel soll das denn heißen?"

„Schrei mich nicht an."

„Wenn du mich nicht anschreist, werde ich es auch nicht tun."

Ich schließe die Haustür auf und trete ein. Zum Glück lungert niemand im Foyer herum.

„Und damit ist dieses Gespräch beendet. Gute Nacht, Kingston."

Mein Telefon klingelt eine Sekunde, nachdem ich aufgelegt habe, aber ich nehme den Anruf nicht mehr an. Er versucht es noch dreimal, bevor er eine SMS schickt.

Kingston: Geh an das verdammte Telefon, Jazz.

Vergiss es, Kumpel.

Kingston: Wenn du nicht ans Telefon gehst, komme ich rüber und schleife dich aus dem Haus, wenn es sein muss.

Ich weiß, dass das keine leere Drohung ist, also beeile ich mich. Ich tausche mein schickes Kleid gegen eine schwarze Jeans, einen passenden Kapuzenpulli und ein paar Chucks und binde meine Haare im Nacken zu einem Pferdeschwanz zusammen, bevor ich mir eine Mütze über den Kopf ziehe. Ich sehe aus, als hätte ich vor, einen Einbruch vorzubereiten, aber vermutlich geht es mir genau darum: unauffällig zu sein. Ich blättere durch die Kontakte auf meinem Handy, bis ich die richtige Person gefunden habe.

Eine tiefe Stimme, die ich so gut kenne wie meine eigene, meldet sich gleich nach dem ersten Klingeln. „Jazz. Ich habe nicht erwartet, so schnell von dir zu hören. Was ist los?"

Ich gehe in mein Badezimmer und schalte den Ventilator ein, falls jemand sich das Video der Kameraüberwachung anschaut. Soweit ich weiß, ist Kingston derjenige, der für diese Kamera verantwortlich ist. „Du musst mir einen Gefallen tun. Kannst du mich abholen?"

„In deinem neuen Zuhause?"

Ich nicke. „Ja. Na ja, nein … aber in der Nähe davon. Ich schicke dir die Adresse einer Tankstelle. Kannst du mich dort abholen?"

„Babe, ich brauche mindestens eine Stunde, um dorthin zu kommen."

„Das ist in Ordnung", versichere ich ihm. „Ich brauche zu Fuß dorthin ohnehin eine Weile."

„Warum willst du nicht, dass ich dich bei dir zu Hause abhole? Ist es dir peinlich, mit mir gesehen zu werden?"

„Ganz und gar nicht. Es ist eher so, dass ich so schnell wie möglich aus diesem Haus verschwinden muss."

Er seufzt schwer. „Okay, Baby. Schick mir die Adresse und ich werde dich abholen."

„Danke." Ich atme tief ein und aus. „Shawn? Da ist noch etwas."

„Und das wäre?"

„Ich lasse mein Handy zu Hause, also kannst du mich nicht mehr erreichen, wenn ich dir die SMS geschickt habe. Und schreibe mir bitte nicht zurück."

Darauf kommt einen Moment lang nichts. „Was verschweigst du mir?"

„Ich erkläre es dir, wenn wir uns sehen. Du weißt, dass du mir trauen kannst."

„Ärger mit den reichen Leuten, hm?"

„So ähnlich. Hör zu, ich muss los. Ich sehe dich bald. Mach's gut, Shawn."

„Bis bald, Jazz."

Ich schicke ihm die Adresse der Chevron-Tankstelle und lösche dann unsere SMS und die Anrufliste, bevor ich mein Telefon in das Ladegerät stecke. Ich gehe zurück zu meinem Kleiderschrank, stecke meinen Ausweis und etwas Bargeld in meine Tasche und nehme eine Jacke vom Bügel. In letzter Sekunde schnappe ich mir meinen Rucksack vom Boden und werfe ein paar Klamotten zum Wechseln hinein. Besser, ich bin vorbereitet. Gut, dass ich in letzter Zeit viel draußen joggen war, denn so konnte ich mich schon ein wenig mit der Gegend vertraut machen. Jetzt muss ich nur noch dafür sorgen, dass ich während des drei Meilen langen Spaziergangs nicht zu sehen bin, falls Kingston vorbeifährt. Mir gehen zwar gerade tausend Fragen durch den Kopf, aber ich bin mir sicher, dass er gleich auftauchen wird.

KAPITEL NEUN

KINGSTON

Was zum Teufel ist mit Jazz gerade los? Die Ausrede, sie sei müde, nehme ich ihr keine Sekunde lang ab. Reed hat gesagt, dass sie sehr aufgebracht war, als sie sie abgesetzt haben, und er bezweifelt, dass es etwas mit dem Irrgarten zu tun hatte. Warum war sie überhaupt in diesem Labyrinth? Hat Jazz meinen Vater und mich dort gesehen? Und noch wichtiger: Hat sie unser Gespräch mitgehört? Ist das der Grund, warum sie mich ignoriert?

Verdammt!

All diese unbeantworteten Fragen machen mich wahnsinnig. Gott sei Dank hat Reed sie rechtzeitig gefunden. Nicht auszumalen, was passiert wäre, wenn mein Vater und ich Jazz begegnet wären? Oder wenn sie es bis zum Ende des Labyrinths geschafft und das Haus entdeckt hätte? Mein Vater wollte unbedingt meine Loyalität testen. Wenn Jazz gesehen hätte, was in dem Haus vor sich ging, wäre das in jeglicher Hinsicht das Ende gewesen.

Wenigstens komme ich mit meinen Plänen gut voran. Ich musste heute Abend zwar ein paar Dinge tun, die mir unangenehm waren, aber ich habe gute Fortschritte erzielt. Was meinen Vater angeht, so konnte ich ihm mit dem Fick zeigen, dass meine Gefühle für Jazz nicht so tief gehen, wie er dachte. Ich bin zwar besitzergreifend, aber nur, weil ich mein Spielzeug nicht teilen will und nicht, weil ich hoffnungslos in sie verliebt bin.

Ich wische mir mit der Hand über das Gesicht und schüttle den Kopf. Ich kann immer noch nicht glauben, dass sie einen Prostitutionsring betreiben. Er hat nicht viele Details verraten, und ich wollte keinen Verdacht erregen, aber er hat gesagt, dass das, was in dem Haus passiert ist, nur die Spitze des Eisbergs ist. Sex verkauft sich, und er ist dadurch unglaublich reich geworden. Er deutete weitere Geschäftsmöglichkeiten an, die er und ich gemeinsam in Angriff nehmen könnten. Als ich ihn nach der Beteiligung von Charles fragte, sagte er nur, dass Charles nicht in alles involviert sei und dass er vorhabe, das auch so zu belassen. Als ich mich danach erkundigte, woher die Frauen kamen, nahm er an, dass mir die Auswahl nicht gefallen hatte: „Es gibt eine Menge andere, falls du etwas Abwechslung haben möchtest." Daraufhin rief er die Latina herbei und sagte ihr, sie solle sich besonders um mich kümmern.

Ich wollte auf keinen Fall herausfinden, was das bedeutete, schon gar nicht vor meinem Vater und Madeline, also fragte ich ihn, ob wir irgendwo hingehen könnten, wo wir ungestörter sind. Zum Glück bestätigte er das und sagte dem Mädchen, sie solle mich in ein Schlafzimmer führen.

Meinem Vater zufolge ist dieses Zimmer für Kunden bestimmt, die äußerste Diskretion benötigen, um gewissen Neigungen nachzugehen, und die viel Geld für ihre Privatsphäre bezahlen. Ich schätze, dass diese Vorlieben ziemlich fragwürdig sind, wenn das, was da draußen zu beobachten war, als normal gilt. Wie ich meinen Vater kenne, wollte er wahrscheinlich nur nicht, dass seine Fickfreundin Madeline meinen Schwanz sieht, denn in dem Fall würde sie ihm sofort den Laufpass geben, damit sie mich reiten kann.

Mich schaudert es bei dem Gedanken. Ich habe nichts gegen eine heiße MILF, aber diese Frau ist die wahre Definition einer Femme fatale. Keine Muschi der Welt ist es wert, sein Leben zu ruinieren. Okay, vielleicht könnte mich eine Muschi zu Fall bringen und ich würde dabei wahrscheinlich immerzu lächeln, aber dabei geht es weniger um das Organ als um die Person, die damit verbunden ist. Mein Gott, die Jungs hatten recht. Ich stehe unter dem Pantoffel. Nicht, dass ich das jemals zugeben würde, schon gar nicht gegenüber der Besitzerin dieser Muschi. Es fällt mir schon schwer genug, mit all den verdammten Gefühlen umzugehen, die sie in mir auslöst.

Gerade jetzt fühle ich mich wie besessen, während ich meinen Rover vor ihrem Haus parke. Ich weiß nicht warum, aber mein Bauchgefühl sagt mir, dass etwas ganz und gar nicht stimmt und je länger ich warte, desto schlimmer wird es werden. Gott sei Dank hat Reed daran gedacht, mein Auto abzustellen, bevor er und Ains mit ihrem zurück zu ihm gefahren sind. Mein Agera oder mein Motorrad sind nicht gerade leise und jeder im Haus hätte mich die Straße runterkommen hören.

Es ist schon spät, also benutze ich den Schlüssel, den Peyton mir vor langer Zeit gegeben hat, um durch die Seitentür der Garage einzutreten. Ich schleiche mich durch den Abstellraum und in die Küche und achte darauf, von niemandem gesehen zu werden. Ich habe mich auf diesem Weg schon so oft nachts in Peytons Schlafzimmer geschlichen, dass mich die Dunkelheit nicht im Geringsten behindert. Dieses Mal umgehe ich Peytons Zimmer jedoch komplett und bleibe vor Jazz Tür stehen. Ich drücke mein Ohr an das Holz und höre nichts als Stille. Ich prüfe die Klinke und atme erleichtert auf, als ich feststelle, dass sie nicht verschlossen ist.

In dem Moment, in dem ich die Tür öffne, verzehnfacht sich meine Panik. Die Nachttischlampe ist an, sodass ich Jazz Handy beim Ladegerät liegen sehe. Sowohl die Schranktür als auch die Badezimmertür sind weit geöffnet, also ist es ziemlich offensichtlich, dass Jazz nicht hier ist. Ich überprüfe das Filmzimmer auf der anderen Seite des Flurs, den Keller und den Hinterhof, aber ich weiß, dass das sinnlos ist. Jazz ist nirgendwo auf dem Grundstück und sie hat ihr Handy absichtlich zurückgelassen, damit ich sie nicht finden kann.

Was zum Teufel ist hier los?

Sie ist offensichtlich weggelaufen, aber warum? Jazz ist ein kluges Mädchen, und sie hat einen ausgeprägten Überlebensinstinkt. Was könnte sie dazu gebracht haben, etwas so Leichtsinniges zu tun? Ohne Handy und ohne Mitfahrgelegenheit kann sie nicht weit gekommen sein. Ich verstaue ihr Handy in meiner Tasche, gehe zurück zu meinem Auto und rufe Bentley an, sobald ich den Motor angelassen habe.

„Yo, Bruder, was gibt's? Bist du von der Party zurück?"

„Ist sie bei dir?"

Bent schweigt für einen Moment, wahrscheinlich um herauszufinden, warum ich ihn anschreie. „Ist wer bei mir?"

„Komm schon, Mann, verarsch mich nicht. Ist Jazz bei dir? Hat sie dich angerufen?"

„Kumpel. Halt dich verdammt noch mal zurück. Ich dachte, Jazz wäre mit dir auf die Party gegangen. Warum sollte sie bei mir sein?"

Ich knirsche mit den Zähnen. „Das war sie. Aber Reed und meine Schwester haben sie nach Hause gefahren, weil mein Dad mich aufgehalten hat. Als ich bei Jazz ankam, war sie schon weg und ich habe keine Ahnung, wo sie hin ist."

„Und? Verfolge ihr Telefon. Problem gelöst."

Ich schlage mit der Hand auf das Lenkrad. „Ich kann ihr Handy nicht orten, weil sie es absichtlich in ihrem Schlafzimmer gelassen hat. Was sagt dir das, Fitzgerald?"

„Dass sie dich blockiert." Er räuspert sich. „Was hast du getan, du Arschloch?"

„Ich habe gar nichts getan!", schreie ich. „Jedenfalls nichts, wovon sie wissen könnte."

„Was soll das denn heißen?"

„Scheiße!" Ich trete aufs Gas, sobald ich aus unserer Wohnsiedlung herausfahre. „Bist du zu Hause? Wir gehen auf die Jagd nach streitlustigen Prinzessinnen. Ich erkläre dir alles, wenn ich da bin."

„Okay. Gib mir ein paar Minuten, dann treffen wir uns vor der Tür." Er stößt ein Lachen aus, obwohl ich beim besten Willen nicht weiß, was er daran so lustig finden könnte. „Oh, und Davenport?"

„Was?"

„Vielleicht solltest du deinen Spitznamen für sie noch einmal überdenken. Denn so, wie sie deinen Arsch beherrscht, ist Jazz eine verdammte Königin."

Ich grunze. „Beeil dich einfach und mach dich fertig."

Ich lege den Hörer auf und fahre weiter zu Bentleys Haus, wobei ich die ganze Zeit über seinen Abschiedskommentar nachdenke. Er hat nicht Unrecht – Jazz ist eine verdammte Königin. Aber er hat einen sehr wichtigen Unterschied ausgelassen.

Sie ist *meine* verdammte Königin.

~

„Was hast du jetzt vor?" Bentley schnallt sich ab, als ich vor seinem Haus anhalte.

In den letzten drei Stunden sind wir durch die ganze Gegend gefahren. Bent und ich haben an jedem Park und jedem 24-Stunden-Geschäft in der Gegend angehalten. Das waren ohnehin nur Tankstellen, ein Diner und eine Apotheke, aber von Jazz gab es keine Spur. Reed stand vor Jazz Haus, für den Fall, dass sie nach Hause kam, und Ains hielt sich in meinem Poolhaus auf, falls Jazz dort auftauchte. Vor etwa fünfzehn Minuten rief Ainsley an, um mir zu sagen, dass Jazz sich bei ihr gemeldet hatte. Jazz hat die Nummer, von der sie angerufen hat, unterdrückt, aber sie sagte, dass sie für die Nacht in Sicherheit sei und dass sie morgen mit Ainsley sprechen würde. Meine Schwester hat die Nachricht sofort an mich weitergeleitet, damit wir die Suche abblasen können.

Die Tatsache, dass ich keine Ahnung habe, wo sie sein könnte, macht mich wütend. Es macht mir klar, dass ich nicht viel über Jazz Leben weiß, bevor sie hierhergezogen ist. Sie hat nie Freunde aus ihrer alten Nachbarschaft erwähnt, aber das heißt nicht, dass sie keine hat. Ainsley hat gesagt, dass Jazz und ihr bescheuerter Ex ein ziemlich freundschaftliches Verhältnis hatten – was mir wirklich sauer aufstößt – aber meine Schwester glaubt nicht, dass Jazz bei ihm war, als sie anrief.

Was auch immer Jazz zu ihr gesagt hat, hat Ainsley den Eindruck vermittelt, dass sie in einem Hotel übernachtet, was mich ein wenig beruhigt. Ich glaube nicht, dass Jazz sich die Mühe machen würde, meine Schwester zu kontaktieren, weil sie weiß, dass sie sich Sorgen um sie machen würde, wenn sie nicht wirklich in Sicherheit wäre. Ich verstehe aber nicht, warum Jazz mich nicht angerufen hat und warum sie überhaupt weggelaufen ist. Das macht mich wahnsinnig. Leider glaube ich nicht, dass ich irgendwelche Antworten bekomme, bis ich Jazz gefunden habe, was mir heute Vormittag nicht gelingen wird.

Ich reibe an dem Knoten, der sich in meinem Nacken bildet. „Eines ist sicher: Jazz wird den Tag mit ihrer Schwester nicht verpassen wollen. Wir holen sie jeden Sonntagmorgen um elf Uhr ab. Wenn Jazz bis dahin nicht nach Hause kommt, werde ich vor Belles Haus campieren, bis sie dort auftaucht. So oder so, ich werde sie finden.“

„Ich hasse es, das zu sagen, aber du weißt, dass ich immer direkt bin.“

Ich fordere ihn mit einer Geste auf, weiterzureden.

Bentley zuckt mit den Schultern. „Ich glaube, du hast es verkackt … auf der Party, meine ich.“

„Wie soll das denn passiert sein? Ich habe genau das gemacht, was wir dort vorhatten. Und ich habe in ein paar Stunden mehr Fortschritte erzielt als in den letzten zwei Jahren. Mein Vater lässt mich endlich gewähren. Er hat viel Vertrauen in mich gesetzt, indem er mich in dieses Haus gebracht hat.“

„Das weiß ich“, versichert er mir. „Und das ist wirklich gut so. Aber die Sache mit der Nutte? Ernsthaft, Mann?“

„Ich hatte keine andere Wahl, verdammt.“ Ich atme tief aus. „Wenn ich sein großzügiges Geschenk, wie er es nannte, nicht angenommen hätte, hätte mein Vater gewusst, dass ich ihn anlüge. Es war seine Art, meine Loyalität zu ihm zu testen, und ich habe diesen Test mit Bravour bestanden. Es musste getan werden, Mann.“

„Ja, aber was ist, wenn Jazz das herausfindet?“

„Es gibt nichts *herauszufinden*“, maule ich. „Und selbst wenn, würden mein Vater oder Madeline nichts sagen, weil sie dann ihre Rolle in dieser ganzen Situation erklären müssten.“

„Ich denke trotzdem, dass du ihr die Wahrheit sagen solltest. Habt ihr nicht vereinbart, dass ihr keine Geheimnisse mehr voreinander habt?“

„Sie würde das nicht verstehen.“ Ich schüttle den Kopf.

„Wenn ich es Jazz sagen würde, würde ich ihr nur wehtun, und sie hat in den letzten Monaten mehr als genug gelitten. Ich werde ihr nicht noch mehr Leid zufügen.“

„Ich glaube, du machst einen Fehler, Mann.“

„Das ist meine Entscheidung. Halt dich da raus, Bent.“

„Ich mache mir auch Sorgen um sie, weißt du. Ich habe das Recht, mir Sorgen zu machen.“

Ich kratze die leichten Stoppeln, die sich auf meinem Kiefer bilden. „Das weiß ich, aber es ist trotzdem meine Entscheidung. Vergiss es.“

Seine braunen Augen verengen sich. „Das verstehe ich nicht. Wäre es dir nicht lieber, wenn Jazz deine Sicht der Dinge erfährt? Es ist ja nicht so, dass du …“

Ich halte eine Hand hoch und unterbreche ihn. „Ich sagte, lass es gut sein. Wenn du oder Reed es ihr nicht sagen“, erwidere ich seinen Blick, „was keiner von euch tun wird, wird sie es nicht erfahren. Es ist besser so.“

Bent schüttelt den Kopf. „Ich glaube immer noch, du machst einen großen Fehler.“

„Ja? Nun, dann ist es wohl mein Fehler, oder? Schließlich ist sie meine Freundin.“

Er runzelt die Stirn. „Du bist ein Arschloch. Weißt du das?“

Ich lache höhnisch. „Glaub mir, Kumpel. Ich bin mir dessen *sehr* bewusst.“

KAPITEL ZEHN

JAZZ

„Bist du dir da sicher, Baby?"

Ich seufze und drehe mich zu Shawn um. „Ich habe dir doch gerade von dem ganzen Scheiß erzählt, mit dem ich zu tun habe. Warum stellst du infrage, dass ich mich schützen muss?"

Er saugt einen Moment lang an seiner vollen Unterlippe. „Wer hätte je gedacht, dass dein Leben gefährlicher wird, nachdem du aus den Sozialsiedlungen ausgezogen bist? Wenn ich dich nicht so gut kennen würde, könnte ich schwören, dass du dir den Scheiß ausdenkst."

Ich lache höhnisch auf. „Mein Leben ist buchstäblich zu einer Seifenoper geworden. Warum sollte sich jemand so einen Scheiß ausdenken?"

Shawns Lippen zucken, wahrscheinlich erinnert er sich an die Zeit, die wir damit verbracht haben, lateinamerikanische Seifenopern auf Netflix zu gucken. Früher haben wir uns über all die absurden Geschichten lustig gemacht, und jetzt lebe ich selbst in einer davon. Ironie des Lebens.

Er greift nach einer Haarsträhne von mir. „Ich habe zufällig einige schöne Erinnerungen an diese lächerlichen Shows."

Ich hole tief Luft, als sich sein Blick verfinstert. Meistens haben Shawn und ich es nur bis zur Hälfte einer Folge geschafft, bevor wir es auf seinem Bett getrieben haben. Die Chemie zwischen uns war nie ein Problem, und für ihn ist sie offensichtlich immer noch kein Problem, mir geht das nicht so. Verdammt, ich bin meilenweit davon entfernt.

Ich schiebe seine Hand weg und sage: „Shawn, lass es."

„Komm schon, Jasmine, vergiss deinen verrückten Plan. Warum drehen wir nicht um und gehen zu mir nach Hause? Du weißt, dass du dich bei mir wohlfühlen wirst."

Ich schnalle mich ab und ziehe am Türgriff. „Bitte lass es mich nicht bereuen, dass ich dich um Hilfe gebeten habe. Du bist der einzige Mensch, den ich noch habe."

Toll, jetzt wirkt er sauer. „Du hast es selbst gesagt. Er hat dich heute Abend betrogen. Er hat dich wahrscheinlich die ganze Zeit belogen. Dieser hübsche Junge hat dich nicht verdient."

Ich kneife mir in den Nasenrücken. „Das macht es nicht weniger schmerzhaft, und zweimal falsch ergibt nicht einmal richtig, Shawn."

„Und du glaubst, wenn du dich mit Tiny triffst, wird es wieder gut?"

„Nein, nein. Ich denke, das Treffen mit Tiny wird mir die Sicherheit geben, die ich jetzt so dringend brauche. Du hast doch immer gepredigt, dass ich mich nie darauf verlassen soll, dass jemand anderes mich beschützt. Dass ich, wenn mich jemand angreift, alles Menschenmögliche tun muss, um mich zu schützen. Und genau das tue ich gerade."

Shawn nimmt seine Baseballmütze ab und dreht die Krempe nach hinten, bevor er sie wieder aufsetzt. „Das gefällt mir gar nicht, Jazz."

„Zur Kenntnis genommen. Aber ich gehe trotzdem da rein."

Er flucht. „Wenn du darauf bestehst, aber ich lasse dich nicht gehen, bevor ich nicht sicher bin, dass du mit dem verdammten Ding umgehen kannst. Wir gehen morgen früh auf einen Schießstand oder so."

„Das geht nicht." Ich schüttle den Kopf. „Sonntags ist der einzige Tag, an dem ich Belle sehen kann."

„Gut, dann gehen wir am Montag."

„Ich habe am Montag Schule."

„Du willst dort wirklich hin? Ist das dein Ernst?"

Ich reibe mir die Schläfen. „Ich muss. Du weißt, dass ich nicht davonlaufen kann."

„Wenn dir etwas zustößt …"

„Ich muss es versuchen. Außerdem kann jedem von uns etwas zustoßen, wenn wir es am wenigsten erwarten. Meine Mutter ist ein perfektes Beispiel dafür. Sie hat jahrelang fast jeden verdammten Tag an dieser Bushaltestelle gewartet, ohne dass etwas passiert wäre. Ich wette, sie hätte nicht gedacht, dass sie an diesem Morgen auf dem Weg zur Arbeit in eine Schießerei gerät und es nicht mehr nach Hause schafft. Ich bezweifle, dass irgendjemand so etwas denkt, wenn man seinem ganz normalen Alltag nachgeht."

„Niemand würde ich nicht gerade sagen", argumentiert er.

Ich rolle mit den Augen. „Du weißt, was ich meine."

Shawn packt mich am Arm und hält mich auf, als ich aus dem Auto aussteigen will. „Warte mal kurz, ja? Wenn wir das tun, musst du mir versprechen, dass du vorsichtig sein wirst."

„Ich verspreche es. Du weißt, dass immer über fast alles nachdenke. Ich werde sicher sein."

Shawn zieht mit einem Nicken die Schlüssel aus dem Zündschloss und wir gehen beide zu dem heruntergekommenen Wohnhaus. Shawn klopft mit einem bestimmten Rhythmus an die Tür. Wir hören, wie ein paar Schlösser entriegelt werden, und einen Moment später schwingt die Tür auf. Der Mann, der in der Tür steht, ist das genaue Gegenteil von klein, was seinen Spitznamen so lustig macht. Ganz im Ernst. Der Kerl ist 1,90 m groß und wiegt locker dreihundert Pfund. Für die meisten ist er ein furcht-erregender Kerl, aber für mich ist er einfach nur Shawns Bruder von einer anderen Mutter.

Tiny tritt zur Seite, grinst breit. „Verdammt, Mädchen, du wirst mit dem Alter immer schöner."

Ich grinse. „Danke, Tiny."

Shawn schlägt ihm auf den Arm. „Halt dich verdammt noch mal zurück."

Sein bester Freund tritt einen Schritt zurück und streckt seine Handflächen aus. „Entspann dich. Ich wusste gar nicht, dass ihr beide wieder zusammen seid."

„Sind wir nicht." Ich schüttle den Kopf.

Shawn grinst daraufhin, was Tiny zum Lachen bringt.

„Und was verschafft mir die Ehre?" Tiny deutet mir an, mich auf die braune Ledercouch zu setzen.

Mein Ex-Freund nimmt neben mir auf dem Sofa Platz. „Jazz braucht eine Waffe. Am besten etwas Kleines, das leicht zu handhaben ist."

„Was du nicht sagst …" Tiny zieht überrascht die Augenbrauen hoch. „Macht dir jemand Ärger, Kleine?"

Ich nicke. „Das kann man wohl sagen."

Tiny knackt mit den Fingerknöcheln. „Na gut, dann. Komm in mein Büro."

Mit einer Geste fordert er mich auf, ihm in ein Schlafzimmer zu folgen. Auf den ersten Blick sieht es aus wie eine Standardkombination aus Gästezimmer und Büro.

An einer Wand steht ein Tagesbett, an der gegenüberliegenden Wand ein kleines Bücherregal und ein Schreibtisch. Ich bin verwirrt, als er den Rollcontainer unter dem Bett herauszieht, bis ein armeegrüner Aufbewahrungsbehälter in dem ausgehöhlten Teil der Matratze zum Vorschein kommt. Tiny hantiert mit dem Schloss, hebt den Deckel ab und bringt eine Reihe von Handfeuerwaffen zum Vorschein, die von der größten zur kleinsten geordnet sind. Er nimmt eine kleine schwarze Pistole, überprüft das Magazin und reicht sie mir.

„Die sind alle unregistriert, also musst du dir keine Sorgen machen, dass jemand sie zurückverfolgen könnte. Diese hier hat einen minimalen Rückstoß und eine hohe Treffsicherheit. Der einzige wirkliche Nachteil ist, dass sie nur sechs Schuss hat, aber für jemanden deiner Größe ist sie perfekt. Normalerweise verkaufe ich keine Munition – ich will nicht riskieren, dass jemand eine geladene Waffe auf mich richtet. Aber da ich weiß, dass du cool bist, werde ich dir etwas verkaufen. Der Staat Kalifornien hat sehr strenge Kaufgesetze, also komm zu mir, wenn du mehr brauchst."

„Das weiß ich sehr zu schätzen." Ich teste das Gewicht der Waffe in meiner Hand. „Wie viel?"

Tiny reibt sich das Kinn. „Normalerweise würde ich sagen, sechshundert, aber du hast Anspruch auf den Familienrabatt. Schaffst du vier?"

Ich krame in meiner Tasche und hole das Bargeld heraus, das ich mitgebracht habe. Nach Abzug der vierhundert habe ich nur noch einhundertzweiundvierzig Dollar. Ich muss mir wirklich einen Job suchen.

Ich ziehe ihm vier Hunderter ab, die er in seine Tasche steckt, bevor er den Laden wieder dichtmacht. Sobald das Bett nicht mehr wie eine Waffenkammer aussieht, dreht sich Tiny um und drückt mir eine kleine Schachtel mit 9mm-Munition in die Hand.

„Sei vorsichtig, Mädchen. Es war schön, dich zu sehen."

„Danke, Tiny. Dich auch."

Shawn kramt eine rechteckige Dose aus seiner Tasche und öffnet sie. „Mein Laden hat diese geile neue Sorte aus Colorado bekommen. Sie ist verdammt stark. Die Pre-Rolls kamen gestern an, also habe ich mir eine Packung geschnappt, bevor sie ausverkauft waren. Willst du sie mal probieren?"

Ah, die Vorteile der Arbeit in einer Apotheke. Du darfst das beste Gras zuerst probieren.

„Warum nicht? Es hilft mir wahrscheinlich beim Einschlafen. Bei der Geschwindigkeit, mit der mein Gedankenkarussel sich gerade dreht, ist das auf natürlichem Wege nicht möglich."

„Hey, das Zeug ist hundertprozentig naturbelassen. Jeder, der etwas anderes behauptet, verbreitet Fake News."

Ich lege den Kopf schief. „Touché."

Er steckt den Joint zwischen die Lippen und zündet ihn an, worauf ein beißender Geruch die Luft verpestet. Nachdem er einen Zug genommen hat, gibt er den Joint weiter, damit ich dasselbe tun kann, und dann wiederholen wir den Vorgang noch ein paar Mal. Shawn bot mir seine Couch für die Nacht an, was ich gerne annahm. Als wir Tiny verließen, war es bereits nach Mitternacht. Shawns Wohnung ist nur rund einen Kilometer von der meiner Schwester entfernt, sodass es für mich morgen früh viel einfacher sein wird, zu ihr zu kommen. Ich muss sie nur irgendwohin bringen, wo wir zu Fuß oder mit dem Bus hinkommen, und mir dann überlegen, wie ich danach nach Hause komme.

„Glaubst du wirklich, diese Ainsley hat keine Ahnung?"

„Ich hätte sie nicht angerufen, wenn es nicht so wäre. Sie ist eine enge Freundin und ein noch besserer Mensch. Ich wusste, dass sie ausflippen würde, und ich wollte nicht, dass sie sich die ganze Nacht Sorgen um mich macht." Mir schwirrt der Kopf, als das Gras plötzlich seine Wirkung entfaltet. „Wow, das ist guter Stoff."

Shawn lacht, bevor er einen weiteren Zug nimmt. „Das ist es wirklich. Du weißt, dass meine Toleranzgrenze durch die Decke geht, aber dieses Zeug wirkt viel schneller als alles andere, was ich bisher probiert habe."

Mir kommen die Tränen, weil seine Aussage mich an Bentley denken lässt. „Kann ich dein Telefon noch einmal benutzen?"

„Jazz. Es ist schon nach zwei."

„Ich weiß."

„Ich gebe dir mein Telefon nicht, damit du diesen Wichser anrufen kannst."

„Ich rufe ihn nicht an."

„Wen dann?"

„Shawn." Ich halte meine Hand mit der Handfläche nach oben. „Bitte."

Er reicht mir das Handy – wenn auch widerwillig – und ich öffne den Internetbrowser und logge mich in mein E-Mail-Konto ein. Ich weiß nicht mehr, wer mir das einmal vorgeschlagen hat, aber seitdem schicke ich mir jedes Mal, wenn ich eine neue Nummer in meinem Telefon speichere, eine Kopie des Kontaktes per E-Mail und bewahre sie in einem Ordner auf. Heutzutage wählen die Leute nur noch selten vollständige Telefonnummern, was bedeutet, dass sie selten die Gelegenheit haben, sie sich zu merken. So ist sichergestellt, dass ich nie ohne die Daten von jemandem dastehe, wenn ich mein Handy verloren habe. Oder wenn ich es absichtlich zurückgelassen habe, weil jemand einen Tracker darauf installiert hat.

Ich wähle Bentleys Nummer, nachdem ich die Anrufer-ID deaktiviert habe. Shawn wirft mir einen seltsamen Blick zu, als ich auf die hintere Terrasse trete, aber ich habe heute Abend nicht mehr genug Grips, um aus ihm schlau zu werden.

„Hallo?" Bentleys Stimme klingt groggy, als hätte ich ihn geweckt.

„Hast du geschlafen?"

Ich kann hören, wie er sich bewegt. „Jazz? Wo bist du, Baby? Geht es dir gut?"

„Mir geht's gut", versichere ich ihm.

„Wo bist du?" Seine tiefe Stimme ist jetzt noch aufmerksamer. Und härter.

„Weißt du noch, als du versprochen hast, mich nie wieder anzulügen?"

Er räuspert sich. „Ja, ich erinnere mich."

Ich lehne mich gegen das Metallgeländer und starre auf eine flackernde Straßenlaterne. Shawn wohnt in einer Wohnung im zweiten Stock, also habe ich einen schönen Blick auf den Parkplatz, der zu dem Komplex hinter ihm gehört. Und auf die Arschbacken einer Prostituierten, die jemanden am Straßenrand anspricht. Südkalifornien hat einige atemberaubende Küstenabschnitte, aber die sogenannte Stadt der Engel wird dem Begriff Betondschungel definitiv gerecht. Sie ist hektisch, laut und hell, sogar mitten in der Nacht. Früher hat mich das nie gestört, weil ich nichts anderes kannte, während der letzten Monate in den West Hills habe ich etwas anderes erlebt. Ich habe mich an die Stille gewöhnt – die Stille.

„Jazzy? Bist du noch da?"

Ich schüttle mich aus meinem Gras-Nebel. „Tut mir leid. Ich habe ein bisschen was geraucht."

„Ganz allein? Wo bist du, Jazz? Du hast uns vorhin ganz schön erschreckt."

„Wo ich bin, spielt keine Rolle. Ich bin in Sicherheit. Das schwöre ich."

Er seufzt schwer. „Warum bist du abgehauen, Kleines? Was ist passiert?"

„Ich glaube, das weißt du besser, Bentley." Ich unterdrücke ein Schluchzen. „Und ich will, dass du ehrlich zu mir bist."

„Weinst du etwa? Sag mir, wo du bist, und ich hole dich ab."

Ich schüttele den Kopf und merke, dass er mich nicht sehen kann. „Sag es mir, Bentley. Bitte!"

Er stößt ein gequältes Stöhnen aus. „Du und Davenport müsst wirklich lernen, besser zu kommunizieren. Das würde euch eine Menge Probleme ersparen. Ich will da nicht mit reingezogen werden, Jazz. Ich müsste mich auch nicht einmischen, wenn eure sturen Ärsche einfach miteinander reden würden. Komm schon, Jazzy, du weißt, dass Kingston für alles, was er tut, einen Grund hat. Es mag nicht immer das Richtige sein, aber er glaubt wirklich, dass es das Beste ist, was er tun kann, egal unter welchen Umständen."

„Du willst mir also sagen, dass es in dieser Situation das Beste war, irgendeine Schlampe zu ficken?"

Mindestens dreißig Sekunden lang sagt er nichts. „Du bist ihnen zu diesem Haus gefolgt, oder?"

Ich lache höhnisch auf. „Nein, ich bin jemand anderem

gefolgt und war vor ihnen da. Aber ja, ich habe gesehen, wie Kingston und sein Vater den Sexclub oder was auch immer es war, betreten haben. Ich hatte von der Hintertür einen guten Blick auf alles und habe auch gesehen, wie mein angeblicher Freund mit einem nackten Mädchen herumgemacht hat, bevor er mit ihr im Flur verschwand."

Verdammt noch mal. Das wollte ich ihm nicht sagen. Mein Rausch macht mich offensichtlich noch gesprächiger als sonst.

„Jazz, bitte ruf ihn an. Es ist nicht das, wonach es aussieht. Er ist gerade in einer wirklich beschissenen Lage und macht sich Sorgen um dich."

Ich seufze. „Bin ich hier die Heuchlerin, Bent? Bin ich verrückt, weil ich mich so verraten fühle, wenn man bedenkt, was in jener Nacht zwischen uns dreien passiert ist?"

„Nein, Baby. Es ist ein großer Unterschied, ob du deinen Schwarm betrügst oder ob ihr beide jemanden einladet, mit dir zu spielen. Sprich mit ihm und du wirst sehen, dass es nicht so ist, wie es scheint. Ich kenne meinen Freund, und ich weiß, dass er dir so etwas nie antun würde. Du bedeutest ihm alles, Jazzy."

Ich schaue über meine Schulter, als die Tür aufgeht und Shawn herauskommt. „Alles in Ordnung hier draußen?"

„Wer zum Teufel ist das?", schreit Bentley wütend.

Shawn blickt finster drein und hat Bentleys Worte offensichtlich über das Telefon gehört.

Ich halte einen Finger hoch und bitte ihn, mir eine Minute Zeit zu lassen.

„Bent, ich muss gehen. Ich glaube, ich muss mich erst einmal ausschlafen. Ich melde mich später bei dir, okay?"

„Jazz, warte. Nicht …"

Ich beende den Anruf und gebe das Handy an Shawn zurück. „Danke."

Seine Augen hüpfen zwischen meinen hin und her. „Alles in Ordnung?"

„Ich glaube, ich brauche wirklich etwas Schlaf." Ich gähne herzhaft, was mir noch mehr zu denken gibt.

Er deutet mit seinem Kopf hinter sich. „Du kannst in meinem Bett schlafen. Ich habe gerade die Laken gewechselt." „Ich werde nicht in deinem Bett schlafen."

Shawn legt seine Hände auf meine Schultern und führt mich in den Flur. „Du nimmst das verdammte Bett. Ich werde auf der Couch schlafen. Malakai müsste jeden Moment nach Hause kommen, und ich kann nicht garantieren, dass er allein ist. In meinem Zimmer wird es ruhiger sein."

„Gut", gebe ich nach. „Aber nur, weil deine Couch echt ätzend ist."

„Geh ins Bett, Jazz. Wir reden morgen früh weiter."

KAPITEL ELF

JAZZ

„Danke fürs Mitnehmen. Und für alles gestern Abend."

Shawn hält seinen marineblauen BMW 328i am Bordstein an, zwei Häuser von Belles Wohnung entfernt. Die Limousine ist schon über zehn Jahre alt, aber der Junge hält sie wie besessen sauber. Jungs und ihre Autos, stimmt's?

„Bist du sicher, dass ich euch nicht irgendwohin fahren soll?"

„Ich bin mir sicher." Ich nicke und lasse den Teil aus, dass Belle wahrscheinlich nicht glücklich wäre, ihn zu sehen. Sie mochte Shawn, als wir noch zusammen waren, aber sie liebt Kingston und ich befürchte, dass es sie verwirren würde, Shawn zu sehen.

„Überleg dir wenigstens, ob ich dich nicht nach Hause fahren sollte. Es ergibt keinen Sinn, dafür zu bezahlen, wenn ich es umsonst tun kann." Er schaut auf den Rucksack auf meinem Schoß. „Du kannst ihn bei mir lassen und ich bringe ihn zurück."

Das wäre wahrscheinlich das Klügste, wenn man bedenkt, dass ich meine Glock in das Hemd von gestern Abend eingewickelt habe. Sie ist zwar nicht geladen, aber trotzdem. Mir gefällt der Gedanke nicht, eine Waffe zu tragen, wenn ich den Tag mit meiner Schwester verbringe.

„Ja … okay. Vielleicht treffen wir uns gegen fünf Uhr wieder hier?"

Shawn schaut mir einen Moment lang in die Augen. „Das können wir machen."

Ich schenke ihm ein sanftes Lächeln. „Nochmals danke, Sha" Eine Bewegung auf der Straße lässt mich aufschrecken. „Ah, verdammt."

Shawns Blick folgt meinem. Seine Schultern versteifen sich, als er bemerkt, dass Kingston direkt auf uns zukommt und Löcher in die Windschutzscheibe starrt. Verdammt, ich hätte wissen müssen, dass er hier auftauchen würde.

„Oh, verdammt, nein." Shawn reißt die Schlüssel aus dem Zündschloss und öffnet die Autotür.

„Shawn, lass das."

Er lacht laut auf. „Tut mir leid, Jazz. Ich werde keinen Rückzieher machen. Dieser arrogante Arsch hat echt Nerven, hier aufzutauchen."

Ich klettere aus dem Auto und hole ihn ein, als Kingston uns erreicht. Die beiden Männer starren einander an, die Feindseligkeit zwischen ihnen ist spürbar. Ein Muskel in Kingstons Wange zuckt, während Shawn seine Fäuste ballt und wieder löst. Keiner der beiden sagt ein Wort. Sie stehen sich einfach gegenüber und versuchen, sich gegenseitig mit Blicken zu töten.

Ich stelle mich direkt zwischen sie. Das Letzte, was ich jetzt gebrauchen kann, ist, dass sie sich gegenseitig mit Fäusten traktieren und dann jemand die Bullen rufen muss. Beide Männer sind ziemlich gleich groß und Shawn ist ein echter Straßenkämpfer, aber nachdem ich Kingston auf Peytons Geburtstagsparty habe kämpfen sehen, glaube ich, dass er seinem Gegner wirklich Schaden zufügen könnte.

„Jazz, beweg dich", knirscht Kingston.

„Rede nicht so mit ihr", erwidert Shawn.

Kingstons Mund verzieht sich zu einem bösen Grinsen. „Oder was?"

Ich strecke meine Arme zu beiden Seiten aus, als sie beide einen Schritt aufeinander zu machen. „Hört auf damit. Alle beide."

Kingstons Blick trifft meinen. „Ist das der, mit dem du die ganze Nacht zusammen warst?" Seine Augen sind heute leuchtend grün und glühen fast, während er auf meine Antwort wartet.

Ich ziehe eine Augenbraue hoch. „Und was, wenn es so wäre?"

Seine Augen verengen sich. „Dann haben wir ein Problem."

Ich lache. „Oh, wir haben schon ein Problem, Kingston."

Kingstons Blick wandert zu Shawn. Er könnte nicht unbeeindruckter aussehen, selbst wenn er es versuchen würde. „Du kannst jetzt abhauen. Ich möchte mit meiner Freundin allein reden.“

Shawn stürmt wieder vor, bleibt aber stehen, als ich meine Handfläche gegen seine aufgeblähte Brust drücke. „Fick dich! Ich werde nirgendwo hingehen. Und so wie ich das sehe, ist sie auch nicht mehr deine Freundin.“ Er stößt ein höhnisches Lachen aus. „Aber mach dir keine Sorgen, ich habe mich gestern Abend gut um sie gekümmert.“

Mist.

Er musste die Bestie einfach wecken, nicht wahr? Kaum hat mich Kingston aus dem Weg gezerrt, trifft seine Faust auch schon Shawns Kiefer. Shawn schlägt sofort zurück und landet einen festen Schlag an der gleichen Stelle.

„Hört auf!“, schreie ich. „Jemand wird die Bullen rufen, ihr Idioten!“

Natürlich hören sie nicht auf mich und prügeln weiter aufeinander ein. Als ich sehe, dass die Nachbarn ihre Köpfe durch die Vorhänge stecken, weiß ich, dass ich die Sache schnell beenden muss, bevor die beiden Idioten ins Gefängnis kommen. Ich bin nicht so dumm, mein Gesicht als Kollateralschaden zu riskieren, also tue ich das Erste, was mir einfällt. Ich ziehe meine Schuhe mitten auf der Straße aus und schleudere jedem von ihnen einen so fest ich kann an den Kopf.

„Au!“, schreit Shawn und reibt sich die Stirn.

„Was zum Teufel?“ Kingston murrt zur gleichen Zeit und starrt auf einen meiner heruntergefallenen Chucks auf dem Beton.

Ich stütze eine Hand auf meine Hüfte. „Ihr Arschlöcher habt es verdient.“

Shawns Nasenflügel blähen sich, als er sich das Blut von der Lippe wischt. „Hast du mir ernsthaft deinen Schuh ins Gesicht geworfen?"

Ich rolle mit den Augen. „Ja, verdammt, ich habe dir meinen Schuh ins Gesicht geworfen. Sei nicht so ein Weichei. Es hat zwar nicht schlimmer wehgetan als eine Faust, aber das Überraschungsmoment hat euch Idioten offensichtlich zur Vernunft gebracht."

Shawn zuckt zusammen. „Das ist hart, Babe."

„Nenn sie noch einmal so und schau, was passiert." Kingston spuckt Blut auf den Boden.

Shawn reckt sein Kinn vor. „Ich habe keine Angst vor dir, Playa."

Ich werfe meine Hände in die Luft. „Oh, haltet die Klappe, ihr beiden. Wenn ihr doch nur aufhören würdet, euch zu …"

„Jazz!"

Alle drei Köpfe drehen sich in die Richtung, aus der die Stimme meiner Schwester kommt. Mit einem strahlenden Lächeln im Gesicht stürmt sie den Bürgersteig entlang auf uns zu.

Ich hocke mich hin und nehme sie in die Arme, kaum dass sie in Reichweite ist. „Hey, Kleines. Ich habe dich vermisst."

Belle drückt mich fester und drückt ihre Nase in meine Schulter. „Ich habe dich auch vermisst."

Ich sehe die beiden Jungs über Belles Schulter an und fordere sie stumm auf, sich zusammenzureißen.

Ich greife mit dem Finger in eine Locke ihres losen

Haares. „Du hast die Zöpfe aufgemacht. Wie hast du es geschafft, dass die Locken so schön aussehen?"

Meine Schwester nickt. „Monica arbeitet in einem Schönheitssalon. Sie darf alle möglichen Sachen zum Ausprobieren mit nach Hause nehmen. Sie hat mir ein neues Öl besorgt, das wie Sonnencreme riecht." Belle hebt eine Haarsträhne hoch und wartet darauf, dass ich daran schnuppere. „Siehst du?"

Ich schnuppere an dem Kokosnussduft. „Du riechst zum Anbeißen." Ich beiße ihr spielerisch in den Hals, was sie zum Kichern bringt.

Belle weicht zurück und runzelt die Stirn, als sie schließlich Shawn bemerkt. „Was macht er denn hier?"

Shawn lacht über ihren vorwurfsvollen Ton. „Hey, Kleines. Lange nicht mehr gesehen."

Belle ballt die Fäuste und stemmt sie in die Hüften. „Ich bin nicht klein."

Er hält kapitulierend die Hände in die Höhe. „Mein Fehler. Verzeihst du mir?"

Jetzt verschränkt Belle die Arme vor der Brust und brummt.

Kingston gefällt es natürlich, dass meine Schwester meinen Ex nicht gerade herzlich empfängt. „Hey, Kleine."

Ein Lächeln breitet sich auf ihrem Gesicht aus, bevor sie sich in Kingstons Arme wirft. Shawn ist im Moment nicht der Einzige, dem es unangenehm ist, dass Belle Kingston so sehr anhimmelt.

Kingston hält Belle stolz in den Armen. Er zupft an einer ihrer Locken und sagt: „Dein Haar sieht wirklich hübsch aus."

„Danke." Behutsam drückt Belle ihre Fingerspitzen an seinen Mundwinkel. „Du hast ein Aua auf deiner Lippe."

Kingstons Zunge streckt sich und wischt den kleinen Blutstropfen weg. „Mach dir keine Sorgen um mich, mein Schatz. Es tut überhaupt nicht weh."

Shawn und ich schütteln beide den Kopf über Kingstons offensichtlichen Seitenhieb.

Ich sage meinem dummen Herzen, dass es hart bleiben soll, als Kingston ihr in die Nase kneift. „Hast du Lust, heute ins Kindermuseum zu gehen?"

Verdammte Scheiße.

Belles Gesicht leuchtet auf. „Oh Jaaa!"

„Belle … eigentlich hatte ich vor, dass wir Schwestern den Tag heute allein verbringen. Wir könnten, wie in alten Zeiten, in den Bus steigen und irgendwohin fahren, wo es lustig ist?"

Sie zieht die Augenbrauen zusammen. „Aber ich will ins Kindermuseum gehen."

„Ja, Jazz, sie will ins Museum gehen." Kingston lächelt siegessicher.

In Gedanken lasse ich ihn abblitzen. „Gut, dann können wir mit dem Bus zum Museum fahren und haben trotzdem unseren Schwesterntag."

„Oder ich kann euch fahren", bietet Shawn an. „Ich verspreche, dass ich euch nicht im Weg bin. Ich werde nur der Chauffeur sein."

Belle sieht erst Shawn an, dann mich und dann Kingston. Ich glaube, sie spürt endlich die Spannung, die in der Luft liegt. Sie zieht die Stirn in Falten, als sie an Kingstons Ärmel zieht und ihn auffordert, sie herunterzulassen.

„Bist du sauer auf mich?"

Ich schüttle den Kopf. „Natürlich nicht, Schatz. Wie kommst du denn darauf?"

„Weil alle richtig wütend aussehen, wie damals, als ich Saft über die ganze Couch verschüttet habe und Papa mich angeschrien hat und ich ohne Abendessen ins Bett gehen musste."

Ich muss mich wirklich anstrengen, um meinen Hass auf den Vater meiner Schwester zu verbergen. Ein weiterer Grund, warum ich einen Job brauche: Damit ich einen Anwalt konsultieren kann, um herauszufinden, wie meine Chancen auf ein Teil-Sorgerecht stehen.

Kingston kniet sich hin. „Hey, Prinzessin. Keiner ist sauer."

Belle zeigt auf Shawn. „Warum blutet seine Lippe dann auch?"

Kingston wirft Shawn nicht einmal einen Blick zu. „Wir haben nur herumgespielt."

Shawn wischt das Blut mit dem unteren Teil seines Hemdes ab. Zum Glück ist das Hemd schwarz, sodass es hoffentlich keine Flecken gibt. Er zwinkert mir zu, als er bemerkt, dass ich auf seine Bauchmuskeln starre, die viel definierter sind als früher. Ich will vielleicht nicht mit ihm zusammen sein, aber ich bin ganz sicher nicht blind. Leider ertappt Kingston mich auch dabei, wie ich ihn anstarre, was mir einen bösen Blick einbringt.

Ich werfe ihm einen Blick zurück. „Fang jetzt bloß nicht an."

Belle ergreift meine Hand. „Jazz?"

Ich seufze. „Schatz, ich verspreche dir, dass niemand

sauer auf dich ist. Und wir werden etwas super Lustiges machen, aber vorher muss ich mit den Jungs ein Gespräch unter Erwachsenen führen. Warum gehst du nicht wieder rein und ich hole dich gleich ab?"

„Dann gehen du, Kingston und ich in das Kindermuseum?"

Ich schenke ihr ein beruhigendes Lächeln. „Das bekommen wir schon hin, okay? Geh einfach wieder rein, ich bin gleich da."

Belle rümpft die Nase. „Na gut."

Niemand sagt ein Wort, bis sie wieder im Haus ist. Sobald sie jedoch die Tür zugemacht hat, ist es damit vorbei.

„Zeit für dich, abzuhauen", sagt Kingston zu Shawn.

Shawn lacht höhnisch auf. „Verdammt, nein."

Ich lasse meinen Kopf resigniert hängen. Beide Jungs beobachten mich, als ich in Shawns BWM steige und meinen Rucksack hole.

„Jazz-", beginnt Shawn.

Ich halte meine Hand hoch. „Ich weiß, was ich tue, Shawn. Danke für letzte Nacht. Ich rufe dich später an, okay?"

Er schaut ungläubig zwischen Kingston und mir hin und her. „Willst du mich jetzt verarschen? Du stellst dich auf seine Seite, nach allem. was er getan hat?"

Ich kneife mir in den Nasenrücken. „Ich stehe auf der Seite meiner Schwester. Und das Beste für sie ist jetzt, keine Szene zu machen und sie nicht noch mehr zu verwirren."

„Das gefällt mir nicht." Shawn rückt die Krempe seiner Baseballkappe zurecht.

„Es wird schon gut gehen, Shawn. Ich rufe dich später an. Ich verspreche es."

Er atmet tief durch, bevor er mich an den Schultern packt und in eine seitliche Umarmung zieht. Kingston sieht aus, als hätte er Mordgedanken, als Shawn meinen Kopf küsst, aber scheiß auf ihn. Er hat kein Recht, jetzt irgendetwas zu sagen.

„Wenn ich heute Abend nichts von dir höre, komme ich zu dir."

Shawn zeigt mit zwei Fingern auf seine Augen und dann wieder auf Kingston. „Ich beobachte dich, Arschloch."

Kingstons Kinnmuskeln zucken. „Das gilt auch für dich."

Kingston und ich stehen schweigend da, während Shawn sich hinter das Steuer setzt und wegfährt. Als er die Straße runter ist, gehe ich auf Kingstons Rover zu.

„Ich rede nicht hier draußen darüber. Ist das Auto offen?"

Ich höre, wie er die Zentralverriegelung betätigt, als wir näherkommen. „Jetzt schon."

Ich öffne die Fahrertür und werfe meine Tasche über den Sitz auf die Ladefläche. Als ich die Frage in Kingstons Augen sehe, sage ich: „Ich traue dir nicht, dass du nicht losfährst, sobald du dich hinters Steuer setzt."

Das Arschloch grinst, als er das Auto umrundet, um auf der Beifahrerseite einzusteigen. „Ganz wie du meinst, Jazz. Aber ich halte diese hier fest, damit du nicht abhauen kannst." Er lässt meine Schuhe an den Schnürsenkeln baumeln und lacht, als ich vergeblich versuche, sie zu packen.

Ich zeige mit einem Finger auf ihn. „Du musst dich nicht wie ein Arschloch aufführen."

„Hör auf, dich wie eine verwöhnte Göre zu benehmen, dann tue ich es vielleicht nicht."

„Wie bitte?!" Ich weiche zurück. „Du hast vielleicht Nerven!"

„Willst du mir nicht sagen, was es mit dem Verschwinden auf sich hatte? Und warum zum Teufel du zu diesem Arschloch gegangen bist?"

Meine Augen verengen sich. „Tu nicht so, als hättest du nicht schon mit Bentley gesprochen."

„Tu mir den Gefallen." Kingston streckt seine Hand aus. „Sag mir, was du glaubst, gesehen zu haben, und ich sage dir, was du wirklich gesehen hast. Dann können wir darüber reden, wie blöd du warst, dass du überhaupt jemandem zu diesem Haus gefolgt bist."

„Wow." Ich schüttle den Kopf. „Einfach nur … wow."

„Sonst hast du nichts zu sagen?" Er zieht die Augenbrauen hoch. „Na gut. Ich werde beginnen. Ich habe gestern Abend einen großen Durchbruch bei meinem Vater erzielt. Riesig."

Ich klatsche. „Indem du eine Tussi mitten in einem Sexclub gefickt hast? Glückwunsch!"

„Ich habe niemanden gefickt", schimpft er.

Ich rolle mit den Augen. „Gut. Du hast dir den Schwanz lutschen lassen. Wie auch immer."

„Ich habe mit niemandem etwas gemacht, Jazz."

Mir fällt die Kinnlade runter. „Ich war da, Kingston! Ich stand an der Hintertür und habe reingeschaut. Ich habe gesehen, wie du deine Zunge in den Hals einer nackten Tussi gesteckt hast! Kurz bevor sie dich durch den Flur gezerrt hat."

Er schließt für einen Moment die Augen. „Das war das Letzte, was du sehen solltest, aber es musste sein. Und sonst ist nichts passiert."

„Richtig." Ich verschränke meine Arme vor der Brust. „Und warum sollte ich dir das glauben? Weil du bis jetzt immer so ehrlich warst?"

Er knurrt. „Ich meine es todernst, Jazz."

„Gut. Warum sagst du mir dann nicht, was wirklich passiert ist? Und warum du eine nackte Schlampe küssen musstest?"

„Weil mein Vater meine Loyalität getestet hat. Er hat mich über dich ausgefragt … über meine Gefühle für dich. Als ich ihm versicherte, dass er sich alles nur einbildet, fragte er mich, wie weit ich bereit sei zu gehen, um mich zu beweisen." Kingston reibt sich die Seite seines Kiefers. „Ich sagte ihm, ich würde alles tun, um seine Bedenken zu zerstreuen."

„Und seine Antwort darauf war, dich zu einer Orgie mitzunehmen?"

„Es war keine Orgie. Ich meine, technisch gesehen fand das gesammelte Ficken schon in einem Raum statt, aber die Frauen waren nicht zum Spaß da."

„Was soll das denn heißen?"

„Sie haben gearbeitet. Mein Vater und Madeline leiten einen Prostitutionsring. Der eigentliche Grund für Ivanovs

Party war es, Gäste in ihren neuesten Fetischraum einzuladen. Anscheinend haben sie eine Stammkundschaft, die eine Ausrede benötigt, um von ihren Partnerinnen wegzukommen. Oder manche von ihnen finden es einfach geil, dass ihre Ehepartner in der Nähe sind, während jemand anderes ihre Schwänze lutscht, ich weiß es nicht. Also … Alex oder einer ihrer anderen Gastgeber, wie er sie nennt, schmeißt eine Party.

Es sind so viele Leute eingeladen, dass es nicht auffallen würde, wenn ein paar für eine Weile verschwinden. Und es ist nicht ungewöhnlich, dass sich Männer auf diesen Partys separieren, um über Geschäftliches zu reden, das ist wahrscheinlich die Ausrede, die sie benutzen. Mein Vater sagte, es sei nur eines von vielen Geschäften, bei denen er die Hände im Spiel hat. Ich hatte den Eindruck, dass sie das hinter dem Rücken deines Vaters gemacht haben, deshalb war er nicht eingeladen."

Ich wische mir mit der Hand über das Gesicht. Leider ist alles, was Kingston bis jetzt gesagt hat, glaubhaft, wenn man die Akteure und alles, was ich gesehen habe, bedenkt. Trotzdem entschuldigt es sein Handeln nicht.

„Kingston, das erklärt immer noch nicht das nackte Mädchen."

„Doch, das tut es, Jazz. Ich habe dir doch schon gesagt, dass mein Vater meine Loyalität zu ihm testen wollte. Er wollte mich dazu bringen, eine andere zu vögeln, um zu beweisen, dass meine Beziehung zu dir rein körperlich ist. Ehrlich gesagt glaube ich, dass er auch etwas gegen mich in der Hand haben möchte. Ich weiß nicht, ob du es bemerkt hast, aber es gab Kameras in jeder Ecke. Mein Vater hat gesagt, dass sie dazu da sind, wenn einer seiner Gäste ein Andenken haben will, aber ich glaube, dass er das Filmmaterial für Erpressungen benutzt. Es würde mich nicht überraschen, wenn er vorhätte, dir ein Video von mir mit dieser Frau zu schicken, um seine Absichten zu unterstützen.

Als mein Vater sie zu uns rief und sie genau dort auf die Knie fiel, wusste ich, dass ich nicht nein sagen konnte, aber ich wollte auch nicht, dass sie mich anfasst. Da habe ich gefragt, ob wir irgendwo hingehen können, wo wir ungestörter sind. Ich glaube, mein Vater wollte mir widersprechen, bis er sah, dass Madeline praktisch über meinen offenen Hosenstall sabberte. Ich weiß nicht, was er mit ihr zu tun hat, aber ich weiß, dass mein Vater keine Konkurrenz mag.“

Ich klappe meinen Kiefer zu. „Küssen ist berühren, Kingston. Und du bist trotzdem einer nackten Frau in einen Raum gefolgt, von dem ich annehme, dass es ein Schlafzimmer ist.“

Er seufzt. „Du hast recht, ich bin ihr ins Schlafzimmer gefolgt. Dort gab es keine Kameras. Mein Vater hat mir versichert, dass der Raum nicht überwacht wird, aber da sein Wort nichts wert ist, habe ich es mit meinem Ortungsgerät überprüft.“

Ich lache auf. „Und was ist mit der Prostituierten?“

„Sobald wir den Raum betreten hatten und ich wusste, dass die Luft rein war, warf ich ihr eine Decke zu und sagte ihr, sie solle sich zudecken. Dass nichts passieren würde.“

„Und das war für sie völlig in Ordnung? Was wäre, wenn dein Vater fragen würde, was passiert ist?“

„Zuerst wollte ich sie nur bezahlen, aber dann fragte sie mich, ob ich schwul sei, und ich ging darauf ein. Ich erzählte ihr, dass ich Angst hatte, mich zu outen, dass mein Vater es nie verstehen und mich verleugnen würde. Ich spielte mit ihrer Sympathie. Ich bat sie, so zu tun, als würden wir ficken, und sie stimmte zu. Wir blieben eine Weile da drin und machten entsprechende Geräusche, damit es glaubhaft war. Dann bin ich abgehauen."

„Wie kannst du dir so sicher sein, dass es funktioniert hat? Dass sie mitgespielt hat?"

„Weil sie mir erzählt hat, dass ihr kleiner Bruder schwul war und es ihm mit ihren Eltern genauso ging. Er beging mit vierzehn Jahren Selbstmord. Sie sagte, sie würde es für ihn tun."

„Kingston, warum sollte ich dir noch irgendetwas glauben?"

„Weil ich die Wahrheit sage."

Ich schüttle den Kopf. „Ich habe gesehen, wie du sie angeschaut hast. *Wie du sie geküsst hast*. Du sahst aus, als würde es dir gefallen."

„Weil ich so aussehen musste, als würde ich es mögen!"

Ich bin froh, dass die Fenster geschlossen sind, um die Lautstärke zu dämpfen, denn unsere Stimmen werden immer lauter.

Tränen treten mir in die Augen. „Ich werde nicht das dumme Mädchen spielen, das lieber Unwissenheit vortäuscht, als zu akzeptieren, dass ihr Freund ein Betrüger ist."

„Ich bin kein verdammter Betrüger!" Sein Blick ist irre. „Ich war noch nie ein Betrüger. Verdammt noch mal, Jazz.

Glaubst du, es hat mir gefallen, diese Frau zu küssen? Ich habe versucht, nicht zu kotzen! Der Gedanke, jemand anderen zu küssen, mit jemandem zusammen zu sein, der nicht du bist, macht mich körperlich krank! Das war alles Teil des Schauspiels!"

„Woher weiß ich, dass dieses Gespräch nicht gespielt ist?" Ich schnippe mit dem Finger zwischen uns hin und her. „Dass nicht alles, was du zu mir gesagt hast, gespielt ist?"

„Wenn du nur eine Sekunde wirklich nachdenken würdest, würdest du die Wahrheit sehen, die dir ins Gesicht starrt. Du musst nur hinsehen, Jazz."

„Und was sehe ich dann?"

„Das ich dich verdammt noch mal liebe, okay? Ich wollte es nicht. Gott weiß, dass ich mich dagegen gewehrt habe, aber ich konnte es nicht verhindern. Ich. Liebe. Dich. Verdammt." Kingston fährt sich mit der Hand durch sein dichtes Haar. „Wenn du mir nicht glauben willst, mein Mikrofon war die ganze Zeit an, als ich in dem Haus war. Hör dir die Aufnahme an."

Ich blinzle ein paar Mal. „Ich weiß nicht, was ich sagen soll, Kingston."

Mein Kopf fällt zurück auf den Sitz, während ich meine Augen schließe und nachdenke. Ich öffne sie wieder, als ich spüre, wie Kingstons Daumen über meine Wange streicht.

„Jazz." Seine Stimme ist rau. Als sich unsere Blicke treffen, sehe ich, dass auch seine mit Tränen gefüllt sind. „Schließ mich nicht aus."

Ich lege meine Hand auf seine. „Ich will es nicht, aber es

tut verdammt weh. Ich kann die Erinnerung an dich und dieses Mädchen nicht einfach aus meinem Kopf löschen."

„Ich weiß, Baby. Und es tut mir so verdammt leid." Er rückt näher und legt seine Stirn an meine. „Ich brauche dich, Jazz. Wir sind so nah dran, aber ich schaffe das nicht ohne dich."

Ich ziehe mich zurück und schaue mir mein Spiegelbild an. „Wir müssen Belle holen. Sie wartet schon zu lange da drin."

„Ist zwischen uns alles klar?" Kingston streicht mir ein paar Strähnen aus dem Gesicht. „Denn ich würde es nicht ertragen, wenn du noch einmal so abhaust. Ich habe mich zu Tode erschrocken."

Ich drehe mein Gesicht zu ihm. „Wenn du jemals wieder in so einer Situation bist, musst du einen anderen Weg finden, Kingston. Ich kann nicht zulassen, dass du jemand anderen berührst – nicht einmal beim Küssen – auch wenn es nur ein Teil der Fassade ist. Ich kann das nicht."

„Ich schwöre auf meine verdammten Eier. Es wird nicht wieder vorkommen."

Ich schiebe meinen Kopf in Richtung Haus. „Gut, dann lass uns Belle zum Museum bringen. Wir können später weiterreden."

Er nickt. „Okay."

KAPITEL ZWÖLF

KINGSTON

Die letzten vierundzwanzig Stunden sind mir wie Tage vorgekommen. Als ich keine Ahnung hatte, wo Jazz ist, habe ich mir das Schlimmste ausgemalt. Als Bent mir dann erzählte, dass sie angerufen hatte und er im Hintergrund die Stimme eines Mannes hörte, war ich nicht gerade erleichtert, wenn man bedenkt, was sie am Abend zuvor erlebt hatte. Ich verbrachte den Rest der Nacht damit, mich zu fragen, ob sie sich in die Arme eines anderen Mannes flüchten würde, weil sie dachte, ich hätte mit einer anderen gefickt.

Als ich sie heute Morgen mit ihrem Arschloch-Ex im Auto sitzen sah, machte ich mir noch mehr Sorgen und war sofort wütend. Jazz wäre nicht die erste Person, die wieder mit ihrem Ex ins Bett geht, weil das Vertraute Trost spendet. Ich weiß immer noch nicht, was passiert ist, und ehrlich gesagt glaube ich nicht, dass ich es wissen will, nachdem ich ihr meine Liebe gestanden habe. Ich wollte nicht so damit herausplatzen – verdammt, ich habe es nicht einmal gemerkt, bis die Worte meinen Mund verließen – aber als es einmal raus war, war es zu spät.

Die Tatsache, dass sie nichts erwidert hat … na ja, verdammt. Ich weiß nicht, was ich damit anfangen soll. Es überrascht mich nicht, dass sie nicht sofort etwas dazu gesagt hat, aber ich kann auch nicht behaupten, dass mich das nicht verletzt hat. Ich habe so etwas noch nie zu einer anderen Frau als meiner Mutter oder meiner Schwester gesagt. Und mit Jazz haben sie eine ganz andere Bedeutung. Scheiße, ich bin so durcheinander wegen dieses Mädchens, das ist nicht mehr lustig.

„Bist du sicher, dass du nicht einfach eine Tasche packen und bei mir bleiben willst?" Ich parke mein Auto vor Callahans Haus.

„Ich bin mir sicher, Kingston. Genau wie bei den ersten fünf Malen, als du mich gefragt hast." Jazz schnallt sich ab und dreht sich zu mir um. „Danke, dass du meiner Schwester wieder einen unvergesslichen Sonntag bereitet hast."

Ich ziehe die Augenbrauen hoch. „Unvergesslich für Belle … aber nicht für dich?"

Sie presst ihre Unterlippe zwischen die Zähne. „Mir geht im Moment einfach viel durch den Kopf. Aber ich hatte eine schöne Zeit, also danke."

„Eine schöne Zeit", wiederhole ich. „Genau das, was jeder Mann hören will, wenn er seine Freundin für einen Tag ausführt."

Jazz seufzt. „Gute Nacht, Kingston. Mach dir morgen

früh keine Sorgen um mich. Ich lasse mich von Frank zur Schule fahren."

Verblüfft beobachte ich, wie sie sich ihren Rucksack über die Schulter wirft und aus dem Auto steigt. Jazz dreht sich nicht einmal um, als sie sich der Haustür nähert und das Haus betritt. Ich weiß nicht, wie lange ich auf die Tür starre und darauf warte, dass sie zurückkommt, bevor ich mich bewege. Ich benutze meinen Schlüssel, um durch die Seitentür zu gehen und mache mich auf den Weg zum Treppenhaus. Auf dem Weg dorthin treffe ich auf niemanden, aber leider verlässt mich mein Glück, als ich die obere Etage erreiche.

Peyton bleibt direkt vor ihrem Schlafzimmer stehen, als sie mich sieht. Sie zieht an der Türklinke und schließt die Tür hinter sich. „Kingston. W-was machst du denn hier?"

Ich betrachte ihr zerzaustes Haar, ihre geschwollenen Lippen und ihre klebrige Haut. Anhand ihres Aussehens und des ausgeprägten Sexgeruchs, der von ihr ausgeht, ist es offensichtlich, dass Peyton nicht allein in ihrem Schlafzimmer ist. Normalerweise würde sie mir das unter die Nase reiben, weil sie hofft, dass ich mich eines Tages dafür interessiere, aber Peyton verhält sich im Moment seltsam zurückhaltend, was mir sagt, dass sie nicht will, dass ich weiß, wer da drin ist.

„Dazu kommen wir gleich. Zuerst möchte ich wissen, was du zu verbergen versuchst."

Sie sträubt sich. „Warum sollte ich versuchen, etwas vor dir zu verbergen?"

Ich deute mit dem Kinn über ihre Schulter. „Wer ist in deinem Schlafzimmer, Peyton?"

Peyton starrt mich an. „Das geht dich nichts an, Kingston. Wenn du nicht in meinem Schlafzimmer sein willst, hast du das Recht zu fragen verloren.“

„Und wenn ich sage, dass ich noch eine Chance haben will? Würdest du mich dann hereinlassen?“

Ihre Augen weiten sich. „Äh … Ich meine, ich müsste darüber nachdenken.“

Ich muss lachen. „Du müsstest darüber nachdenken, hm? Wenn ich dir sagen würde, du sollst dich umdrehen, zurück in dein Zimmer gehen und dich über das Bett beugen, damit ich dich in die Matratze hämmern kann, müsstest du also darüber nachdenken?“

Peytons Nippel verhärten sich durch den kurzen Seidenmantel, den sie trägt, und verraten mir, dass ihr diese Idee hervorragend gefällt. Ich hingegen muss mich zusammenreißen, damit mir mein Abendessen nicht hochkommt.

„Nun … Ich meine …, wenn du das wirklich willst …“

„Alles, was du tun musst, ist, deiner jetzigen Begleitung zu sagen, dass sie gehen soll, Peyton.“ Ich berühre den Kragen ihres Morgenmantels. „Dann könnte ich dich daran erinnern, was ein solider Fick wirklich ist.“

Ihre Wangen erröten. „Äh … gib mir ein paar Minuten.“

Ich lehne mich gegen die gegenüberliegende Wand und verschränke meine Arme. „Ich warte hier auf dich.“

Peyton schlüpft in ihr Zimmer und innerhalb von Sekunden höre ich eine tiefe Stimme schreien. Kurze Zeit später tritt ein stinksaurer Lucas Gale in den Flur und wirft mir einen bösen Blick zu.

„Fick dich, Alter. Überhaupt nicht cool."

Als sich die Tür wieder öffnet, bin ich überrascht, als das Stück Scheiße, das ich auf der Party in Malibu verprügelt habe, herauskommt. Ich lache, als Barclay Baker wortlos vorbeihuscht. Nach etwa einer Minute kommen ein dritter und ein vierter Typ – dieses Mal Christian Taylor und David Wright – heraus. Auch sie können nicht schnell genug von mir wegkommen.

„Mein Gott", murmle ich vor mich hin. „Peytons Muschi ist wie ein verdammtes Zirkusauto."

Nach einer weiteren Minute kommt Peyton endlich zurück, sieht ein wenig aufgeräumter aus und hat ein breites Grinsen im Gesicht. „Also … äh, vielleicht sollte ich zuerst duschen oder so. Willst du mir Gesellschaft leisten?"

Ich schüttle den Kopf. „Peyton, du bist wirklich dümmer, als du aussiehst. Ich hatte vorhin nicht die Absicht, dich anzufassen, aber auch wenn ich sie gehabt hätte, wäre ich jetzt bestimmt nicht interessiert. Wenn du dich beeilst, ist es vielleicht noch nicht zu spät, deinen Harem zurückzurufen."

Ihr ganzes Gesicht läuft so rot an, dass es fast lila wirkt. „Du bist ein Arschloch!"

Ich werfe ihr einen schiefen Blick zu. „Das sagen mir alle. Wenn du mich schon beleidigst, dann gib dir wenigstens etwas Mühe."

„Warum bist du hier, Kingston? Bist du nur hier, um mich zu beschimpfen?"

Ich grinse. „Nein, das war nur ein Bonus. Aber solange

ich deine Aufmerksamkeit habe, werde ich dir einen Gefallen tun und dir einen Rat geben."

Sie stemmt beide Hände in die Hüften. „Und der wäre?"

„Du weißt nicht, worauf du dich mit diesen … Bündnissen eingelassen hast. Du glaubst vielleicht, du hast es geschafft, weil du ein paar mächtige Leute hinter dir hast, aber ich versichere dir, Peyton, du bist nur eine mickrige Marionette auf einer viel größeren Bühne."

„Ich habe keine Ahnung, wovon du redest." Sie wendet ihren Blick ab, wie sie es immer tut, wenn sie lügt.

„Natürlich weißt du es nicht. Aber auch wenn du es nicht wahrhaben willst, denk mal darüber nach: Wenn du – oder irgendjemand sonst auf der falschen Seite des Krieges, den ihr gerade führt – sich mit dem anlegt, was mir gehört, werden die fiesesten und gefährlichsten Wichser, denen du je begegnet bist, wie Kätzchen wirken im Vergleich zu dem, was ich mit dir anstellen werde. Wenn du klug bist, ziehst du jetzt den Schwanz ein und machst mit deinem Leben weiter. Denn wenn du das nicht tust, erlebst du vielleicht deinen nächsten Geburtstag nicht mehr."

Peyton stößt einen weiteren lauten Schrei aus, während sich ihre Augen mit Tränen füllen, aber ich bin mir nicht sicher, ob sie Worte finden wird.

Jazz Kopf lugt aus ihrem Schlafzimmer hervor. „Kingston?" Ihr Blick springt zwischen Peyton und mir hin und her. „Was ist denn hier los?"

Ich wende meinen Kopf in Jazz Richtung, aber ich schaue immer noch meine jämmerliche Ex an. „Jetzt zum eigentlichen Grund, warum ich hierhergekommen bin. Wenn du mich bitte entschuldigen würdest.“

„Ich hasse dich!“, schreit Peyton, bevor sie die Tür zuknallt.

Jazz tritt zur Seite, um mich in ihr Schlafzimmer zu lassen. „Was zum Teufel sollte das denn?“

Ich zucke mit den Schultern und schließe die Tür hinter mir, wobei ich darauf achte, das Schloss zu drehen. „Ich konnte nicht widerstehen, sie zu verarschen.“

Sie schüttelt den Kopf. „So amüsant das auch ist, warum bist du noch hier, Kingston? Ich wollte gerade noch duschen, bevor ich ins Bett gehe.“

„Perfekt.“ Ich schiebe sie ins Bad und ziehe mir dabei mein Shirt aus.

„Was glaubst du, was du da tust?“

Mir entgeht nicht, wie sich Jazz Blick verdunkelt, als sie meinen nackten Oberkörper betrachtet.

„Ich löse unser Problem.“

Jazz rollt mit ihren hübschen braunen Augen. „Nicht alles lässt sich auf magische Weise mit Sex lösen.“

„Vielleicht nicht“, stimme ich zu und hebe ihre Arme, damit ich ihr das Shirt ausziehen kann. „Aber bei uns … scheint es der effektivste Weg zu sein, um den ganzen Scheiß abzukürzen und vernünftig zu kommunizieren.“

Als Nächstes ziehe ich meine Schuhe und meine Hose aus, während Jazz dasselbe tut und damit meiner Aussage eindeutig zustimmt. Ich greife hinter sie und stelle das Wasser an, kurz bevor ich meine Boxershorts loswerde. Jazz leckt sich über die Lippen und mustert meinen Stei-fen, der förmlich aus der Hose springt. Ich schiebe ihr das

Höschen über die Hüften, während sie ihren BH öffnet und ihn auf den Boden wirft. Ich schiebe sie rückwärts in die Dusche, direkt unter den Wasserstrahl, bis sie mit dem Rücken an den Fliesen steht.

Das Wasser tropft von ihren dunklen Wimpern, während ich sie gegen die Wand drücke. „Davor kannst du nicht weglaufen, Jazz." Sie keucht, als ich ihre Muschi berühre. „Du kannst nicht vor uns weglaufen."

Ich beobachte ihr Gesicht, als meine Finger in sie hineingleiten, während mein Daumen ihre Klitoris bearbeitet. In ihrem Gesichtsausdruck liegt so viel Ehrlichkeit – pures Verlangen – und ich bin mir sicher, dass sie dasselbe in meinem Gesicht sieht.

„Ich bin nicht weggelaufen", behauptet sie. „Ich brauchte nur Zeit zum Nachdenken."

„Was gibt es da nachzudenken?" Ich ziehe mit meinen Zähnen an ihrer Unterlippe. „Ich liebe dich, verdammt noch mal." Ich betone jedes Wort und schiebe meine Finger rein und raus. „Was ist daran so kompliziert?"

„Das ist es nicht." Jazz keucht, als ich auf die Knie sinke und anfange, ihre Muschi zu lecken. „Ich …will nur …"

„Du" … lecken … "willst nur" … lecken … "Was?"

„Ich … habe nur …" Ihre Hände knallen gegen die Wand. „Fuck! Genau da!"

Ich lächle gegen ihren erhitzten Körper, lecke und sauge sie bis zur Raserei. „Gefällt dir das, Baby?"

„Gott, ja", stöhnt Jazz.

Ich bringe sie an den Rand des Abgrunds, bevor ich aufstehe. Ohne eine Aufforderung springt Jazz auf und schlingt ihre Beine um meine Hüften. Gleichzeitig stoße ich mit einer sanften Bewegung in sie hinein. Ich klemme ihre Klitoris zwischen meinen Fingern ein, und sofort zuckt sie um mich herum. Jazz krallt ihre Nägel in meine Schultern und ruft immer wieder meinen Namen. Als sie sich entspannt, ziehe ich das Tempo an und spiele weiter mit diesem Nervenbündel, bis sie meinen Schwanz wieder mit ihrer engen Fotze verschluckt.

„Fuck." Ich lege meine Stirn auf Jazz Schulter und beobachte die Stelle, an der unsere Körper vereint sind.

„Kingston." Jazz legt ihre Hand unter mein Kinn und hebt meinen Blick auf Augenhöhe mit ihr.

Langsam bewege ich meinen Schwanz in ihr, ohne es eilig zu haben, einen Orgasmus zu erreichen. „Ja?"

Sie fährt mit einem Finger über meine Augenbraue. Scheiße, ich weiß nicht warum, aber ich liebe es, wenn sie das tut. „Es tut mir leid, dass ich vorhin nichts darauf gesagt habe."

Meine Lippen verziehen sich zu einem Grinsen. „Worauf?"

Sie rollt mit den Augen. „Oh Gott, du wirst mich dafür arbeiten lassen, nicht wahr?"

Ich stoße härter zu. „Es scheint, als ob ich im Moment die ganze Arbeit mache."

Ich kann nicht anders, als Jazz ihre Brust vorwölbt und ihre hübschen braunen Brustwarzen zur Schau stellt. Ich schließe meine Lippen um eine und sauge so fest, dass ich weiß, dass ich einen Abdruck hinterlassen werde.

Sie drückt mich an ihre Brust, als ob sie nicht will, dass ich aufhöre. „Gott, das fühlt sich gut an."

Mit einem Plopp lasse ich sie los und hebe meinen

Kopf. „Lass uns zum Thema zurückkehren. Was wolltest du gerade sagen?“

Jazz schokoladenbraune Augen glitzern. „Manchmal bist du echt ein Arschloch.“

Ich schiebe meine Hand zwischen Jazz runde Backen und tauche tiefer, um ihre Erregung zu spüren, bevor ich einen Zeigefinger gegen ihr pralles Loch drücke. „Ich würde dir gerne zeigen, was wirklich ein Arschloch ist. Ich verspreche dir, dass der Schmerz nicht lange anhalten wird.“

Jazz windet sich in meinen Armen, während ich den Finger einführe und das Wasser unsere Körper besonders glitschig macht. „Fuck. Wenn es sich auch nur annähernd so gut anfühlt, lasse ich es dich sofort machen.“

Ich bewege den Finger in ihrem Arsch im Gleichschritt mit meinem Schwanz in ihrer Muschi. „Habe ich jemals dafür gesorgt, dass sich etwas nicht gut anfühlt, wenn ich in dir drin bin?

„Nö“, keucht Jazz. „Du bist auf jeden Fall großartig beim Sex.“

Ich lache. „Gut zu wissen. Was sagtest du gerade?“ Mein Finger gleitet aus ihrem Arsch und meine Handflächen umschließen die festen Halbkugeln, während ich aufhöre, mich zu bewegen. „Jazz. Sieh mich an.“

Sie greift wieder nach meinem Kinn und beugt sich vor, um jedes meiner Augenlider und dann meine Wangen zu küssen. Unsere Lippen berühren sich kurz, bevor sie sich zurückzieht und meinen Blick erwidert. „Ich liebe dich auch, Kingston.“

Ich könnte das Lächeln nicht unterdrücken, das sich auf

meinem Gesicht ausbreitet, selbst wenn ich es versucht hätte. „Ja?"

Jazz nickt. „Ja."

„Gut." Ich drücke ihre Arschbacken zusammen. „Denn wenn du das nicht tätest, wäre das hier verdammt merkwürdig gewesen."

Sie lacht, was ihre Muschi zum Vibrieren bringt.

Ich stöhne. „Schluss mit dem Gerede. Lass uns hier fertig werden, dann können wir es bei mir zu Hause noch einmal machen."

„Das klingt nach einem guten Plan", zwinkert Jazz mir zu.

KAPITEL DREIZEHN

JAZZ

„Hallo?“

„Hi, ist da Jasmine Rivera?“

„Ja“, bestätige ich. „Aber bitte nennen Sie mich Jazz.“

„Hi, Jazz. Mein Name ist Misha. Ich bin der Manager von Calabasas Coffee. Sind Sie noch an dem Job als Barista interessiert?“

„Das bin ich“, sage ich aufgeregt. „Sehr sogar.“

„Großartig. Wann können Sie zu einem Vorstellungsgespräch vorbeikommen?“

„Ich komme jeden Tag um halb drei aus der Schule, also würde kurz danach gut passen.“

„Perfekt. Wie wäre es morgen Nachmittag um drei Uhr?“

„Prima. Vielen Dank!“

„Ich freue mich darauf, Sie kennenzulernen, Jazz.“

Ich beende den Anruf und lege mein Telefon auf die Frühstückstheke.

„Wer war das?" Kingston schiebt mir einen Teller mit Rührei vor die Nase.

„Der Manager von Calabasas Coffee. Ich habe morgen um drei ein Vorstellungsgespräch."

Er runzelt die Stirn. „Warum hast du ein Vorstellungsgespräch? Ich wusste gar nicht, dass du dich beworben hast."

„Äh …, weil ich Geld brauche." Ich werfe ihm einen verständnislosen Blick zu. „Ich bin schon eine Weile auf der Suche, aber das ist das erste Unternehmen, das sich gemeldet hat. Ich glaube, meine eingeschränkte Verfügbarkeit wegen der Schule ist nicht gerade hilfreich."

Kingston nimmt einen großen Schluck Saft. „Jazz, wenn du Geld brauchst, ich habe genug."

„Das ist mir durchaus bewusst, Kingston, aber du bist nicht für mich verantwortlich." Ich nehme einen Bissen von meinen Eiern und stöhne, als der Geschmack auf meiner Zunge explodiert. Ich weiß nicht, was er macht, damit die Eier so gut schmecken, aber der Junge kann kochen.

Er lacht höhnisch. „Ein Scheiß bin ich."

Ich zeige mit meiner Gabel auf ihn. „Spiel nicht schon wieder das Alphamännchen bei mir. Du solltest mich gut genug kennen, um zu wissen, dass ich keine Almosen annehme."

„Das sind keine Almosen, Jazz. Ich will mich um dich kümmern und ich habe die Mittel dazu. So einfach ist das."

„Und ich will für meine Schwester und mich sorgen. So einfach ist das."

„Sturkopf", murmelt er.

„Hör auf zu meckern und iss auf, bevor wir zu spät zur Schule kommen."

„Du stellst meine Geduld wirklich auf die Probe." Kingston starrt mich an, während er kaut.

„Was willst du denn machen? Mir den Hintern versohlen?" Ich wackle mit den Augenbrauen. „Darauf könnte ich nämlich stehen."

Seine Gabel klirrt gegen den Teller, als er sie fallen lässt. „Das reicht. Du hast es nicht anders verdient."

Ich springe von meinem Stuhl und werfe ihn um, bevor ich weglaufe. Ich bin keine drei Meter weit gekommen, als Kingstons starke Arme mich schon umschlingen und mich in die Luft heben. Er wirft mich mit dem Gesicht nach unten und dem Hintern nach oben auf das Bett. Ich erschaudere, als er meinen Uniformrock bis zur Taille hochschiebt und mit seinen Händen über meine nackte Haut streicht. Ich trage heute einen Tanga, also gibt es viel nackte Haut da hinten.

„Verdammt, du hast einen wunderschönen Arsch." Kingstons große Hände umgreifen meine Pobacken.

Ich wackle mit meinem Hintern. „Ich dachte, du würdest mir den Hintern versohlen? Oder war das nur ein Haufen ..."

Klatsch!

Ich schreie vor Überraschung auf, als Kingstons Hand auf mein Fleisch trifft. Ich stöhne auf, als er die gleiche Stelle reibt, bevor er es auf der anderen Backe noch einmal tut.

„Scheiße", keuche ich.

„Zu viel?" Dieses Mal taucht er einen Finger zwischen meine Schenkel und streichelt meinen Kitzler über meinen Slip.

„Neeein." Ich schüttle energisch den Kopf. „Es ist heiß."

Kingston stöhnt. „Jetzt kommen wir bestimmt zu spät."

„Damit habe ich kein Problem."

~

„Wo wart ihr zwei denn heute Morgen?" Ainsley grinst Kingston und mich an, als wir uns an den Mittagstisch setzen.

Meine Wangen werden heiß. „Wir, äh … Ich habe aus Versehen den Wecker ausgeschaltet."

„Du bist eine beschissene Lügnerin, Kleines." Bentley lacht, bevor er sich einen Haufen Pommes in den Mund schiebt.

Ich trete ihm gegen das Schienbein, was ihn nur noch mehr zum Lachen bringt. „Halt die Klappe."

„Wie auch immer …" Ich richte meine Aufmerksamkeit wieder auf Ainsley. „Ich habe endlich einen Termin für ein Vorstellungsgespräch bekommen. Es ist in dem Café, in dem wir letzte Woche waren."

„Schön." Ainsley stiehlt eine von Bentleys Pommes und nimmt einen Bissen.

„Warum brauchst du einen Job?", fragt Bentley.

„Das habe ich auch gefragt!" Kingston fühlt sich bemüßigt, etwas hinzuzufügen.

Ich halte meinem Freund die Hand vor den Mund. „Weil ich das Geld brauche, und nein, ich lasse mich nicht von diesem Idioten finanzieren." Kingston leckt meine Handfläche ab. „Igitt!"

Er lacht, als ich den Sabber an seiner Hose abwische. „Was ist los? Normalerweise magst du es doch, wenn ich meine Zunge …"

Ich kneife seine Lippen zusammen. „Hör auf damit."

„Gut gemacht, Kumpel." Bentley greift über meinen Kopf hinweg und gibt Kingston ein High-Five.

Ich reibe mir die Schläfen und stöhne. „Warum mache ich mir überhaupt die Mühe?"

Ainsley schnippt mit dem Finger zwischen Bent und ihrem Zwillingsbruder hin und her. „Bei den beiden habe ich keine Ahnung."

Kingston kneift seine Augen zusammen und schaut in Reeds Richtung. „Tu nicht so, als wäre er ein Unschuldslamm."

„Oh, glaub mir, ich weiß, dass er das nicht ist." Ainsley kichert, als Kingston eine Grimasse schneidet.

Reed grinst und drückt ihr einen Kuss auf die Seite des Kopfes, woraufhin Ainsley wehmütig seufzt und sich an ihn lehnt.

Ich zeige auf die beiden. „Ihr zwei seid einfach süß."

„Vielleicht werde ich mich eines Tages nicht mehr wie ein fünftes Rad fühlen", beschwert sich Bentley.

„Ach, Baby, du kannst jederzeit mit meinen Eiern spielen." Kingston gurrt. „Sag mir nur, wann und wo."

Bentley stößt ihn zurück. „Fick dich, Alter.“

Ich weiche aus, als Kingston Bentley in den Schwitzkasten nimmt. Die Jungs sind so mit Ringen beschäftigt, dass sie nicht bemerken, wie Schulleiter Davis sich unserem Tisch nähert, bis er das Wort ergreift.

„Genug, ihr zwei.“ Er wartet, bis die Jungs auseinandergehen, bevor er sich mir zuwendet. „Miss Callahan, ich möchte Sie bitte in meinem Büro sprechen.“

„Jetzt sofort?“

„Jetzt sofort.“ Kingston steht auf, als ich das tue, aber Schulleiter Davis hält seine Hand hoch. „Alleine, Mr. Davenport. Das geht Sie nichts an.“

„Ich komme schon klar“, sage ich zu Kingston, während ich dem Schulleiter aus dem Speisesaal folge.

„Worum geht es hier?“

Seine Knopfaugen blicken über seine Schulter. „Das werden Sie herausfinden, wenn wir in meinem Büro sind.“

Wir gehen in das Verwaltungsbüro und durch die Tür, die zum persönlichen Büro von Schulleiter Davis führt.

Er zieht einen Stuhl heran, bevor er um den Schreibtisch herumgeht und seinen eigenen nimmt. „Setzen Sie sich, Miss Callahan.“

Ich tue, was er sagt und warte gespannt. Im Laufe der Jahre habe ich gelernt, bei Behördengängen nur zu sprechen, wenn ich dazu aufgefordert werde. Zu viele Leute belasten sich selbst mit nervösem Geplapper. Nicht, dass ich etwas zu befürchten hätte, aber da ich keine Ahnung habe, warum ich hier bin, gehe ich lieber auf Nummer sicher.

„Haben Sie eine Ahnung, warum ich Sie heute hierher gerufen habe?“

Ich schüttle den Kopf. „Nein.“

Schulleiter Davis verschränkt seine knochigen Finger. „Ihre Anwesenheitsrate in letzter Zeit gibt uns zu denken. Ihnen ist doch klar, dass die Teilnahme am Unterricht dreißig Prozent Ihrer Note ausmacht, oder nicht? Ich habe den Eindruck, dass Ihnen der Schulabschluss etwas bedeutet. Ist das richtig?“

Ich runzle die Stirn. „Ich habe seit Anfang des Jahres lediglich ein paar Kurse verpasst. Ich verstehe nicht, warum das jetzt im Dezember noch wichtig sein sollte.“

Seine Lippen verziehen sich zu einem hämischen Grinsen. „Meinen Unterlagen zufolge sind Sie eher mehrere Wochen lang dem Unterricht ferngeblieben.“

Mir fällt die Kinnlade runter. „Meinen Sie damit die Zeit, in der ich schwer verletzt im Krankenhaus lag? Den Zeitraum, in dem ich trotzdem alle meine Hausaufgaben erledigt habe?“

„Auch das“, bestätigt er. „Zum Beispiel heute Morgen. Ihre Lehrer haben Sie in der ersten und zweiten Stunde als abwesend gemeldet. Können Sie das erklären?“

Ich verschränke meine Arme vor der Brust. „Ich habe verschlafen.“

Er zieht die Augenbrauen hoch. „Und hat Mr. Davenport auch verschlafen?“

„Wie bitte?!“ Ich starre ihn an. „Was genau wollen Sie damit andeuten, Mr. Davis?“

„Sie werden mich mit Schulleiter Davis ansprechen,

junge Dame, und ich unterstelle Ihnen gar nichts. Ich habe nur eine Frage gestellt.“

„Nun, dann müssen Sie Mr. Davenport fragen, wo er sich aufgehalten hat, denn ich kann nur für mich selbst sprechen.“

Er überlegt einen Moment lang. „Nun gut. Das normale Protokoll schreibt vor, dass ich die Eltern eines Schülers anrufe, wenn er unentschuldigt vom Unterricht abwesend ist. Aber … es gibt auch andere Möglichkeiten, das nachzuholen.“

„Zum Beispiel?“

„Zum Beispiel … indem man sich Extrapunkte verdient. Manche Schüler helfen nach der Schule im Büro aus. Sie helfen mir beim Abheften und so.“

„Was ist meine andere Option?“

„Es gibt keine andere Möglichkeit.“

Ich stehe auf. „Nun, ich schätze, dann müssen Sie wohl meinen sogenannten Vater anrufen. Sonst noch was? Ich würde gerne noch aufessen, bevor die Stunde zu Ende ist.“

Seine Augen verengen sich. „Das wäre dann alles, Miss Callahan.“

Ich winke ihm schnippisch zu, als ich das Büro verlasse. Kingston wartet schon auf mich, als ich in den Flur trete und spielt den grüblerischen Jungen.

„Worum ging es?“

„Er ist mir wegen meiner Abwesenheit auf die Nerven gegangen. Er drohte damit, Charles anzurufen. Ich habe ihm gesagt, dass er das gerne machen kann.“

Er runzelt die Stirn. „Weil du heute Morgen ein paar Stunden verpasst hast?“

Ich rolle mit den Augen. „Nein, anscheinend hat der Schulleiter ein Problem damit, dass ich wochenlang den Unterricht verpasst habe. Du weißt schon, als ich in der Reha war."

„Arschloch", murmelt er.

„Stimmt."

Kingston streckt seine Hand aus. „Willst du zu Ende essen?"

„Was wäre denn die Alternative?"

Er zieht mich an sich und flüstert in meine Ohrmuschel: „Du kannst dich von mir fressen lassen. Ich habe vielleicht eine Kopie von Bentleys Generalschlüssel gemacht. Ich bin mir sicher, dass es im Moment viele leere Klassenzimmer gibt, und es wird dir helfen, dich von deinem Gespräch mit dem Schulleiter abzulenken."

„Option zwei. Nehmen wir die."

Ich lache, als er mich den Flur entlang in den ersten abgedunkelten Raum zieht, den wir finden. Es ist ein naturwissenschaftliches Klassenzimmer, also sind statt einzelner Tische rechteckige Tische im Raum verteilt.

„Perfekt." Kingstons weiße Zähne blitzen im Schatten auf, als er auf die harte Oberfläche klopft. „Hüpf rauf."

Ich benutze einen Hocker und parke meinen Hintern auf dem Tisch. „Was jetzt?"

Kingston legt seine Hand mitten auf meine Brust und drückt sie nach hinten. „Jetzt lehn dich zurück und entspann dich."

Er setzt sich auf denselben Hocker und zieht meine Beine an sich, bis sie über seine Schultern hängen.

„Wir wollen nicht zu spät zum Unterricht kommen, also muss es schnell gehen.“

Ich habe kaum Zeit, Kingstons Aussage zu verarbeiten, bevor er mein Höschen beiseiteschiebt und mit seiner Zunge über meine Innenseite streicht. Mein Rücken krümmt sich, als er mich einsaugt, so hart und schnell, dass ich meine Lippen aufeinanderpressen und versuchen muss, einen Schrei zu unterdrücken. Als er fertig ist, benutzt er das kleine Waschbecken an der Seite, um sich sauberzumachen, hilft mir vom Tisch und führt mich zur Tür, gerade als die Glocke läutet.

„Perfektes Timing. Ich bin mir ziemlich sicher, dass ich dich so schnell wie noch nie zum Kommen gebracht habe.“ Er drückt mir einen Kuss auf die Nasenspitze und zieht sich mit einem Lächeln zurück. „Wenn du nächstes Mal einen Rekord aufstellen willst, sag mir Bescheid.“

Ich drücke meine Lippen auf seine. „Ich liebe dich.“

Kingston lächelt. „Sag das noch einmal.“

„Ich.“ Kuss. „Liebe.“ Kuss. „Dich.“

Kingston packt mich in den Haaren, während er meinen Mund verschlingt, bis wir beide keuchen und mehr wollen. „Verdammt, wir müssen da raus. Du zuerst. Mein verdammter Schwanz wird nicht kleiner, wenn du im Zimmer bist.“

Ich lache. „Wir sehen uns drinnen.“

Zum Glück ist unsere nächste Klasse nur zwei Türen weiter, sodass ich ausreichend Zeit habe. Kingston ist jedoch gut zehn Minuten zu spät und seinem schiefen Grinsen nach zu urteilen, welches er auf dem Weg in die Klasse aufgesetzt hat, musste er wohl selbst Hand anlegen, um seinen Ständer loszuwerden. Ich zucke zusammen und reibe meine Schenkel aneinander, als sich unsere Blicke treffen und ich seinen lustvollen Blick sehe. Gott, was hat Kingston Davenport nur an sich, dass er mich in eine Pfütze aus wollüstigem Mädchenglibber verwandelt? Es ist, als ob der letzte Rest meines gesunden Menschenverstands aus dem Fenster fliegt, wenn er mich so ansieht. Ich muss ihn für den Rest der Stunde ignorieren, damit ich mich auf das konzentrieren kann, was unsere Lehrerin sagt.

KAPITEL VIERZEHN

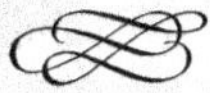

KINGSTON

„Rafe ist begeistert von deinen Audio-Mitschnitten."

„Ach ja?"

„Ja", bestätigt John. „Hast du seitdem mit deinem Vater gesprochen?"

„Nein, soweit ich weiß, ist er in der Nacht nicht nach Hause gekommen und am nächsten Tag hat er schon früh die Stadt verlassen. Als ich in seinem Büro anrief, sagte mir seine Sekretärin, dass er die ganze Woche nicht da sein würde."

„Hat sie gesagt, wohin er dieses Mal gefahren ist?"

„Miami, angeblich um ein paar hochkarätige Kunden zu besuchen, aber wer weiß, ob das stimmt."

„Wenn er dir noch etwas gibt oder dich irgendwo einlädt, ruf mich sofort an. In der Zwischenzeit werde ich die Callahans im Auge behalten."

„Mache ich. Danke, John."

„Dein Privatdetektiv?" Jazz rutscht auf den Sitz meines Autos und schnallt sich an.

„Ja. Wie ist das Bewerbungsgespräch gelaufen?"

„Wirklich gut." Sie lächelt. „Er hat mir den Job sofort angeboten. Er war sogar cool, als ich ihm von den Sonntagen mit Belle erzählte und hatte kein Problem damit, dass ich an diesen Tagen freihabe, vorausgesetzt, es macht mir nichts aus, nach der Schule zu arbeiten. Er möchte, dass ich diesen Samstag anfange."

„Das ist großartig." Ich lege den Gang ein und fahre vom Parkplatz des Cafés weg.

„Warum klingst du dann so, als wäre es alles andere als toll?"

Ich schaue schnell in ihre Richtung. „Weil mir die Idee immer noch nicht gefällt."

„Kingston, sei doch nicht so."

„Ich kann nicht anders. Vielleicht bin ich ein egoistischer Arsch, aber wenn du arbeitest, habe ich weniger Zeit mit dir und kann nicht auf dich aufpassen. Ich bin mir ziemlich sicher, dass dein Chef ein Problem damit hätte, wenn ich jedes Mal, wenn du eine Schicht hast, dort abhänge."

„Das geht auf keinen Fall." Mein Gott, ich spüre, wie sich ihr Blick in mein Gesicht brennt.

„Entspann dich, okay? Ich bin kein Idiot."

„Es wird schon gut gehen. Ich weiß, dass im Moment alles verrückt ist, aber was kann an einem öffentlichen Ort schon Schlimmes passieren? Es ist ja nicht so, als würden sie mich den Laden allein führen lassen."

Ich schüttle den Kopf. „Es gefällt mir trotzdem nicht."

„Tja, Pech gehabt.“

„Ja, ja, ich weiß. Du wirst ohnehin machen, was du willst, also kann ich es genauso gut akzeptieren.“

„Ich bin froh, dass du das endlich kapierst.“

Ich werfe ihr aus den Augenwinkeln einen bösen Blick zu. „Kein Grund, eine Klugscheißerin zu sein, Jazz. Du hast lediglich diese Runde gewonnen.“ Ich strecke meine Hand aus, um ihre Zungenspitze zu greifen, als sie sie mir entgegenstreckt. „Heb dir die Zunge für später auf.“

Ich brauche sie nicht anzusehen, um zu wissen, dass sie mit den Augen rollt. „Das hättest du wohl gerne.“

Ich zucke mit den Schultern. „Das kann ich nicht abstreiten.“

„Hey, hast du Lust, in Ainsleys Studio vorbeizuschauen? Es ist gleich um die Ecke.“

„Das können wir gerne machen.“

Ich fahre in das Einkaufszentrum, in dem sich das Tanzstudio meiner Schwester befindet, und suche mir einen Parkplatz. Als Jazz und ich hineingehen, sehen wir, dass gerade Unterricht stattfindet. Die Lobby ist voller Eltern, die durch die großen Fenster schauen und die kleinen Kinder in ihren rosa Trikots und Tutus bewundern.

„Ihre erste Stunde beginnt erst um fünf, also ist sie wahrscheinlich im Privatstudio und wärmt sich auf.“ Jazz deutet einen Gang hinunter.

„Ich wusste nicht, dass du ihren Stundenplan auswendig kennst.“

„Das ist nicht schwer, wenn man gut aufpasst.“

Verdammt, selbst ich habe keine Ahnung, welche

Klasse Ains wann besucht. Ich weiß nur, dass sie die Hälfte ihres Lebens in diesem Studio verbringt. Als wir am hinteren Ende des Gebäudes ankommen, gibt es eine einzelne Tür mit einem kleinen Fenster und meine Schwester tanzt sich dort vor einer Spiegelwand die Seele aus dem Leib. Natürlich ist auch Reed drinnen, der an der Rückwand sitzt und sie beobachtet. Als Ainsley sieht, dass wir durch das Fenster spähen, bittet sie uns, ebenfalls hineinzukommen.

„Verdammt, die Schalldämmung ist echt gut", stelle ich fest, als wir die Tür öffnen und uns Musik aus den Lautsprechern empfängt, die ich vorher nicht gehört hatte.

Reed und ich begrüßen uns mit einem Fauststoß, während Jazz und ich neben ihm die Wand herunterrutschen.

Ainsley stoppt die Musik und wischt sich mit einem kleinen Handtuch die Schweißtropfen von der Stirn. „Hey, Leute. Was macht ihr denn hier?"

„Ich hatte ein Vorstellungsgespräch ganz in der Nähe und wollte auf dem Heimweg kurz vorbeischauen."

„Wie ist es gelaufen?", fragt meine Schwester.

Jazz lächelt. „Ich kann diesen Samstag anfangen."

Reed wirft mir einen Blick zu, und ich sage: „Später."

„Schön!" Ainsley öffnet ihre Arme. „Eine Luftumarmung muss reichen, es sei denn, du willst ganz eklig verschwitzt werden."

Jazz rümpft ihre süße kleine Nase. „Die Luftumarmung ist in Ordnung."

Ainsleys Augen finden meine. „Du hast hier seit Jahren keinen Fuß mehr reingesetzt. Wer hätte gedacht, dass es ein anderes Mädchen benötigt, damit du anfängst, dich für mein Leben zu interessieren?"

Ich zeige ihr den Stinkefinger. „Du kannst mich mal. Nur weil ich dir nicht eine Million Stunden pro Woche beim Tanzen zuschaue, heißt das nicht, dass ich mich nicht für dein Leben interessiere. Ich habe noch nie eine einzige Aufführung verpasst, oder?"

Ainsleys Studio ist nicht groß genug, um Aufführungen zu veranstalten, deshalb mieten sie die Aula der nahe gelegenen Privatuniversität.

Jazz Kopf dreht sich zu mir. „Ehrlich? Keine einzige?"

„Ehrlich", bestätigt meine Schwester. „Er war auf jeder einzelnen, seit wir sechs Jahre alt sind."

Ich zucke mit den Schultern, als ob das keine große Sache wäre. „Wer soll denn sonst kommen? Es ist ja nicht so, dass es meinen Vater oder eine seiner Frauen interessieren würde."

Jazz schlägt mir auf den Arm. „Arsch."

Ich reibe die Stelle, die sie getroffen hat. „Was denn? Ich sage doch nichts, was nicht wahr ist."

„Du könntest aber etwas weniger gefühllos sein", schimpft Jazz.

„Ist schon gut, Jazz. Ich bin daran gewöhnt." Ainsley nimmt einen großen Schluck Wasser und stellt die Flasche auf einem Hocker ab. „Kingston versucht nicht, ein Arschloch zu sein. Das liegt ihm einfach im Blut."

Reed und Jazz lachen beide darüber.

„Ja, ja." Ich winke ab. „Willst du uns endlich mit deinen Fähigkeiten beeindrucken, oder was?"

Meine Schwester strahlt. „Darauf kannst du deinen

Arsch verwetten. Willst du die lyrische Nummer sehen, die ich für den nächsten Auftritt einstudiert habe?"

„Na klar", sagt Jazz frech.

Ainsley lacht und macht die Musik an, bevor sie in die Mitte des Raumes geht. In dem Moment, in dem sie in Position geht, schwöre ich, dass sich die Luft im Raum verändert. Als „Homesick" von Dua Lipa ertönt, wird meine kleine Schwester, die vielleicht 50 Kilo und ein paar Zerquetschte wiegt, überlebensgroß. Mit einer Reihe von Tritten und Sprüngen, langen, anmutigen Linien und komplizierten Spiralen, die absolut mühelos aussehen, schwebt sie durch den kleinen Raum. Ich habe nicht den geringsten Zweifel daran, dass sie dazu geboren wurde.

Ich schaue hinüber und sehe, dass Jazz und Reed Ains mit der gleichen Begeisterung beobachten. Sie hat diese Wirkung auf alle, wenn sie auf der Bühne steht, oder in diesem Fall im Studio. Ainsley tanzt nicht einfach – sie zieht einen in ihren Bann. Jazz sieht aus, als würde sie gleich weinen, und mein bester Freund könnte nicht verliebter aussehen. Mist. Ich hatte nie eine Chance, sie auseinander zu halten, oder?

Reed ist einer der aufrichtigsten Typen, die ich kenne. Er ist im wahrsten Sinne des Wortes mein Bruder, aber Ainsley ist meine andere Hälfte. Man kann sich nicht viel näherkommen, als wenn man mit jemandem den Mutterleib teilt. Wenn Reed meiner Schwester je etwas antun würde, müsste ich ihn aus meinem Leben streichen, und das möchte ich niemals tun. Im Moment kann ich nur hoffen, dass keiner der beiden es vermasselt.

Am Ende der Übung liegt Ainsley auf dem Boden und

ihr steht die pure Angst ins Gesicht geschrieben. Ich weiß, dass sie jede Emotion, die in ihrer Choreografie steckt, in sich aufsaugt, und es dauert eine Minute, bis sie sich davon erholt. Wir drei geben ihr Zeit, sich wieder aufzurappeln, und in dem Moment, in dem das passiert, springt sie mit einem breiten Lächeln auf, fröhlich wie immer.

„Na, wie fandet ihr es?"

Jazz wischt sich über ihre Augenwinkel. „Es ist wunderschön, Ains."

„Oh, danke." Ainsley macht einen Knicks. „Und jetzt verschwindet von hier. Ihr lenkt mich nämlich ab."

Reeds Brust bebt vor Lachen, als er aufsteht und auf meine Schwester zugeht. Sie tauschen leise Worte aus, und was auch immer er zu ihr sagt, lässt ihre Wangen noch mehr erröten.

Jazz zupft an meinem Ärmel. „Komm, wir lassen ihnen eine Minute Zeit, um sich zu verabschieden."

Ich halte meine Hand hoch. „Bis später."

„Bis später", antworten Ainsley und Reed unisono.

Auf dem Weg nach draußen bleibt Jazz an einem der Beobachtungsfenster stehen. Es sieht so aus, als hätte eine neue Klasse begonnen, denn jetzt ist der Raum voll mit Kindern, die vielleicht zehn Jahre alt sind und zu Hip-Hop tanzen.

„Wenn ich einmal ein regelmäßiges Gehalt bekomme, würde ich Belle gerne für so einen Kurs anmelden. Es gab mal ein solches Programm nach der Schule, und sie ist ein Naturtalent. Leider ist die Lehrerin, die ihre Zeit zur Verfügung gestellt hat, umgezogen und seitdem gibt es so etwas nicht mehr." Jazz beißt sich auf die Unterlippe. „Ich müsste mich auch um den Hin-und Rückweg kümmern, denn ich bezweifle, dass Jerome sie hinbringen würde."

„Was ist mit seiner Freundin? Sie scheint ziemlich zuverlässig zu sein."

„Das ist sie auch", stimmt Jazz zu. „Und Belle liebt sie, worüber ich sehr froh bin. Aber soweit ich weiß, kommt Monica wochentags meist erst nach dem Abendessen von der Arbeit nach Hause und sie arbeitet jedes Wochenende. Außerdem glaube ich ehrlich gesagt, dass es nur eine Frage der Zeit ist, bis sie Jerome den Laufpass gibt. Ich hoffe nur, dass ich eine Art Sorgerechtsvereinbarung treffen kann, bevor das passiert."

Ich öffne die Autotür für Jazz. „Das bekommen wir schon hin. Ich kann ein paar Leute anrufen."

Sie wartet, bis ich auf dem Fahrersitz sitze, bevor sie antwortet. „So sehr ich dein Angebot auch schätze, ich muss das allein schaffen, Kingston."

„Nein, musst du nicht."

Jazz wirft mir einen bösen Blick zu. „Doch, muss ich."

Ich lege den Gang ein und fahre von unserem Parkplatz weg. „Hör zu. Ich verstehe, warum du deine Unabhängigkeit willst. Und ich respektiere das verdammt noch mal, Jazz. Aber Geld macht alles einfacher. Und wenn es um Dinge wie diese geht, können Beziehungen auch nicht schaden. Von beidem habe ich reichlich. Meine Mutter würde sich freuen, wenn das Geld, das sie uns hinterlassen hat, für etwas Gutes wie diese Sache verwendet würde. Wenn es dir leichter fällt, es zu akzeptieren, dann tu es nicht für meine Mutter oder mich. Tu es für deine Mutter und deine Schwester."

Sie starrt aus dem Fenster. „Ich werde darüber nachdenken.“

Ich greife zu ihr hinüber und drücke ihren jeansbekleideten Oberschenkel. „Das ist besser als nichts, denke ich.“

„Was hatte John vorhin zu sagen?“

Ich werfe ihr einen schiefen Blick zu. „Netter Themenwechsel.“

Jazz zieht erwartungsvoll die Augenbrauen hoch.

„Er hat gesagt, dass der FBI-Typ mit den Aufnahmen von der Party zufrieden war. Mein Dad ist die ganze Woche weg, also wird John deinen Dad, Madeline und Peyton im Auge behalten und sehen, ob sie ihm etwas Nützliches liefern.“

„Wir sind also wieder mal in einer Warteschleife?“

„Ja.“

„Super.“

Dieses Mädchen beherrscht Sarkasmus genauso gut wie ich.

„Hast du Lust, etwas zu essen zu holen?“

„Ich könnte etwas essen.“ Jazz kramt in ihrer Handtasche und holt ihr Handy heraus. „Vielleicht sollten wir Bentley anrufen und fragen, was er vorhat? Der Junge ist in letzter Zeit ziemlich launisch.“

„Das kannst du laut sagen.“

„Was denkst du, was er hat?“

„Keine Ahnung.“ Ich zucke mit den Schultern. „Vielleicht hat er es einfach satt, immer so zu tun, als ob alles in Ordnung wäre.“

„Armer Bent.“ Sie schmollt. „Wir müssen ihm eine Freundin suchen.“

Ich lache laut auf. „Äh … nein, müssen wir nicht. Ich habe noch nie in meinem Leben Heiratsvermittler gespielt und ich habe auch nicht vor, jetzt damit anzufangen. Wenn Bentley eine Freundin will, ist er durchaus in der Lage, sich selbst eine zu suchen.“

„Du meinst also, dass ich Ainsley für diese spezielle Mission anwerben soll.“

Ich lache. „Genau das meine ich.“

KAPITEL FÜNFZEHN

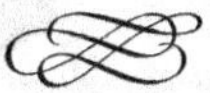

JAZZ

„Zwei Dinge darfst du nie vergessen: Vergewissere dich, dass der Bohnenbehälter immer aufgefüllt ist, und wische den Dampfkopf sofort nach jedem Gebrauch ab.“

Misha, mein neuer Manager, lässt einen kurzen Dampfstoß los und benutzt einen Lappen, um das Letztere zu demonstrieren. „Noch Fragen?“

Ich schüttle den Kopf. „Ich glaube, ich habe es verstanden. Wenn ich mir jetzt noch die Drinks einprägen kann, bin ich startklar.“

Er lacht. „Das ist einfacher, als du denkst. Die meisten Leute halten sich an die Grundlagen. Aber wir sind hier in Kalifornien, also wundere dich nicht, wenn jemand nach einer halb entkoffeinierten, zuckerfreien Ziegenmilch-Latte fragt.“

„Ja, natürlich. Ist das nicht ohnehin die Art, wie man sie trinken sollte?“

Misha verzieht das Gesicht. „So trinke ich sie auf

keinen Fall. Ich würde viel lieber jeden Morgen fünf Meilen laufen, um meinen vollfetten, zuckerhaltigen Milchkaffee trinken zu können, vielen Dank."

„Ich habe dich verstanden."

Die Klingel über der Tür zeigt an, dass ein neuer Kunde da ist.

„Willst du es bei ihm probieren?" Mischa nickt dem Mann zu, der auf den Tresen zugeht. „Ich nehme seine Bestellung auf und bin hier, wenn du Hilfe mit dem Getränk brauchst."

Ich erstarre, als ich Mishas Blick folge und den Mann vor der Kasse stehen sehe.

„Jazz?" Misha stupst mich an. „Hast du das verstanden?"

Als mein Name ertönt, dreht sich das Arschloch mit einem schmierigen Lächeln zu mir um.

Ich nicke. „Ja. Kein Problem."

Mischa nimmt seine Bestellung auf und reicht mir einen Becher mit der Aufschrift „Salted-Caramel Mokka". Ich drücke auf den Knopf, um ein paar Kurze zu brühen, pumpe Schokoladen- und Karamellsirup in den Becher und gieße Milch in die Karaffe, damit sie aufgeschäumt werden kann. Ich kippe den Espresso und die Milch in die Tasse und rühre sie gut um, damit sie sich verbinden. Sobald ich sicher bin, dass der Deckel fest ist, rufe ich den Namen des Kunden.

„Salted-Caramel-Mokka für Lucas."

Peytons Fickjunge umfasst meine Hand, als ich den Becher auf die Theke stelle. Ich konzentriere mich darauf, ruhig zu bleiben, auch wenn mir die Haare im Nacken zu Berge stehen. Dieser Typ macht mir wirklich Angst. Seit

Kingston Lucas gedemütigt hat, indem er ihn gezwungen hat, den Boden im Speisesaal in seiner Unterwäsche zu putzen, lässt Lucas keine Gelegenheit aus, mich mit seinen Blicken auszuziehen, was ich für eine Provokation für meinen Freund halten würde, aber seltsamerweise tut er das nur, wenn Kingston nicht dabei ist.

„Seit wann arbeitest du denn hier?"

Da ich weiß, dass mein Vorgesetzter uns neugierig beäugt, ziehe ich die Schultern zurück und bringe etwas Fröhlichkeit in meinen Tonfall.

„Heute ist mein erster Tag."

„Interessant." Lucas nimmt einen Schluck von seinem Kaffee und leckt sich den Schaum von den Lippen. „Peyton hat gar nichts davon gesagt."

„Ich bezweifle, dass Peyton es weiß." Ich zucke mit den Schultern. „Ich spreche nicht viel mit ihr."

Er holt sein Portemonnaie heraus, wirft einen Hundert-Dollar-Schein in das Trinkgeldglas und hält seinen Becher hoch. „Perfekte Latte, Jasmine. Ich komme bestimmt wieder."

Nachdem Windsors Star-Quarterback den Laden verlassen hat, nimmt Mischa den Hunderter aus dem Glas und verstaut ihn unter dem Kassenfach.

„Kennst du den Kerl?"

„Wir gehen zusammen zur Schule. Und er ist irgendwie mit meiner Stiefschwester zusammen. Kommt er oft hierher?"

Mischa nickt. „Jeden Morgen, an den Wochenenden manchmal zweimal. Wird das ein Problem sein? Ich hatte ein komisches Gefühl bei euch beiden."

Ich schlucke. „Nö. Ganz und gar nicht.“

„Ich bin froh, das zu hören. Vor allem, wenn er weiterhin so viel Trinkgeld gibt.“ Mischa neigt seinen Kopf zu der Frau, die gerade hereingekommen ist. „Bist du bereit für deinen ersten Ansturm am Morgen?“

Ich nicke. „Absolut.“

∼

„Das hast du heute gut gemacht, Jazz. Ich wünsche dir eine gute Nacht.“

„Danke, Misha. Wir sehen uns am Montag nach der Schule.“

Als ich draußen ankomme, wartet Kingston mit seinem Rover im Leerlauf vor der Tür. Ich höre, wie die Türen entriegelt werden, als ich mich nähere und auf der Beifahrerseite einsteige.

„Danke, dass du mich abholst. Das hättest du wirklich nicht tun müssen. Ich habe dir doch gesagt, dass Frank mich gerne mitnimmt.“

„Und ich habe dir gesagt, dass es keine große Sache ist.“ Seine goldfarbenen Augen fordern mich heraus, zu widersprechen. „Wie war dein erster Tag?“

„Wirklich gut. Es war verrückt viel los, aber die Arbeit selbst ist einfach und meine Schicht ging schnell vorbei.“

„Du riechst nach Kaffee.“

„Das will ich hoffen, wenn man bedenkt, wo ich in den letzten sechs Stunden gewesen bin.“ Ich schnüffle an meinen Haaren. „Was ist los? Stößt dich das ab?“

Kingstons Augen wandern gemächlich an meinem Körper entlang. „Jazz, du könntest dich in einem riesigen Haufen Hundescheiße wälzen und wärst immer noch heiß."

„Igitt." Ich rümpfe meine Nase. „Hättest du dir nicht etwas anderes aussuchen können, in dem ich mich hypothetisch wälzen kann? Irgendwas anderes?"

Er lacht. „Nö. Ich bleibe bei der Hundescheiße."

„Was für ein Romantiker", witzle ich.

„Baby, damit könntest du gar nicht umgehen, wenn ich tatsächlich den Romantiker rauslassen würde." Kingston zwinkert mir zu.

„Oh, Gott", stöhne ich. „Kitsch pur"

„Apropos kitschig … Was hältst du davon, heute Abend auf einer Windsor-Party vorbeizuschauen?"

„Ernsthaft? Ich dachte, wir hätten vereinbart, nach den letzten beiden Partys eine Pause einzulegen."

„Haben wir auch. Aber diese ist in Lucas Gales Haus."

Ich lache. „Das ist ein Grund mehr, nicht hinzugehen. Ich habe ein ungutes Gefühl bei dem Kerl. Er kam heute in den Coffee-Shop und benahm sich wie ein totaler Widerling. Anscheinend ist er dort Stammgast."

Kingston runzelt die Stirn. „Das ist sogar ein noch größerer Grund, zu gehen. Wenn wir in seinem Revier auftauchen, zeigt das allen, besonders ihm und Peyton, dass wir das Sagen haben. Und wenn ich mit Lucas darüber spreche, dass er sich einen neuen Ort für seinen Koffeinkonsum suchen soll, während wir dort sind, dann ist das eben so."

„Ich weiß nicht, Kingston."

Er greift über die Konsole und ergreift meine Hand. „Es wird schon gut gehen, Jazz. Vertrau mir. Ich würde es nicht vorschlagen, wenn ich mir nicht sicher wäre."

Ich stöhne. „Gut. Aber ich muss erst duschen und mich umziehen."

„Wir haben ausreichend Zeit."

Als wir bei Gale ankommen, ist die Party bereits in vollem Gange. Eine Gruppe von Jungs brüllt den Fernseher an und spielt Videospiele, rote Becher liegen auf dem Boden, die Musik ist laut und spärlich bekleidete, betrunkene Mädchen tanzen auf den Tischen. Ich würde sagen, es ist eine typische Party für vermögende Kinder, aber Lucas' Party hat einen entscheidenden Unterschied: Der Gangbang, den sie veranstalten, sobald du durch die Tür kommst. In einer Reihe stehen zehn Mädchen, die von der Taille abwärts nackt sind und sich bücken, während eine Gruppe von Jungs ihre Schwänze in jede einzelne von ihnen steckt und ein paar Mal pumpt, bevor es zum nächsten Mädchen weitergeht.

„Wow." Bentley pfeift. „Ich bin ja dafür, dass wir ab und zu ein bisschen Pussy-Roulette spielen, aber das hier ist echt krass. Sogar ich weiß, dass man den Scheiß an einem halbwegs diskreten Ort machen sollte."

Ich deute mit der Hand auf die beiden. „Und was soll das?"

„Und keine Bewegung!" Die Musik bricht abrupt ab, kurz bevor der DJ sein Kommando brüllt.

„Verdammt!", schreit ein Typ mit heraushängendem Schwanz.

Der Typ, der neben ihm steht, klopft ihm auf die Schulter. „Tut mir leid, Bruder. Geh dir lieber in der Ecke einen runterholen."

„Und los!", sagt der DJ, bevor die Musik anspringt und das Stoßen wieder beginnt.

Ainsleys Kinnlade fällt herunter. „Oh mein Gott, spielen die etwa eine aufgemotzte Version von Reise nach Jerusalem?"

Bentley nickt. „Sieht so aus."

In diesem Moment bemerkt eines der Mädchen, das gerade gevögelt wird, unsere Gruppe. „Bentley! Du solltest beim nächsten Spiel mitmachen."

Bentley reibt sich den Nacken und wenn ich mich nicht irre, wirkt er peinlich berührt. „Äh, nein danke. Ich möchte nicht." Er macht sich auf den Weg zur Bar. „Ich brauche einen Drink."

Der Rest von uns folgt ihm eilig und versucht, so viel Abstand wie möglich zwischen uns und die Orgie zu bringen.

Reed wendet seinen Blick in Richtung meines Freundes. „Ich wette hundert Dollar, dass dieser Scheiß innerhalb einer Stunde auf Pornhub hochgeladen wird."

Kingston lacht spöttisch. „Warum zum Teufel sollte ich eine verlorene Wette annehmen? Ich würde sagen, nicht länger als eine halbe Stunde."

„Das ist wirklich der dümmste Scheiß, den ich je gesehen habe", sage ich. „Keiner dieser Typen trägt Kondome."

„Ich kann mir vorstellen, dass es ziemlich nervig ist, sie alle dreißig Sekunden auszutauschen", sagt Bentley.

„Sollen wir Wetten abschließen, wer welche Geschlechtskrankheit bekommt?", frage ich.

„Oder geschwängert wird?", fügt Ainsley hinzu.

„Ich glaube, ich habe gerade Gale gesehen, wie er nach hinten gegangen ist. Lasst uns sicherstellen, dass er uns sieht." Kingston zuckt mit dem Kopf zur Seite.

Der Pool ist für die Saison geschlossen, aber in der Mitte der Backsteinterrasse gibt es eine Feuerstelle, wo sich die meisten Leute zu versammeln scheinen. Tatsächlich sitzen Lucas, Peyton und ihre gesamte adrette Truppe mit Bechern in der Hand um das Feuer.

Lucas steht sofort auf, als er uns sieht, und Peyton landet auf ihrem Hintern, da sie auf seinem Schoß saß. „Was zum Teufel macht ihr denn hier?"

„Warum sollten wir wohl hier sein?", antwortet Kingston sanft. „Wir sind zum Feiern gekommen."

„Ach ja?", fragt Lucas. „Und wer hat euch eingeladen?"

„Die Kings haben eine stehende Einladung zu jeder Windsor-Party." Bentley grinst Lucas frech an. „Und da Davenport, Prescott und ich die Könige sind, sind wir automatisch willkommen und jeder, den wir einladen wollen."

„Das ist aber eine blöde Regel." Lucas' Aussage war an Kingston gerichtet, aber er lächelt, als sein Blick auf mich fällt. „Na, wenn das nicht meine neue Lieblingsbarista ist?"

Kingstons Finger legen sich um meine Hüfte. „Sprich nicht so mit ihr."

Lucas nimmt einen Schluck aus seinem Becher. „Es ist mein Haus. Ich rede, mit wem ich will. Dein königlicher Erlass kann mich nicht daran hindern, oder?"

Peyton bürstet sich ab und nimmt auf dem Stuhl Platz, den Lucas verlassen hat. „Wovon redest du, Baby?"

Lucas streckt seine Arme aus. „Oh, du hast es noch gar nicht gehört? Die süße, süße Jasmine hier ist jetzt ein Working Girl."

„Ich bin mir ziemlich sicher, dass sie das vorher schon war", murmelt Whitney Alcott, alias Bentleys verbitterte Ex.

Als Antwort winke ich ab.

Lucas zeigt auf Whitney. „Leider muss diese Theorie erst noch bewiesen werden. Aber sie ist die neueste Mitarbeiterin im Calabasas Coffee." Er dreht sich zu mir um und grinst mich verschmitzt an. „Du weißt schon, dass dies unser Lieblingscafé im Tal ist? Das, in das wir alle praktisch jeden Tag gehen?"

Fuuuuck. Warum habe ich nicht daran gedacht, dass ich die Arschlöcher, mit denen ich zur Schule gehe, bedienen muss, als ich anfing, mich für Jobs zu bewerben? Ich kann meinen Unmut nicht gut genug verbergen, denn Lucas' Lächeln wird noch breiter, als er sieht, dass es mich nervt.

„Wir werden es lieben, wenn die kleine Miss Crenshaw die Getränke für uns ausschenkt. Obwohl ich mir sicher bin, dass sie, da sie so neu ist, eine Weile brauchen wird, um die Bestellungen richtig zu machen. Vielleicht müssen wir die ersten Bestellungen zurückschicken." Er sieht sich um. „Meint ihr nicht auch?"

Ich lege eine Hand auf meine Hüfte, während die Lemminge ihre Zustimmung murmeln. „Ich komme aus Watts, Arschloch."

Lucas zuckt mit den Schultern. „Das ist dasselbe."

Äh, nein, ist es nicht, aber dieser Idiot würde den Unterschied nicht erkennen.

Kingston wirft ihm einen mörderischen Blick zu. „Sucht euch einen neuen Ort, an dem ihr euren Kaffee bekommt. Wenn einer von euch bei Jazz Arbeit auftaucht und ihr Ärger verursacht, werdet ihr euch vor mir verantworten müssen.“

„Und mir“, fügt Bentley hinzu.

„Und mir“, antwortet Reed.

Ich richte mich auf, als die Lemminge auf einmal nicht mehr amüsiert schauen.

„Weiß Daddy, dass du einen Job hast?“ Peyton sagt das letzte Wort so, wie ich mir vorstelle, dass sie „Hochzeitskleid von der Stange“ sagen würde.

„Nein, aber ich bin mir sicher, dass du dich bei der ersten Gelegenheit darum kümmern wirst.“ Ich winke abschätzig mit der Hand. „Nicht, dass er etwas dagegen tun könnte, ich bin volljährig.“

Peytons Augen verengen sich zu Schlitzen. „Daddy hat gute Beziehungen. Wenn er nicht will, dass du arbeitest, wird dich niemand im Umkreis von fünfzig Meilen einstellen.“

Ich rolle mit den Augen. „Ja, das werden wir ja sehen.“

„Hey, Peyton“, ruft Kingston und lenkt damit ihre Aufmerksamkeit auf sich. „Ich bin überrascht, dass du die Feierlichkeiten da vorn nicht genießt. Du weißt schon, da Gangbangs jetzt dein Ding sind.“

Peytons Augen weiten sich. „Ich habe keine Ahnung, wovon du redest.“

„Wirklich?“ Kingston lacht. „Das waren also nicht Gale,

Baker, Wright und Taylor, die ich neulich dabei erwischt habe, wie du sie gleichzeitig gefickt hast?"

„Was?!", schreien Imogen und Whitney gleichzeitig.

Peyton sieht ihre beiden Freundinnen nervös an. Ich schätze, sie wussten nicht, dass sie ihre neuen Freunde vögelt.

„Es ist nicht so schlimm, wie es klingt", argumentiert Peyton.

Whitney wendet sich an ihren Freund. „Christian? Ist das wahr?"

Christian Taylor schaut weg. „Äh… irgendwie schon?"

„Irgendwie?", schreit Whitney auf. „Was soll das heißen?"

„Sie hat mir nur einen geblasen. Wir … ah … wurden unterbrochen, bevor es weitergehen konnte." Christian deutet mit dem Kopf auf die Jungs, die links von ihm sitzen. „Aber ja, sie hat die anderen gefickt. Es war ziemlich beeindruckend, wie sie alle drei Schwänze auf einmal genommen hat. Ich habe ein Video, falls es jemanden interessiert."

Peyton schnappt nach Luft. „Was?!"

„Wie konntest du uns das antun, Peyton?", jammert Imogen und wirft ihrer sogenannten Freundin einen bösen Blick zu. „Wir sind doch angeblich Freundinnen fürs Leben! Komm schon, Whit, lass uns hier verschwinden."

„Gerne." Whitney sieht mich mit Abscheu an. „Anscheinend liegt es in der Familie, eine Hure zu sein."

„Pass auf, Whit", knurrt Bentley.

„Oder was, Bentley? Wirst du mich abservieren? Oh, warte, das hast du ja schon getan!" Sie lacht und schaut sich in der Gruppe um. „Ich habe die Nase voll von Highschool-Schwänzen. Ab jetzt nur noch ältere Jungs.“

„Auf jeden Fall“, stimmt Imogen ihr zu.

Peyton steht auf und schreit, als die anderen beiden Mädchen sich aus dem Staub machen. „Warum versuchst du, mein Leben zu ruinieren, Kingston?“

„Ich bin mir ziemlich sicher, dass du das selbst hervorragend hinbekommst, Peyton. Gib nicht meinem Bruder die Schuld, weil du dich durch die ganze Abschlussklasse knallst.“

Peyton starrt Ainsley an. „Halt die Klappe, Schlampe. Niemand hat dich gefragt.“

Oh, verdammt, nein.

Ich stürze mich auf Peyton, aber Bentley zieht mich zurück. „Krallen rein, Baby Girl.“

Ich zappele in seinem Griff. „Lass mich los, Bent. Ich glaube, sie braucht mal wieder eine Nasenoperation. Ich will ihr nur helfen.“

Inzwischen hat sich einiges an Publikum um uns versammelt. Peyton sieht aus, als würde ihr schlecht werden, als sie bemerkt, wie viele Menschen ihre Demütigung miterlebt haben.

Ich bin sofort beruhigt, als Kingston meine Hand ergreift. „Komm schon, Jazz. Wir sind hier fertig. Sie sind es nicht wert.“

„Du hast recht“, nicke ich.

Wir fünf verlassen die Party, ohne einen Blick zurück auf das Drama zu werfen, das wir zurückgelassen haben. Die Frage ist nur: Warum habe ich das Gefühl, dass wir uns nur noch mehr Ärger eingehandelt haben?

KAPITEL SECHZEHN

JAZZ

„Ich werde nie verstehen, wie die kleine Jenny Humphrey zu dieser großen Stimme kam."

„Wer ist Jenny Humphrey?"

„Äh … von Gossip Girl?" Ainsley nickt zur Anzeige auf dem Armaturenbrett, als sie sieht, wie ahnungslos ich immer noch bin. „Die Sängerin von „The Pretty Reckless". Sie spielt Dans kleine Schwester Jenny auf Gossip Girl."

„Ist das eine Serie?"

Ainsley schnappt nach Luft. „Bitte sag mir, dass das ein Scherz ist."

Ich zucke mit den Schultern. „Tut mir leid. Noch nie davon gehört."

„Sagt dir X-O-X-O etwas?"

„Nö." Ich ziehe das 'Ö' am Ende in die Länge.

„Heiliger Strohsack. Sobald ich aus Portland zurück bin, sehen wir uns die Serie an. Sie hat die Welt der Teenager-Dramen völlig verändert. Es ist ein Klassiker." Sie seufzt. „Ich kann nicht glauben, dass ich dich eine ganze Woche lang nicht sehen werde."

Ainsley schiebt ihr Auto in die Parkposition und umarmt mich. Sie hat darauf bestanden, mich heute Nachmittag zur Arbeit zu fahren, da sie und Reed heute Abend zu seiner Schwester fliegen, um dort Weihnachten zu feiern.

Ich drücke sie ein letztes Mal, bevor ich zurücktrete. „Ich weiß. Es ist verrückt, dass schon Winterferien sind und unsere Reise nach Disney vor der Tür steht."

„Belle hat immer noch keine Ahnung, wohin du mit ihr fährst, was?"

„Nein." Ich schüttle den Kopf.

„Versprichst du mir, dass du viele Fotos machst und sie mir schickst?"

„Versprochen." Ich öffne die Autotür und schnappe mir meine Handtasche. „Danke noch mal fürs Mitnehmen."

„Klar doch. Ich wünsche dir eine gute Schicht."

„Schick mir eine SMS, damit ich weiß, dass du gut gelandet bist.

Ainsley nickt. „Okay. Tschüss, Jazz."

Ich schließe die Tür und winke ihr zu, als sie vom Bordstein wegfährt. Ich betrete meinen Arbeitsplatz und begebe mich sofort in den Hinterraum, um meine Tasche zu verstauen und meine schwarze Barista-Schürze zu holen. Es ist erst meine zweite Woche, aber ich arbeite sehr gerne hier. Mein Chef und meine Kollegen sind nett und das Kaffeekochen macht erstaunlich viel Spaß. Wir dürfen mit den verschiedenen Sirups und Soßen experimentieren und versuchen, neue Spezialitäten zu erfinden, wann immer wir etwas Muße haben. Ich lächle, als ich das heutige Tagesangebot auf der Kreidetafel sehe.

Kandierter Pfefferminze Tuxedo Mocha

Das ist das Getränk, den ich mir neulich ausgedacht habe: Zwei Spritzer weiße und dunkle Schokoladensoße und ein Spritzer Pfefferminzsirup, gekrönt mit Schlagsahne und zerstoßenen Pfefferminzbonbons. Er ist nicht nur köstlich, sondern die Kombination der Aromen macht ihn zu einem perfekten Weihnachtsgetränk. Wenn man bedenkt, dass wir nur noch ein paar Tage bis Weihnachten haben, ist das nur passend.

„Hey, Jazz."

Ich lächle. „Hey, Java. Warst du fleißig?"

Ja, das ist ihr richtiger Name. Ich dachte, sie macht Witze, als sie sich das erste Mal vorstellte. Das gibt es nur in Los Angeles, ich schwöre es. Es gibt auch Racer, Maple und Denim, die hier arbeiten. Oh, und Alley.

Java schüttelt den Kopf. „Nicht so sehr. Ich glaube, die Leute sind immer noch unterwegs, um einzukaufen."

„Sind nur wir beide hier?"

„Ja." Sie nickt. „Laut Mischa sind die letzten beiden Dezemberwochen normalerweise die ruhigsten des Jahres, weil so viele Leute hier die Stadt verlassen. Racer sollte eigentlich noch eine Stunde länger arbeiten, aber er ist ein wenig früher gegangen. Wir sollen hier nie allein sein, also falls jemand fragt, er hat sich nicht wohlgefühlt."

„Was ist der wahre Grund?"

Java rollt mit den Augen. „Er musste sein Frettchen baden und den Käfig sauber machen, bevor seine Freundin vorbeikommt. Race wohnt in einem knapp vierzig

Quadratmeter großen Studio, also ist der Platz knapp, und wie du dir wahrscheinlich vorstellen kannst, verbreiten sich schlechte Gerüche ziemlich schnell. Anscheinend weigert sie sich, ihm einen zu blasen, wenn der Nager stinkt, also bekommt Lil Wayne – das Frettchen, nicht der Rapper – ein Bad. Ich kann es ihr nicht verdenken. Als ich das letzte Mal bei ihm war, bin ich fast ohnmächtig geworden, weil ich zu lange die Luft anhalten musste. Diese kleinen Kerle sind zwar verdammt süß, aber sie stinken auch fürchterlich.“

"Wow … das sind mehr Informationen, als ich gebraucht habe.“ Ich lache.

„Tut mir leid.“ Sie errötet. „Manchmal vergesse ich, mich selbst zu zensieren.“

Meine Lippen zucken. „Das ist schon in Ordnung. Deine Ehrlichkeit ist erfrischend.“

Die Klingel über der Tür bimmelt, als eine kleine Gruppe von Mittzwanzigern hereinkommt.

„Die Pflicht ruft“, trällert sie vor sich hin.

„Was muss noch getan werden?“

Java legt den Mopp in den Eimer und sieht sich um. „Ich glaube, wir sind fertig, sobald wir den Müll entsorgt haben.“

„Das kann ich machen.“

„Danke, Süße. Die neuen Säcke stehen unter dem Badezimmerschrank und die Müllcontainer stehen hinten am Zaun. Unserer ist der grüne. Er sollte nach dem Mittagsgeschäft offen sein, aber sieh zu, dass du ihn abschließt, wenn du fertig bist."

„Verstanden."

Nachdem ich einen neuen Müllbeutel in den letzten Mülleimer getan habe, sammle ich die Tüten ein und gehe zur Hintertür hinaus. Verdammt, hier hinten ist es irgendwie unheimlich. Ich werfe den Müll in die Mülltonne und vergewissere mich, dass das Vorhängeschloss sicher ist. Als ich mich auf den Weg zurück mache, höre ich, wie ein Schuh über den Boden scharrt und Kies aufwirbelt. Ich drehe meinen Kopf zur Seite und schaue mich um, aber es ist zu dunkel hier hinten, um wirklich etwas sehen zu können. Ich beeile mich, wieder ins Haus zu kommen und atme ein paar Mal durch, um mich zu beruhigen.

Java runzelt die Stirn, als sie das Hinterzimmer betritt und mich sieht. „Bist du okay? Du wirkst verschreckt."

„Ja." Ich drehe den Wasserhahn auf, um mir die Hände zu waschen. „Ich dachte nur, ich hätte da draußen etwas gehört und habe mich kurz erschrocken."

„Oh, das sind wahrscheinlich die Eichhörnchen."

„Eichhörnchen?"

„Ja." Sie nickt. „Es gibt jede Menge von ihnen, die in den Bäumen hinter der Grundstücksgrenze leben. Geile kleine Mistviecher. Als ich einmal den Müll rausbrachte, hörte ich ein seltsames Geräusch, das von oben kam. Es war super laut und hörte sich an, als ob ein Tier sterben würde. Als ich näherkam, entdeckte ich zwei Eichhörnchen, die wie tollwütige Affen übereinander herfielen." Java fröstelt. „Ich musste in dieser Nacht richtig kiffen, um die Erinnerung loszuwerden. Leider ist mir das seitdem mindestens zwei Dutzend Mal passiert, sodass es sich für immer in mein Gehirn eingebrannt hat."

Meine Lippen zucken. Dieses Mädchen und ihr Mangel an Filtern ist wirklich amüsant.

„Wow. Das ist … interessant."

Java sieht sich auf dem Parkplatz des Einkaufszentrums um, als wir den Laden verlassen. „Ist dein Auto noch nicht da?"

Ich schüttle den Kopf. „Nein, ich habe ihm nicht gesagt, dass wir ein wenig früher fertig geworden sind."

„Oh." Ihr Blick fällt auf den Audi ihres Freundes. „Ich sage Ian nur schnell Bescheid und warte dann mit dir."

„Danke, aber ich komme schon klar." Ich nicke in Richtung des anderen Endes des Parkplatzes, wo es einen offenen Sub-Shop gibt. „Ich werde mir nur ein Sandwich holen, während ich warte."

„Sollen wir dich dorthin fahren?"

Ich schüttle den Kopf. „Nein, schon gut."

„Okay, Süße. Ich wünsche dir eine gute Nacht."

Ich nicke. „Ich dir auch."

Ich gehe schneller, als ich einen schwarzen Escalade bemerke, der aus einer Parklücke herausfährt. An sich wäre das nicht ungewöhnlich, da wir uns in einem Einkaufszentrum befinden, aber der einzige Laden, der noch geöffnet hat, ist der Sub-Shop, der ein paar Türen weiter ist. Als der Geländewagen direkt auf mich zusteuert, laufe ich los. Ich komme nur etwa fünfzig Meter weit, bevor der Fahrer auf die Bremse tritt und die Ladeklappe aufspringt. Ein großer, schwarz gekleideter Mann mit einer Skimaske springt aus dem Auto und stürzt sich auf mich.

Oh Scheiße!

Ich wehre mich gegen seinen Griff, aber der Typ ist zu stark für mich. Er drückt mir eine Hand auf Mund und Nase und erstickt mich fast, während er mich auf den Rücksitz des Cadillacs zwingt. Ich möchte vor Frust laut schreien, als meine Handtasche auf den Asphalt fällt, denn darin befindet sich die Waffe, die ich gezielt für solche Situationen gekauft habe. Mein Handy ist auch drin, was bedeutet, dass Kingston mich nicht aufspüren kann.

Na, ist das nicht ein beschissenes Déjà-vu?

Kaum sind die Türen geschlossen, schreit er: „Fahr los!"

Warte mal kurz … Ich kenne diese Stimme.

Der maskierte Fahrer gibt Gas und rast vom Parkplatz. Ich weiß, dass ich aufgeschmissen bin, wenn ich mich von diesen Typen an einen anderen Ort bringen lasse, also trete und beiße ich und wehre mich, so gut ich kann.

„Beeil dich verdammt noch mal", befiehlt der Typ, der mich festhält.

„Ich versuche es ja!", schreit der Fahrer.

Diese Stimme kenne ich auch. Was zum Teufel ist hier los?

Nur wenige Minuten später macht der Escalade eine scharfe Rechtskurve und wirft den kräftigen Mann und mich aus dem Gleichgewicht. Die Rücksitze werden plattgedrückt, sodass ich gegen die Seitentür geschleudert werde, während er gegen die Hintertür stolpert. Es ist mir scheißegal, dass sich das Auto bewegt, ich greife nach dem Türgriff, aber die Kindersicherung muss aktiviert sein, denn sie lässt sich nicht öffnen.

„Scheiße!"

Das Auto nimmt eine weitere scharfe Kurve auf einer holprigen Piste, bevor es zum Stehen kommt.

Der große Kerl packt mich und schleudert meinen Körper auf den Boden des Wagens. „Hau ab!"

Der Fahrer zögert. „Was hast du vor, Mann?"

„Was denkst du denn, was ich vorhabe?" Der maskierte drückt mir den Hals zu. „Ich werde dieser Schlampe eine Lektion erteilen. Geh zurück ins Wohnheim, Taylor. Und lass die Schlüssel hier."

Ich wusste es! Der Typ hinter dem Lenkrad ist Christian Taylor! Ainsley hat mir mal erzählt, dass er in einem Wohnheimzimmer in Windsor wohnt. Sind wir dort? Wenn der Fahrer Christian ist, bedeutet das, dass der, der auf mir sitzt …

„Lucas, Mann, du hast gesagt, du wolltest sie nur erschrecken. Das ist der einzige Grund, warum ich zuge- stimmt habe, dir zu helfen."

Lucas zieht seine Skimaske ab und wirft sie zur Seite. Es hat wohl keinen Sinn mehr, seine Identität zu verber- gen. „Ich sagte, verpiss dich!"

„Na gut, na gut. Nur … Ich weiß nicht. Sei einfach vorsichtig, Mann."

Sobald sich die Tür schließt, drehen mich Lucas' flei- schige Pfoten um, sodass ich auf dem Rücken liege und er auf meinem Oberkörper sitzt. Scheiße, er wiegt eine

Tonne. Schnell legt er seine Hand wieder auf meinen Mund und kneift mir in die Nasenlöcher, nur um zu beweisen, dass er mir den Atem rauben kann, wenn er will.

„Du hast es echt verkackt, als du in meinem Haus aufgetaucht bist, Schlampe", knurrt er. Sein Gesicht ist nur wenige Zentimeter von meinem entfernt, sodass ich den Alkohol in seinem Atem riechen kann. „Ich wollte auf Peyton hören und dich in Ruhe lassen, aber du musstest mich ja provozieren. Dein Freund konnte mich einfach nicht in Ruhe lassen. Er mag ja unantastbar sein, aber weißt du was? Du bist es nicht."

Mein Schrei wird von seiner Handfläche gedämpft, als er seine freie Hand in meine Leggings schiebt und mir grob in den Schritt fasst. Tränen rinnen mir über die Wangen, als er mein Höschen beiseiteschiebt und mit zwei dicken Fingern in mich sticht.

„Fuuuuuck. Deine Muschi ist noch enger, als ich es mir vorgestellt habe. Aber ein wenig trocken. Daran müssen wir noch arbeiten, bevor mein Schwanz an der Reihe ist. Seit der Nacht am See kann ich es kaum erwarten, dich noch einmal in die Finger zu bekommen. Der Gedanke an deinen nackten, hilflosen Körper geht mir nicht mehr aus dem Kopf." Lucas schenkt mir ein böses Lächeln, während er mit seinen Fingern weiter rein- und rauspumpt. „Ups, habe ich das gerade zugegeben? Ich denke, es hat keinen Sinn, es jetzt zu leugnen, denn du hast es wahrscheinlich schon herausgefunden. Falls es irgendwelche Zweifel gibt: Christian war in dieser Nacht dabei, aber er war zu sehr ein Weichei, um sich zu nehmen, was ihm zustand. Zum Glück für dich habe ich dieses Problem nicht."

Die Scheiben sind so dunkel getönt, dass nur ein schwaches Licht durch das Glasdach fällt, aber es reicht, um zu sehen, wie wahnsinnig sein Gesichtsausdruck in diesem Moment ist. Der Kerl ist ganz sicher durchgeknallt, und das verheißt nichts Gutes für mich.

„Ich möchte, dass du jetzt ganz genau zuhörst, was jetzt passiert. Blinzle zweimal, wenn du verstanden hast."

Ich starre ihn an.

Lucas zuckt mit den Schultern. „Eh, das reicht. Gleich werde ich meine Hand von deinem Mund nehmen. Dann nehme ich meinen Schwanz heraus und du bläst mir einen, bis ich ihn in deine Fotze stecken kann."

Mein Gott, dieser Wichser hat echt Wahnvorstellungen.

„Dann …"

Ich bin erleichtert, als er seine ekligen Finger aus meinem Körper nimmt, aber die Erleichterung ist nur von kurzer Dauer, denn er lutscht sie ab und stöhnt.

„Verdammt. Normalerweise verschwende ich meine Zeit nicht damit, die Muschi einer Schlampe zu lecken, aber bei dir mache ich vielleicht eine Ausnahme. Vielleicht hast du wirklich eine Art Voodoo-Muschi. Vielleicht überzeugt mich das Ficken mit dir so sehr, dass ich deine Schuld als beglichen betrachte, wenn wir hier fertig sind. Vorausgesetzt, du kooperierst." Er gräbt seine Fingernägel in meinen Kiefer. „Aber komm nicht auf dumme Gedanken. Wenn du mich beißt, während mein Schwanz in deinem Mund ist, schlage ich dir deine verdammten Zähne aus. Wenn du versuchst, um Hilfe zu schreien, werde ich dich würgen, bis du das Bewusstsein verlierst. Und glaube nicht, dass ich etwas dagegen habe, ein bewusstloses

Mädchen zu ficken. Es wäre nicht das erste Mal." Er drückt meine Brustwarze schmerzhaft über meinem Shirt zusammen. „Sind wir uns einig?"

Ich werde auf keinen Fall still daliegen, während er mich vergewaltigt, aber ich glaube, dieser Psycho ist gerade so weit von der Rolle, dass er mir glaubt, als ich nicke.

„Braves Mädchen." Er lächelt, als er seine Hand von meinem Mund nimmt.

Gierig schlucke ich so viel Luft wie möglich ein, obwohl ein Gewicht von weit über einhundert Kilo auf mir lastet. Ich rühre mich nicht von der Stelle, als Lucas seine Jeans aufknöpft und sie über seine Hüften schiebt. Natürlich trägt er keine Unterwäsche – schließlich ist es so einfacher, jemanden zu vergewaltigen – und so springt sein Schwanz sofort hervor. Ich muss mir buchstäblich auf die Zunge beißen, um meinem inneren Klugscheißer zu sagen, dass jetzt nicht der richtige Zeitpunkt ist, um zu sagen, dass er gute Chancen beim Kampf um den Bleistift-schwanz-Titel hätte. Vielleicht bin ich nur mit den wenigen, die ich bisher gesehen habe, gesegnet, aber Lucas' Schwanz ist nicht nur kurz, sondern hat auch keinen Umfang. Kein Wunder, dass Peyton jemand anderen braucht, um sie zu befriedigen. Ich bezweifle sehr, dass dieser Typ das schaffen würde.

Völlig unbeeindruckt von meinem inneren Monolog streichelt Lucas sich selbst und stöhnt, als er seine Hand über die Eichel führt.

„Heb dein Shirt hoch. Zeig mir deine hübschen kleinen Titten, die ich so sehr vermisst habe."

„Du liegst auf meinen Armen", sage ich.

„Mein Pech." Er lässt seinen Schwanz los und stellt seine Knie so hin, dass sie meine Arme noch mehr auf den Boden drücken.

Lucas hebt seinen Hintern gerade so weit an, dass er mein T-Shirt bis über meine Brüste ziehen kann, dann schiebt er auch noch meinen BH hoch. Meine Brustwarzen kribbeln von der kalten Luft und ziehen Lucas' Aufmerksamkeit auf sich. Ich muss mich daran erinnern, dass ich nur einen Versuch habe, zu entkommen, und ich muss sicher sein, dass das zum richtigen Zeitpunkt geschieht. Ich habe das Gefühl, dass ich kotzen muss, als er meine nackten Brüste anstarrt und wie ein Verrückter grinst, während er mich streichelt.

„Sei nicht so schüchtern, Jazz. Ich weiß, dass du es auch willst. Und wenn du meinen Schwanz gut lutschst, vertraue ich dir vielleicht genug, um dich deine Hände benutzen zu lassen. Nach dem, was ich gesehen habe, sollte das kein Problem sein." Ich kämpfe gegen meinen Würgereflex an, als er mit der Spitze seines Penis über meine Spitzen reibt und seine Lusttropfen auf meine Haut schmiert.

Ich weiß nicht, wie ich so ruhig bleiben kann, während er sein Becken verlagert und seinen Schwanz näher an mein Gesicht bringt, aber ich bin dankbar dafür. Das Letzte, was ich jetzt brauchen kann, ist eine Panikattacke.

„Gott, du hast keine Ahnung, wie oft ich mir bei dem Video von dir und Davenport in der Dusche einen runtergeholt habe. Er streichelt sich noch einmal ausgiebig. „Oh, apropos … Ich darf nicht vergessen, das aufzunehmen, damit der Wichser sieht, wie sehr du es lieben wirst, mich in dir zu haben.

Was?!

Meine Augen weiten sich, als Lucas sein Handy aus der Jeanstasche holt und es hochhält. „Sag „Cheese", Jasmine."

Ich blinzle schnell, als ich vom Blitzlicht geblendet werde.

Er dreht den Bildschirm zu mir und zeigt mir das Bild, das er von meiner nackten Brust gemacht hat, über der sein Schwanz schwebt. Er vergewissert sich, dass ich sehe, wie er in den Videomodus wechselt, bevor er den Bildschirm wieder zu sich dreht.

„Mach dich weit auf, du kleine Schlampe."

Ich kneife meine Lippen zusammen, als er näherkommt und drehe meinen Kopf weg, als sein fieser Schwanz meinen Mund berührt. Diesmal kann ich den Würgereiz nicht unterdrücken, als ich die salzige Nässe schmecke, die er auf meinen Lippen hinterlassen hat.

„Na na." Lucas packt meinen Kiefer und zieht mein Gesicht wieder in seine Richtung. Ich schwöre bei Gott, es fühlt sich an, als hätte er mir fast den Knochen gebrochen. „Mach dein verdammtes Maul auf, bevor ich dich dazu zwinge, Schlampe."

Gerade als ich denke, dass ich das wohl durchstehen muss, damit ich wenigstens meine Arme wieder benutzen kann, klingelt sein Telefon.

„Verpiss dich!", schreit er und schaltet den Klingelton aus.

Einen Moment später klingelt es wieder und er lehnt

den Anruf ein zweites Mal ab. Als es ein drittes Mal klingelt, wird Lucas blass, als er auf den Bildschirm schaut.

„Scheiße." Lucas lehnt sich zurück, sodass ich stöhne, als sein gesamtes Gewicht auf meinem Bauch lastet, aber das ist mir allemal lieber als sein Schwanz in meinem Mund. Er streicht mit dem Finger über den Bildschirm und hält das Telefon an sein Ohr. „Hallo?" Ich kann nicht hören, was der Anrufer sagt, aber Lucas wird immer unruhiger, je länger das Gespräch dauert. „Nein, Sir. Ich habe nur ein bisschen Spaß gemacht. Ja, Sir. Ja, ich verstehe. Natürlich." Seine Kinnlade fällt herunter. „Jetzt gleich?! Ähm … klar."

Unsere Blicke schwenken zu den nahenden Scheinwerfern, die durch das Fenster blitzen. Mit wem zum Teufel spricht er?

Lucas schluckt und sieht plötzlich sehr verängstigt aus. „Ja, Sir. Ich sehe sie." Schnell schlüpft er wieder in seine Hose und macht den Reißverschluss zu. „Ja, ich verstehe. Ich steige aus dem Auto aus und lasse Jasmine unverletzt."

Ernsthaft, wer zum Teufel ist am anderen Ende der Leitung?

Lucas legt auf und murmelt: „Scheiß Taylor. Er musste einfach den verdammten Heiligen spielen. Ich werde diesem Arschloch die Eier abreißen." Seine Augen verengen sich in meine Richtung. „Du hattest heute Abend Glück, aber glaube nicht, dass es damit vorbei ist. Deine Fotze gehört mir, Schlampe."

Ich weiche aus, als er über die Konsole auf den Fahrersitz hüpft und das Fahrzeug verlässt, ohne mich mitzunehmen. Ich ziehe mich so schnell wie möglich wieder an, während ich gleichzeitig Lucas beobachte, wie er sich der dunklen Limousine nähert. Er wechselt ein paar Worte mit dem Fahrer, bevor er auf den Rücksitz steigt und wegfährt. Was zum Teufel passiert hier gerade?

Gerade als ich aus dem Escalade klettere, höre ich das vertraute Brummen eines Motors. Ich gehe in die Hocke, bis ich sicher sein kann, dass es nicht noch jemand ist, vor dem ich weglaufen muss. Sobald ich Kingstons Agera sehe, sprinte ich los. Er tritt auf die Bremse und öffnet die Tür, kaum dass der Wagen zum Stehen gekommen ist. Kingston fängt mich mitten in der Luft auf, ich springe in seine Arme und schlinge meine Beine um seine Taille, aber der Schwung wirft uns beide um. Ich fange an, unkontrolliert in seine Halsbeuge zu schluchzen, während er mit seiner Hand über meinen Rücken streicht.

„Woher wusstest du, wo du mich findest?", schluchze ich.

„Ich habe eine SMS bekommen." Kingston drückt mich an sich und drückt mir einen Kuss auf die Seite meines Kopfes. „Ich weiß nicht, wer sie geschickt hat, aber sie sagte, ich solle schnell herkommen und dass du in Gefahr wärst. Ich habe deine Handtasche eine Minute vorher auf dem Parkplatz gefunden, also wusste ich, dass es kein Scherz war." Er streichelt vorsichtig mein Gesicht und hebt meinen Kopf hoch. „Was ist passiert, Baby?" Ich wische mir die Tränen aus den Augen. „Ich werde es dir erzählen, aber bitte hol mich hier raus. Ich muss hier weg."

Kingston nickt. „Natürlich."

Als wir die Tore von Windsor hinter uns lassen, denke ich an das erste Mal, als ich sie gesehen habe und daran, wie verkorkst mein Leben seitdem geworden ist. Kingston drückt meine Hand und erinnert mich daran, dass dieses neue Leben auch etwas Positives hat. Jemand hat mir einmal gesagt, dass man etwas Schlechtes erleben muss, um die guten Dinge im Leben wirklich zu schätzen. Ich würde gerne wissen, wie viele schreckliche Dinge ich noch erleben muss, bevor ich endlich zur Ruhe komme. Ich bin so verdammt erschöpft, weil ich auf Schritt und Tritt gegen Dämonen kämpfe, dass ich nicht weiß, wie lange ich noch durchhalte.

KAPITEL SIEBZEHN

KINGSTON

Jazz hat auf der ganzen Fahrt nach Hause kein einziges Wort gesagt, und das macht mich fertig. Ich muss wissen, was passiert ist, aber ich weiß, dass es für keinen von uns gut ist, sie zu drängen, es mir zu sagen, bevor sie dazu bereit ist. Sobald wir mein Haus betreten, rennt sie praktisch zur Dusche und dreht den Wasserhahn kochend heiß auf. Sie ist noch nicht einmal ganz ausgezogen, als sie schon unter der Dusche steht und sich wütend das Gesicht und die Brust schrubbt.

Ich entledige mich schnell meiner Kleidung und geselle mich zu ihr. „Hey. Langsam. Lass mich dir helfen."

Ich greife vor Jazz, um die Temperatur ein wenig herunterzudrehen. Ich mag heiße Duschen genauso gerne wie jeder andere, aber wenn ihre von Natur aus gebräunte Haut innerhalb von Sekunden knallrot ist, weiß man, dass das Wasser zu heiß ist.

„Ich muss es einfach loswerden", schluchzt sie.

„Was loswerden?“ Ich helfe ihr aus der Hose, was leichter gesagt als getan ist, denn sie ist durchnässt und schmiegt sich an ihre Beine.

„Ihn.“ Sie fängt an zu zittern, als sie sich die Flasche mit dem Duschgel schnappt und es auf den Badeschwamm spritzt. „Sein Duft … seine Berührung … seine … seine …“

Ich reiße ihr den Schwamm aus der Hand und versuche so gut es geht, nicht zu reagieren. Ich möchte sie mit Fragen bombardieren, was passiert ist und warum sie eine geladene Waffe in ihrer Handtasche hat, aber ich will es nicht noch schlimmer machen. „Baby, wir müssen das nicht jetzt machen. Lass uns dich erst einmal sauber machen. Wir können reden, wenn du ein wenig geschlafen hast.“

Sie schüttelt den Kopf. „Nein. Ich muss das jetzt loswerden. Ich will einfach alles loswerden. Ich muss alles loswerden.“

Ich atme tief durch. „Okay, wenn es das ist, was du wirklich willst. Lass dir einfach Zeit und gib mir so viel oder so wenig Informationen, wie du willst.“

Ihre rotgeränderten Augen heben sich zu meinen. „Es war Lucas.“

Ich klappe meinen Kiefer zu und streiche mit dem Schwamm langsam über ihren Körper. „Was war Lucas?“

Jazz taucht ihr Haar unter das Wasser. „Er war es. Am See. Auf der Party in Malibu. Heute Abend. Er ist der Mann. Ich kann nicht glauben, dass ich das nicht schon früher erkannt habe, aber er hat es tatsächlich zugegeben, also gibt es keinen Zweifel. Und Christian war sein Komplize. Lucas hat damit geprahlt, dass er mich fast vergewaltigt hat, Kingston. Er sagte mir, wie sehr ich es lieben würde. Er fing an, uns mit seinem Handy aufzunehmen und sagte, dass er es dir schicken würde. Was für ein krankes Arschloch macht so etwas?"

Ich zerbreche fast die Shampooflasche, als ich mir etwas davon in die Hand gieße. Ich nehme mir einen Moment Zeit, um es zum Schäumen zu bringen, bevor ich es auf Jazz' Haar auftrage. Ihr Körper entspannt sich, während ich ihre Kopfhaut massiere. Ich knirsche derweil so fest mit den Zähnen, dass ich mich wundere, dass sie nicht alle in kleine Stücke zerspringen.

„Wie bist du in Windsor gelandet?"

Sie dreht sich um und wäscht sich das Shampoo aus dem Haar, bevor sie antwortet. „Wir haben früher Feierabend gemacht. Es war nur eine Viertelstunde. Ich wusste, dass du wahrscheinlich schon auf dem Weg bist, also habe ich beschlossen, einfach am Sub-Shop am anderen Ende des Platzes abzuhängen und mir ein Sandwich zu holen. Ich wollte dir eine SMS schicken, sobald ich dort ankomme, aber auf halbem Weg über den Parkplatz hielten sie mit dem Escalade an – Lucas und Christian – und Lucas zog mich in das Auto. Ich versuchte, mich zu wehren, aber er nutzte seinen Gewichtsvorteil, um mich wie bei den letzten beiden Malen zu fixieren. Heute hat er mich zudem so gewürgt, dass ich keine Luft mehr bekam.

Als wir an der Schule angehalten haben, hat er mir das T-Shirt hochgeschoben."

Jetzt, wo ihre Haut nicht mehr so rot ist, kann ich die fingerabdruckförmigen blauen Flecken an ihrem Kiefer sehen. „Er … steckte seine Finger in mich. Er hat seine Hose runtergezogen und …“ Sie würgt. „Oh, Gott.“

Ich werde ihn verflucht noch mal umbringen.

„Er hat seine Hose runtergezogen und was, Jazz?“ Ich spreche absichtlich leise, um dem heftigen Sturm, der sich in mir zusammenbraut, entgegenzuwirken.

„Er hat seinen Schwanz über meine Brust gerieben. Meine Lippen. Er wollte ihn mir gerade in den Mund schieben, als die Typen auftauchten, um ihn abzuholen.“

Ich drücke meine Augen zu und versuche, die Bilder, die mir durch den Kopf gehen, abzuwehren. Ich schaffe es nicht, die Wut zu stoppen. Ich brauche … Ich brauche etwas, um sie zu unterdrücken.

„Arschloch!“ Jazz schreit auf, als ich mich umdrehe und mit der Faust gegen die Wand schlage, sodass die Kacheln zersplittern und mit meinem Blut beschmiert werden. Scheiße, das tut weh.

„Mir wird schlecht.“ Ich drehe mich wieder zu ihr um, als sie sich gerade eine Hand vor den Mund hält.

Ja, mir auch.

Jazz fällt auf dem Duschboden auf die Knie und fängt an zu husten, aber es kommt nichts heraus. Streich das. Da kommt es … und … da geht es den Abfluss hinunter.

„Sshhh.“ Ich hocke mich hin und streiche mit meiner Hand über ihren Rücken. Ich zische, als das Wasser auf meine geschundenen Knöchel trifft und sich Blut und Erbrochenes vermischt, während es den Abfluss hinunter wirbelt.

Die Bestie in mir brüllt und verlangt nach Rache, aber Jazz jetzt zu verlassen ist keine Option. Aber sobald ich den Wichser in die Finger bekomme, ist er tot. Ich meine es ernst. Buchstäblich verdammt tot. Ich werde dafür sorgen, dass es schön langsam geht, damit er all den Schmerz, den er ihr zugefügt hat, am eigenen Körper zu spüren bekommt.

Als ihr Körper endlich aufhört zu krampfen, steht Jazz wieder auf und schluchzt, während ich ihren Körper wieder abspüle und das restliche Erbrochene in den Abfluss spüle. Ich stelle das Wasser ab, nehme mir ein Handtuch und beginne, sie abzutrocknen.

„Verdammt." Meine Hand ist wirklich im Arsch. Ich bin mir ziemlich sicher, dass ich mir ein paar Fingerknöchel gebrochen habe, und das Blut verteilt sich auf dem Frotteetuch.

„Kingston, lass mich dir helfen. Du bist verletzt." Jazz greift nach meiner Hand, aber ich ziehe sie zurück.

„Nein. Du hast schon genug Sorgen. Gib mir nur eine Sekunde."

Ich gehe zum Wäscheschrank, hole ein Handtuch und wickle es um meine Knöchel. Sobald es festsitzt, wickle ich ein größeres Handtuch um meine Taille und helfe Jazz aus der Dusche. Ich will sie zurück ins Schlafzimmer führen, aber sie hält am Waschbecken inne.

„Warte mal. Wenn ich den Geschmack nicht aus dem Mund bekomme, muss ich gleich wieder kotzen."

Ich nicke und warte schweigend, während Jazz sich die Zähne putzt und den Mund ausspült. Trotz der beschissenen Umstände lächle ich, als sie ihre Zahnbürste zurück in die Halterung steckt. Sie weigert sich weiterhin hartnäckig, die Nächte hier zu verbringen, aber sie hat ein paar persönliche Dinge mitgebracht, damit sie es bequemer hat, wenn sie hier ist. Ich kann nicht sagen, dass ich es hasse, ihre Sachen zusammen mit meinen zu sehen.

Jazz schmiegt sich sofort an mich und lässt keinen Zentimeter Platz zwischen uns, sobald wir unter der Decke sind. Wir halten uns aneinander fest, wie an einer Rettungsleine, keiner von uns will loslassen.

Ich küsse sie auf den Kopf. „Meinst du, du kannst mir noch ein paar Fragen beantworten?"

Sie nickt leicht. „Ich kann es versuchen."

„Du hast gesagt, dass jemand Lucas abgeholt hat. Wer?"

„Ich weiß es nicht. Als er gerade … fing sein Telefon wie verrückt an zu läuten. Er sprach eine Weile mit einer Person am anderen Ende der Leitung und nannte sie Sir, also weiß ich, dass es ein Mann war, aber mehr habe ich nicht herausgefunden. Dann tauchte plötzlich ein Auto auf und parkte direkt hinter dem Auto, in dem wir saßen. Lucas stieg aus dem Escalade aus, setzte sich in das andere Auto und sie fuhren weg. Ich weiß nicht, wer der geheimnisvolle Mann war, aber er hat Lucas eine Scheißangst eingejagt. Das war klar."

Ich runzle die Stirn, um alles zu verarbeiten. Ich brauche eine Minute, aber plötzlich fügen sich die Puzzleteile zusammen. Wenn Lucas der ursprüngliche Angreifer von Jazz ist, muss er derjenige sein, den mein Vater in dem Video mit Peyton gemeint hat. Mein Vater sagte, wenn Peytons Schoßhündchen noch einmal hinter Jazz her ist, wird er ihn dafür bezahlen lassen. Ist mein Vater der geheimnisvolle Mann? Aber woher sollte er wissen, wo Jazz war oder was zu der Zeit passierte?

Verdammt!

Warum führen alle verdammten Antworten immer nur zu noch mehr Fragen, wenn mein Vater im Spiel ist?

Jazz bewegt ihren Körper, und mein Schwanz reagiert auf die Reibung. Ich versuche, mich zurückzuziehen, aber sie klammert sich an mich, verschränkt unsere Beine miteinander und reibt sich noch gezielter an mir.

„Jazz."

Ich spüre ihre zarten Finger, die an dem Handtuch um meine Taille ziehen. „Kingston, bitte. Ich brauche das."

Ich stöhne auf, als sie das Handtuch lockert und anfängt, meine Eichel zu streicheln. „Baby, du solltest versuchen, dich etwas auszuruhen."

„Das werde ich." Jazz legt ihre Lippen auf mein Schlüsselbein, während ihr Daumen über das Sperma streicht, das aus meiner Spitze tropft. „Nachdem ich dich geritten habe."

Sie geht auf die Knie und nimmt das Handtuch ab, das sie um sich gewickelt hatte. Ihr geschmeidiger, schöner Körper liegt vor mir und ist reif für mich. Von ihrer gebräunten Haut über die fein geformten Muskeln ihres Bauches bis hin zu ihren perfekten, frechen Titten, die um meine Aufmerksamkeit betteln. Mit meinen Fingern fahre ich über die beiden horizontalen Narben auf Jazz' Oberkörper, die eine Gänsehaut hinterlassen. Die Narben sind jetzt viel heller, nicht mehr erhaben und knallrot. Bald wird es fast so sein, als wären sie nie da gewesen.

„Sie heilen so gut."

„Kingston, ich will jetzt nicht reden. Ich will dich einfach nur in mir spüren. Bitte lass mich nicht betteln."

Ich versuche, Jazz' verletzlichen Zustand nicht auszunutzen, aber das ist fast unmöglich, wenn sie aussieht, als würde sie mich am liebsten auffressen. Ich kenne das Gefühl, denn ich habe noch nie etwas oder jemanden mehr gewollt als sie. Jazz beugt sich vor, ihr langes, feuchtes Haar kitzelt meine Arme, als sich unsere Lippen treffen. Ich sauge ihre volle Unterlippe in meinen Mund und beiße die Zähne zusammen, als sie stöhnt. Sie saugt meine Zunge in ihren Mund und mein Schwanz zuckt bei der Vorstellung, dass sie ihn genauso behandelt.

Jazz spreizt mich, während wir uns küssen, und reibt ihre Nässe an meinem Schaft, rauf und runter, runter und wieder rauf, bis ich glaube, dass ich es nicht mehr aushalten kann. Wenn wir das tun wollen, muss ich sicher sein, dass sie gut versorgt ist, und das wird nicht passieren, wenn ich meine Ladung abschieße, bevor ich überhaupt in sie eindringen kann.

Ich tippe mit meiner unverletzten Hand auf ihre Hüfte. „Komm, setz dich auf mein Gesicht." Als sie zögert, füge ich hinzu: „Was ist los? Möchtest du aufhören?"

„Nein." Sie schüttelt nachdrücklich den Kopf. „Es ist nur … Ich habe mich gerade an etwas erinnert, was er zu mir gesagt hat. Er wollte mich lecken … sagte, dass er das normalerweise nicht macht, aber für mich würde er eine Ausnahme machen."

Ich zähle in meinem Kopf bis zehn und versuche, ruhig zu bleiben. Ich weiß nicht, was ich hier richtig machen soll. Ich weiß, dass sie es liebt, mein Gesicht zwischen ihren Schenkeln zu haben, aber das Letzte, was wir beide wollen, ist, dass sie jetzt an ihren Möchtegern-Vergewaltiger denkt.

„Baby. Fühle dich nicht verpflichtet, das zu tun. Alles zu tun. Ich will nur, dass du dich gut fühlst. Wenn du Zeit brauchst, verstehe ich das.“

Sie schenkt mir ein sanftes Lächeln. „Ich weiß, dass ich nichts tun muss, Kingston. Nicht mit dir. Aber ich will das hier. Wenn ich zulasse, dass dieser Bastard etwas ruiniert, was ich so sehr genieße, wird er gewinnen, und das werde ich nicht zulassen.“

Jazz rutscht an meinem Körper hoch und kämmt mir mit einer Hand durch die Haare, während sie über mir schwebt und ein Knie an jede Seite meines Kopfes legt. Sie stößt einen Fluch aus, als ich meinen Kopf aus dem Kissen hebe und mit meiner Zunge durch ihre Falten streiche.

„Gut?“

Jazz nickt. „Und wie.“

„Dann lass dich runter, Baby. Lass mich diese hübsche Muschi lecken. Lass mich sie noch besser fühlen.“

„Gott“, keucht sie, als ich mit meiner Zungenspitze über ihre Klitoris fahre.

Nach ein paar zaghaften Streicheleinheiten mit der Zunge, um sicherzugehen, dass sie das immer noch will, verschlinge ich ihr glitschiges Fleisch, lecke und sauge und genieße jedes kleine Wimmern und Schimpfwort, das aus ihrem Mund kommt. Ich stöhne mit ihr mit, als ihre süße Sahne auf meiner Zunge explodiert. Jazz krallt sich bei jedem Orgasmus an das Kopfteil und schreit meinen Namen immer wieder.

Nachdem ich sie zum vierten Mal zum Orgasmus

gebracht habe, plumpst Jazz keuchend auf die Seite. „Nicht mehr … soooo gut … aber zu empfindlich.“

Ich wische mir mit dem Handtuch, das um meine Hand lag, das Gesicht ab. Zum Glück hat die Blutung aufgehört, aber meine schmerzenden Fingerknöchel sind verdammt geschwollen.

Ich drehe mich auf die Seite und drücke ihr einen Kuss auf den Hüftknochen. „Heißt das, du bist für diese Nacht mit mir fertig?“

Sie zieht an meinen Schultern und fordert mich auf, ihren Körper zu erklimmen. „Nein, natürlich nicht. Nur keine Liebesknopf-Aktion mehr.“

„Liebesknopf?“, lache ich.

Jazz schenkt mir ein warmes Lächeln, das mir den Atem stocken lässt. „Komm in mir, Kingston.“

Ich ziehe ihre Brustwarze in meinen Mund und wirble mit meiner Zunge um die Spitze, während ich mich zurückziehe. „Was immer du sagst, meine Königin.“

„Königin? Was ist mit Prinzessin?“ Jazz keucht, als ich ihrer anderen Brustwarze die gleiche Aufmerksamkeit schenke.

Ich stütze mich auf meine Arme, um ihr direkt in die Augen zu schauen. „Meine Königin. Von niemandem sonst.“

„Von niemandem sonst.“ Jazz streichelt beide Seiten meines Kiefers, während sie meine Worte wiederholt. „Niemals.“

Ich starre sie einige Sekunden lang an, und keiner von uns beiden fühlt sich gezwungen, die Stille zu füllen. Wir sind vollkommen zufrieden und genießen einfach die

Nähe des jeweils anderen Körpers. Dieses Gefühl in mir, das meine Brust anschwellen lässt, hätte mir eigentlich zeigen müssen, wie sehr ich dieses Mädchen verehre. Egal, wie beschissen mein Leben auch sein mag, wenn ich so mit Jazz zusammen bin, bin ich wirklich glücklich. Ich lebe für diese kleinen gestohlenen Momente.

„Ich liebe dich", flüstert sie.

Ich grinse. „Natürlich tust du das. Ich bin so ein netter Kerl, was gibt es da nicht zu lieben?"

Jazz schüttelt sich vor Lachen und Tränen schießen ihr aus den Augen.

„Du bist kein netter Kerl. Die meiste Zeit jedenfalls nicht." Sie zieht mich näher zu sich und knabbert an meinem Ohrläppchen. „Aber du gehörst mir. Und jetzt küss mich."

Ich stöhne in ihren Mund, während ich in ihre feuchte Hitze gleite. Jazz' Hüften folgen meinen, während ich mich fast bis zur Spitze zurückziehe, bevor ich wieder in ihr versinke. Unser Tempo ist gemächlich, fast schon träge, aber das macht weder ihr noch mir etwas aus. Normalerweise bin ich kein Fan der Missionarsstellung, weil sie so intim ist – und ehrlich gesagt nicht annähernd so viel Spaß macht wie andere Stellungen. Aber in diesem Moment würde ich sie nicht anders haben wollen. Wenn ich Jazz' Körper an meinem spüre, wenn unsere schweißnasse Haut bei jeder Bewegung aneinander reibt. Ihre ausdrucksstarken Augen verraten mir, wie viel Freude ich ihr bereite. Wie sehr sie mich will. Wie sehr sie mich braucht.

Eigentlich bin ich kein Typ, der gerne Liebe macht, aber wenn ich dem Ganzen ein Etikett verpassen müsste, dann wäre es das, ohne Zweifel. Mein Schwanz und meine Zunge geben alles, was ich habe, und sie nimmt alles, was ich ihr im Gegenzug anbieten kann. Meine Hände streicheln jeden Zentimeter Haut, den ich erreichen kann, während ihre das Gleiche mit meinen tun. Ich war noch nie so sehr auf jemanden eingestimmt, wie in diesem Moment. Vor meiner Tür könnte eine Bombe hochgehen, und ich würde es wahrscheinlich nicht merken. Nachdem sich Jazz ein letztes Mal von mir gelöst hat, ziehe ich das Tempo gerade so weit an, dass ich mich selbst befreien kann. Während ich komme, lege ich meinen Kopf in ihre Halsbeuge und plötzlich habe ich eine Erleuchtung.

Jazz Rivera ist die Eine. Die Einzige.

Ich will, dass diese Frau meine Babys bekommt. Ich will, dass ich jeden Morgen, wenn ich aufwache, und jeden Abend, bevor ich einschlafe, ihr Gesicht sehe. Ich will mit ihr lachen, sie im Arm halten, wenn sie weint, und sie ficken, bis sie Sterne sieht. Ich will, dass wir zusammen alt werden und unsere Kinder ihre eigenen Kinder haben. Manche würden wahrscheinlich sagen, dass ich naiv bin, dass achtzehn viel zu jung ist, um zu wissen, wann man die Person getroffen hat, mit der man den Rest seines Lebens verbringen wird, aber ich würde diesen Leuten sagen, dass sie sich verpissen sollen. Ich habe keinen Zweifel daran, dass sie die Richtige für mich ist.

„Heilige Scheiße", murmle ich.

„Ich weiß", keucht sie. „Das war unglaublich. Ich bin erledigt."

Ich ziehe mich zurück und benutze eines der Handtücher, um Jazz zu helfen, sich zu säubern. Als wir fertig sind, dreht sie ihren Körper zu mir und drückt mir einen Kuss auf mein Herz.

„Du bist es auch für mich, Kingston."

Hm?

Ich bin kurz verwirrt, bis mir klar wird, dass ich diesen Teil wohl laut gesagt habe. Ich drücke Jazz fester an mich und streichle ihr Haar, während sie sich an mich kuschelt. Als ihre Atmung ruhiger wird, schließe auch ich die Augen und lasse es kurz auf mich wirken, bevor ich mich um das kümmere, was getan werden muss.

KAPITEL ACHTZEHN

JAZZ

„Gott, ich freue mich so auf morgen."

„Ich auch. Ich kann es nicht erwarten, Belles Gesicht zu sehen."

Ich lächle. „Sie wird ganz aus dem Häuschen sein. Ich weiß, ich habe es schon einmal gesagt, aber vielen Dank, dass du das hier geplant hast. Meine Mutter und ich haben immer versucht, Belles Geburtstag unabhängig von den Feiertagen zu feiern, und ich hatte Angst, dass ihr Vater das nicht auch tun würde. Da dies ihr erster Geburtstag ohne unsere Mutter ist, wollte ich, dass es etwas ganz Besonderes wird. Das hast du wirklich gut hinbekommen, Kingston. Ich kann mir wirklich nichts Perfekteres vorstellen."

Kingston zieht mich in eine Umarmung. „Ich kann mir vorstellen, dass es schwer ist, ein Weihnachtsbaby zu sein, vor allem, wenn man jünger ist und dieses Fest feiert. Da kann man leicht den Überblick verlieren."

„Stimmt." Ich nicke. „Deshalb hatten wir immer die

Tradition, das Fest an Heiligabend zu feiern, und am ersten Weihnachtstag ging es nur um Belle."

„Ich finde, das ist eine tolle Tradition." Er küsst mich auf den Kopf. „Ich freue mich, wenn ich dazu beitragen kann, sie aufrechtzuerhalten."

„Wie geht es deiner Hand?" Ich hebe seine Hand vorsichtig an, um seine Knöchel zu untersuchen. „Es sieht schon etwas besser aus."

„Es tut nicht mehr so weh wie vorher. Das Eis hat bei der Schwellung geholfen. Lass mich nicht vergessen, jemanden zu rufen, der die Fliesen repariert, wenn wir aus dem Disneyland zurück sind."

„Das werde ich." Ich schüttle den Kopf, immer noch etwas schockiert, dass er gestern Abend gegen die Wand geschlagen hat. „Hast du schon etwas von John gehört?"

„Der Escalade steht nicht mehr bei Windsor, aber mehr wissen wir noch nicht."

Anscheinend hat Kingston, nachdem ich eingeschlafen war, seinen Privatdetektiv angerufen, um ihm alles mitzuteilen, was letzte Nacht passiert ist.

Ich setze mich auf einen Hocker in der Nähe. „Und John glaubt nicht, dass ein Gang zur Polizei helfen würde?"

„Er denkt, dass es besser ist, sie vorerst aus der Sache herauszuhalten, wenn man bedenkt, dass schon der erste Angriff vertuscht wurde."

„Stimmt. Wer könnte das vergessen?" murmle ich.

Kingston starrt mich nachdenklich an. „Hattest du deshalb eine Waffe in deiner Handtasche?"

Mist.

Moment mal … ich hatte eine Waffe in meiner Handtasche?

Ich starre ihn an. „Warum hast du in meiner Handtasche herumgeschnüffelt?“

„Ich habe nicht in deiner Handtasche geschnüffelt“, sagt er. „Als ich sie auf dem Parkplatz fand … habe ich sie geöffnet, um den Ausweis zu überprüfen. Um sicherzugehen, dass es nicht der von jemand anderem ist und nur wie deine aussieht. Wo zum Teufel hast du überhaupt eine unmarkierte Waffe her?“ Ich sehe den Moment, in dem es ihn trifft. „Shawn. Er hat sie dir gegeben.“

„Nein, er hat mir keine Waffe gegeben. Ich habe sie einem Freund von ihm abgekauft.“

„Oh, das ist ja so viel besser.“ Kingston wirft mir einen schiefen Blick zu. „Warum glaubst du überhaupt, eine zu benötigen?“

„Was glaubst du wohl, Kingston? Ich will mich sicher fühlen.“

„Und du glaubst, dass eine Waffe das schafft?“

„Sie ist besser als nichts.“ Ich zucke mit den Schultern.

„Nicht, wenn du nicht weißt, wie man damit schießt“, argumentiert er. „Also … weißt du, wie man damit schießt?“

„Nicht wirklich.“

Er zeigt anklagend mit dem Zeigefinger auf mich. „Und genau deshalb bleibt sie in meinem Safe eingeschlossen.“

„Was?“, schreie ich. „Das kannst du nicht machen!“

Kingstons Augen leuchten vor Wut. „Das wirst du schon sehen.“

„Das ist nicht deine Entscheidung, Kingston!“

Er atmet heftig aus. „Hör zu. Ich bin für das Recht, Waffen zu tragen. Wenn du wirklich eine Waffe willst, weil du dich damit sicherer fühlst, dann ist das okay für mich. Aber wir werden es auf die richtige Weise machen. Du wirst lernen, wie man sicher mit einer Waffe umgeht, und du wirst eine haben, die registriert ist.

Ich werde nicht zulassen, dass du dich selbst in Gefahr bringst, indem du eine geladene Waffe mit dir herumträgst, von der du nicht umgehen kannst. Schon gar nicht mit einer unmarkierten Waffe. Wenn dich ein Polizist mit dem Ding erwischt, bist du aufgeschmissen. Hast du eine Ahnung, wie streng die kalifornischen Waffengesetze sind? Glaubst du wirklich, dass ein Vorstrafenregister gut aussieht, wenn du das Sorgerecht für Belle beantragen willst? Komm schon, Jazz. Du bist doch schlauer als das. Ich kann nicht glauben, dass dieser Wichser dich das hat machen lassen.“

„Zu deiner Information: Ihm gefiel die Idee auch nicht, aber im Gegensatz zu dir hat er mir erlaubt, meine eigene Entscheidung zu treffen, weil er weiß, dass ich schon ein großes Mädchen bin.“

„Jazz. Du weißt, dass ich recht habe. Und du weißt, dass ich es gut meine. Ich sage ja nicht, dass du keine bekommen sollst. Ich bitte dich nur, es klug anzugehen. Ich will dich nicht verlieren. Ich kann dich verdammt noch mal nicht verlieren.“

Ich stöhne und lehne meinen Kopf auf die Frühstückstheke. „Gut. Wir machen es auf deine Art.“

„Danke.“ Er drückt mir einen Kuss auf den Hinterkopf.

Als sein Handy in seiner Tasche summt, holt er es heraus und sagt: „Das ist John."

Ich setze mich auf.

„Ja?" Kingston runzelt die Stirn über das, was der Privatdetektiv sagt. „Wann?" Jetzt wischt er sich mit einer Hand über das Gesicht. „Noch nichts über Gale?" Der Blick seiner haselnussbraunen Augen springt auf mich, während er John zuhört und immer erregter wird. Ich habe das Gefühl, dass das, was John bis jetzt herausgefunden hat, nicht gut ist. „Klingt gut. Halt mich auf dem Laufenden."

„Was hat er gesagt?", löchere ich ihn, kaum dass er den Hörer aufgelegt hat. „Hat er Lucas gefunden?"

Kingston schüttelt den Kopf. „Noch nicht. Aber Christian Taylor wurde heute Morgen tot in seinem Wohnheimzimmer aufgefunden. Angeblich hat er sich selbst erschossen."

Mir stockt der Atem. „Wie bitte?!"

„Ja. Die Polizei sagt, dass es ziemlich eindeutig ist. Christian hat einen Abschiedsbrief hinterlassen."

„Weiß John, was auf dem Zettel stand?"

Er schluckt hörbar. „Vier Worte: Es tut mir leid."

„Es tut mir leid?" Ich wiederhole. „Was tut ihm leid?"

„Das er sich an dem Überfall auf dich beteiligt hat? Das er bei der Mathearbeit geschummelt hat? Das er Peyton seinen Schwanz hat lutschen lassen? Wer weiß?"

„Ach du Scheiße." Als ich aufschaue, hat Kingston einen seltsamen Gesichtsausdruck. „Was soll dieser Blick? Was denkst du gerade?"

Seine Lippen werden schmal. „Ich glaube, dass Christians Selbstmord ein abgekartetes Spiel gewesen sein könnte."

„Von wem?"

„Von einem der Hauptakteure? Aber mein Hauptverdächtiger ist mein Vater."

Ich runzle die Stirn. „Wie kommst du denn darauf?"

Kingston holt eine Flasche Wasser aus dem Kühlschrank und nimmt einen Schluck, bevor er sie mir reicht. „Das Video von meinem Vater mit Peyton. Er sagte, wenn Peytons Schoßhündchen – und alles deutet darauf hin, dass Lucas dieses Schoßhündchen ist – noch einmal auf dich losgeht, wird er dafür bezahlen. Auch wenn Christian dich gestern Abend nicht direkt angegriffen hat, war er ein aktiver Teilnehmer an Lucas Plan. Wie ich meinen Vater kenne, würde er diese Aktion als persönliche Beleidigung ansehen und sich an allen Beteiligten rächen."

„Also …, wenn das stimmt … denkst du, Lucas ist der Nächste?"

Kingston nickt. „Genau."

„Aber … ist dein Vater nicht über Weihnachten in Mexiko?"

„Ist er. Und er ist mit einem Linienflug geflogen, also weiß ich, dass er tatsächlich dort ist, weil John es bestätigt hat. Aber er hätte auch einen seiner Schläger in seinem Namen schicken können." Kingston nickt mit dem Kopf in Richtung des Fensters. „Er war weit weg in der Karibik, als meine Mutter starb, weißt du noch?"

„Ich erinnere mich." Ich seufze und schaue aus dem Fenster in Richtung des Pools, wo seine Mutter tot aufgefunden wurde.

„Und was jetzt?“

„John wird weiter nach Lucas suchen und wir machen weiter, sobald wir mehr wissen. Er sagte, er habe alles an seinen FBI-Kontakt weitergeleitet, falls mein Vater dafür verantwortlich ist.“

„Im Grunde genommen warten wir. Schon wieder.“ Ich nehme die Das Haargummi von meinem Handgelenk und binde meine Haare zu einem Pferdeschwanz zusammen. „Verhalten wir uns weiterhin normal, wie John es vorgeschlagen hat?“

„Genau das werden wir tun. Es ist Heiligabend. Den lassen wir uns nicht verderben, auch nicht unsere Reise. Ich schlage vor, dass wir wie geplant zu dir fahren, um deine Tasche zu holen, und dann hierher zurückkommen, um unser kleines Fest zu feiern.“

„Hat Bentley immer noch vor, vorbeizukommen, obwohl Reed und Ainsley in Oregon sind?“

„Er hat gesagt, dass er hier sein wird. Wir machen das schon seit der Mittelschule. Ainsley und Carissa haben diese Tradition ins Leben gerufen und machten jedes Jahr eine große Sache daraus. Abendessen, Geschenketausch, Weihnachtsfilme, Kekse … alles Mögliche. Am Anfang haben die Jungs und ich sie nur verwöhnt, aber irgendwann haben wir angefangen, es zu genießen. Nachdem Rissa gestorben war … hat Ainsley darauf bestanden, weiterzumachen. Sie brauchte diese Routine, und ich glaube, Bent auch.“

„Es ist schön, dass ihr eure eigene Art zu feiern habt.“

Er umfasst meine Hüften mit seinen Handflächen und beugt sich herunter, um mich zu küssen. „Wir haben unsere eigene Art zu feiern. Du bist jetzt ein Teil davon.“

Ich verschränke meine Finger in seinem Nacken und ziehe ihn für einen weiteren Kuss zu mir herunter. „Willst du mit mir duschen, bevor wir losgehen?“

Kingston schenkt mir ein breites Grinsen. „Auf jeden Fall.“

~

„Bist du sicher, dass das alles ist?“ Kingston hält meine Reisetasche hoch. „Wir werden zweieinhalb Tage lang unterwegs sein.“

„Ähm … ja. Das ist alles. Warum?“

Er schüttelt lächelnd den Kopf. „Ich bin es einfach gewohnt, dass Frauen viel mehr Zeug packen. Ainsley hat immer mindestens einen Koffer allein für ihre Schuhe. Und sie ist die pflegeleichteste Frau, die ich kenne, gleich nach dir.“

„Ja, aber Ainsley steht total auf Mode. Das ist gut für mich, denn ich habe keine Ahnung, was ich tun soll, wenn ich mich schick machen muss.“

Kingston packt mich am Hinterkopf und zieht mich zu einem Kuss an sich. „Ich glaube, du unterschätzt dich. Aber wenn du mich fragst, brauchst du dich nicht zu verkleiden.“

„Sagt der Junge, der mich immer gleich anfällt, wenn er mich in einem schicken Kleid sieht.“

„Was soll ich sagen? Ich mag den leichten Zugang.“ Er zuckt unschuldig mit den Schultern.

„Da besteht kein Zweifel." Ich lache. „Nun, ich denke, wir sollten …"

Ein markerschütternder Schrei durchdringt die Luft und unterbricht meinen Gedankengang.

„Was zum Teufel?" Kingston reißt meine Schlafzimmertür auf und späht in den Flur, aus dem das Geräusch kam.

Als ich über seine Schulter schaue, sehe ich Peyton an der Wand gegenüber ihrer offenen Schlafzimmertür sitzen. Sie weint hysterisch, hat die Knie an die Brust gezogen, schaukelt hin und her und murmelt vor sich hin. „Was ist passiert?"

Kingston macht ein paar Schritte in ihre Richtung. „Peyton. Was ist denn los?"

Ihre wässrigen Augen richten sich auf ihn, als sie sich wieder gefangen hat. „Hast du das getan? Ist das die Rache, von der du gesprochen hast?"

Ms. Williams erscheint am oberen Ende der Treppe und hält einen Moment inne, um zu Atem zu kommen. „Miss Peyton. Geht es Ihnen gut?"

Peyton streckt ihre Hände aus. „Nein, mir geht es nicht gut! Warum sollte es mir gut gehen? Was ist das für ein kranker Scherz? Kingston! Bist du dafür verantwortlich?!"

Ms. Williams tritt vor, als Peyton auf ihr Zimmer deutet und einen Blick hineinwirft. Sie wird kreidebleich und stolpert rückwärts. „Oh, mein … Ich glaube … jemand sollte die Polizei rufen. Sofort."

Kingston rennt zu Peytons Schlafzimmer und folgt Ms. Williams' Blickrichtung. Als sein Blick an etwas hängen bleibt, sieht auch er aus, als würde ihm gleich schlecht werden. „Oh, verdammt. Ist das sein …. Verdammt, das muss wehgetan haben.“ Er tritt zurück und dreht seinen Kopf zur Seite und erschaudert.

„Was musste wehtun? Was ist das für ein furchtbarer Geruch?“

Kingston versucht, mich zurückzuhalten, als ich mich Peytons Zimmer nähere, aber ich schlängle mich an ihm vorbei und erhasche einen Blick. Ich halte mir den Mund zu und würge die Galle angesichts der Horrorshow vor mir hinunter. In der Mitte von Peytons nicht mehr blass-rosa Himmelbett liegt Lucas Gale, nackt wie an dem Tag, an dem er geschaffen wurde, die Arme weit ausgestreckt und mit Handschellen an jeden Pfosten gefesselt. Er liegt in einer Blutpfütze und hat die Augen vor Schreck weit aufgerissen. Ich vermute, das hat etwas damit zu tun, dass seine Genitalien nicht mehr mit seinem Körper verbunden sind.

Lucas' blutiger, schlaffer Penis ragt aus seinem Mund; es sieht aus, als würde ein Grizzly gerade einem Lachs den Kopf abbeißen, gehalten von einem seltsamen Lederknebel, der mit getrocknetem Erbrochenem überkrustet ist. Ich nehme an, dass das seine abgetrennten Hoden sind, die auf jeder seiner nach oben gedrehten Handflächen liegen, während die umliegenden Laken und die Wand mit Blut bespritzt sind. Wenn ich raten müsste, würde ich sagen, dass die Täter Lucas die Kehle durchgeschnitten haben, nachdem sie seinen Körper verstümmelt hatten. Es sieht aus wie eine Art rituelle Opferung, aber ich weiß, dass das nicht der Fall ist. Diese ganze grausame Szene ist perfekt inszeniert, um einen dramatischen Effekt zu erzielen. Es ist eine Botschaft, schlicht und einfach – eine sehr deutliche, unglaublich makabre Warnung an die Besitzerin dieses Zimmers.

„Ich werde die Polizei rufen", stottert Frau Williams. „Ich bin gleich wieder da."

„Nein", dröhnt Charles' Stimme. „Niemand geht irgendwohin."

Ich drehe mich nach rechts und sehe meinen Vater, der die Situation mit der gleichen kalten, berechnenden Art beobachtet, mit der er alles beurteilt. Wie lange ist er schon hier? Ruhig holt er sein Handy aus der Brusttasche seiner Anzugjacke und drückt auf einen Knopf, um jemanden anzurufen.

Kurz nachdem er das Telefon ans Ohr gehalten hat, sagt er: „Wir haben ein Problem. Ich brauche so schnell wie möglich eine Aufräumaktion in meinem Haus."

Peytons und Ms. Williams' Köpfe drehen sich in die Richtung meines Vaters. Aufräumen? Wie eine Leiche aufräumen? Was zum Teufel soll das? Als mein Blick zu Kingston wandert, sieht er nicht im Geringsten überrascht aus.

„Ja, die Villa und mindestens zwei, vielleicht noch mehr." Charles hält einen Moment inne. „Gut. Wir sehen uns gleich." Er schließt Peytons Tür, als er das Gespräch beendet und sieht jeden von uns mit einem eisigen Blick an. „Keiner von euch wird auch nur ein Wort darüber verlieren."

„Mr. Callahan … Ich weiß, es steht mir nicht zu …"

„Du hast recht, Darlene. Es geht dich nichts an." Seine

Kiefermuskeln zucken. „Sind noch andere Mitarbeiter auf dem Gelände?“

„Nein, Sir. Sie haben ihnen den Tag freigegeben, damit sie den Feiertag mit ihren Familien verbringen können. Erinnern Sie sich?“

Charles nickt. „Ruf sie sofort an und sag ihnen, dass sie sich die ganze Woche freinehmen sollen, ohne Bezahlung. Das ist mein Urlaubsgeschenk für sie. Kein Wort über das, was du hier gesehen hast, und sprich mit niemandem sonst, schon gar nicht mit der Polizei. Geh direkt in mein Büro und warte auf weitere Anweisungen, wenn du fertig bist.“

„J-ja, Sir.“ Ms. Williams lässt den Kopf hängen und läuft so schnell die Treppe hinunter, als würde ihr Arsch in Flammen stehen.

Er richtet seinen wütenden Blick auf Peyton. „Was zum Teufel ist passiert?“

„Ich weiß es nicht!“, weint Peyton. „Ich bin gerade nach Hause gekommen und habe ihn so vorgefunden!“

„Du bist gerade nach Hause gekommen?“ Charles zieht seine buschigen Augenbrauen hoch und blickt auf das Zifferblatt seiner Rolex. „Es ist fast zwei Uhr nachmittags. Wo warst du?“

Sie tupft sich die Augen und schnieft. „Die Mädchen und ich hatten eine Pyjamaparty bei Whit.“

Ich schnaube. Sie war ganz sicher nicht mit mehr mit Whitney oder Imogen zusammen, seit diese herausgefunden haben, dass sie es mit ihren Freunden treibt. Und ich habe den leisen Verdacht, dass sie genau weiß, wer das mit Lucas gemacht hat.

Peytons blaue Augen wenden sich zu mir, dann wieder zu Charles. „Daddy, was machen wir jetzt?"

„Du wirst gar nichts tun. Lass die Männer das regeln. Ich traue dir nicht zu, dass du es nicht vermasselst."

Ihre Augen weiten sich. „Aber, Daddy."

„Kein Wort, Peyton!", schreit er. „Wenn du auch nur einen Pieps von dir gibst, dann glaub mir, dass dir die Konsequenzen nicht gefallen werden. Du gehst jetzt ins Gästezimmer und kommst erst wieder raus, wenn ich es sage."

„Aber …", versucht sie es erneut.

Er deutet mit dem Finger auf das Gästezimmer. „Geh, Peyton!"

Sie bricht wieder in Tränen aus und rennt los, um zu tun, was er sagt.

Sobald Peyton hinter verschlossenen Türen ist, wendet Charles seine Aufmerksamkeit Kingston zu. „Ich kann mich darauf verlassen, dass du das diskret behandelst?"

Kingston nickt. „Ja, Sir. Natürlich." Er dreht sich zu mir um. „Nimm deine Tasche, Jazz."

„Was?", frage ich ungläubig. „Wir können doch nicht einfach …"

„Halt dein verdammtes Maul und hol deinen Scheiß!", schreit er. Kingstons Augen weiten sich und flehen mich an, zwischen den Zeilen zu lesen.

Ich knirsche mit den Zähnen. „Gut."

Ich werfe ihm den fiesesten Blick zu, den ich aufbringen kann, bevor ich in mein Zimmer stapfe, um meine Sachen zu holen. Als ich mit meiner Tasche über der Schulter in den Flur zurückkehre, stecken Kingston und mein Vater ihre Köpfe zusammen und wechseln leise Worte. Sie hören auf zu reden, als sie mich bemerken und gehen auseinander.

Mein Vater rückt seine Krawatte zurecht. „Jasmine. Ich habe gehört, dass du mit deiner Schwester für ein paar Tage wegfährst. Ich wünsche dir eine gute Reise."

„Wirklich?" Spöttisch deute ich mit der Hand auf die geschlossene Tür von Peyton. „Wir tun einfach so, als ob da drin keine zerstückelte Leiche liegt?"

„Jazz", knurrt Kingston. „Muss ich dir noch eine Lektion in Sachen Respekt erteilen?"

Ich werfe ihm einen Blick zu, der sagt: *Mach weiter so, Kumpel, und der Fickjunge da drin wird nicht der Einzige sein, der kastriert wurde.*

Das Arschloch grinst zurück.

„Wie auch immer", murmle ich. „Ich entschuldige mich dafür, dass ich so ein respektloses Arschloch war. Du kannst mich später bestrafen."

Mein Vater klopft Kingston auf die Schulter. „Wie ich sehe, konntest du Jasmine endlich beibringen, wie sich eine Frau in dieser Welt verhalten sollte. Gut für dich, mein Junge. Obwohl es scheint, als müsste sie noch an ihrer Sprache arbeiten. Er zieht die Augenbrauen hoch, als wolle er mich herausfordern, zu widersprechen.

Kingston stößt ein ekelhaftes, überhebliches Lachen aus. „Ich bin kein Magier, Charles. Dafür musst du mir etwas Zeit geben."

Wenn man bedenkt, wie laut mein Vater lacht, könnte man meinen, mein Freund würde Stand-up machen.

Ich glaube, Kingston spürt, dass ich gleich ausraste,

denn er packt mich am Ellbogen und lenkt mich zur Treppe. „Lass uns gehen. Du hast noch eine Menge gutzumachen, bevor wir morgen früh aufbrechen."

Charles lacht sich auch darüber kaputt.

Kaum sind wir im Auto, haue ich ihm eine rein. „Du hast Glück, dass ich dich so gut lesen kann, sonst hättest du einen schnellen Tritt in die Eier bekommen, weil du so mit mir gesprochen hast!" Ich schlage ihm auf den Arm. „Arschloch!"

„Mein Gott", murmelt er und reibt sich die Stelle, die ich gerade getroffen habe. „Beruhige dich, verdammt. Du weißt genau, warum ich das getan habe."

„Du hättest mich irgendwie vorwarnen können."

Kingston fährt aus der Einfahrt. „Wirklich? Wann hätte ich das tun sollen? Bevor oder nachdem wir uns darauf geeinigt haben, einen Mord zu vertuschen?"

Ich verschränke meine Arme vor der Brust. „Ich bin immer noch wütend auf dich."

„Dann muss ich das eben aus dir rausvögeln, wenn wir zu mir nach Hause kommen."

„Wie auch immer."

Kingston greift zu mir und drückt meinen Oberschenkel. „Bist du fertig mit dem Schmollen, damit wir darüber reden können, was vorhin passiert ist? Ich muss sagen, du hast die ganze Sache wahnsinnig gut gemeistert. Ich habe schon damit gerechnet, dass du jeden Moment in Panik ausbrichst."

Ich stoße seine Hand weg, weil ich immer noch sauer auf ihn bin. „Ist es schlimm, dass ich mich nicht darüber aufrege? Überhaupt nicht? Ich meine, ihn so zu sehen, war ekelhaft." Ich schaudere. „Aber ich habe es mit einer merk-würdigen Distanziertheit betrachtet. Als ob … als würde ich mir einen Film ansehen oder so."

Er blickt mich aus dem Augenwinkel an. „Das kann ich verstehen. Sobald ich das Mitleid überwunden hatte, fühlte ich mich irgendwie genauso."

„Was hat Charles zu dir gesagt, als ich meine Sachen geholt habe?"

„Er nimmt Madeline und Peyton bis zum neuen Jahr mit in ihr Haus in Vail, damit Gras über die Sache wachsen kann. Dann schlug er vor, dass ich das Gleiche mit dir mache, und da habe ich ihm von unserer Reise nach Disney erzählt. Er fügte noch ein paar ‚Enttäusche mich nicht, mein Sohn'-Sprüche hinzu und wollte dann wissen, wie ich sicherstellen will, dass du die Klappe hältst und nicht auf dumme Gedanken kommst."

„Oh, ich würde gerne hören, wie du darauf reagiert hast."

Kingston zuckt mit den Schultern. „Ich habe mich nur vage ausgedrückt, aber ich habe angedeutet, dass ich dich notfalls mit Gewalt nehmen würde."

Ich lache laut auf. „Ich würde gerne sehen, wie du das versuchst."

Er grinst. „Nein, danke. Ich ziehe es vor, dass meine Eier intakt bleiben, vielen Dank auch."

„Ich habe eine Frage. Wie konnte jemand Lucas in Peytons Zimmer bringen, ohne erwischt zu werden? Er ist ein großer Kerl. Und wenn Charles und Ms. Williams im Haus waren, als das passierte, warum haben sie das dann nicht gehört? Lucas muss doch rum sein Leben geschrien haben.

Buchstäblich."

„Da weißt du so viel wie ich, aber meine erste Vermutung wäre eine Art schnell wirkendes Benzo oder etwas, das ihn gelähmt hat. Der O-Ring-Knebel hätte geholfen, die Schreie zu unterdrücken, vor allem, wenn sie Lucas vor seinem eigenen Schwanz etwas anderes in den Mund gesteckt hätten."

„Wow … es ist irgendwie beängstigend, wie schnell du diese Frage beantwortet hast. Und dass du weißt, was für einen Knebel sie benutzt haben." Ich reibe mir die Schläfen und versuche herauszufinden, ob mich Kingstons abartige Seite beunruhigt oder erregt. Ich glaube, es ist ein wenig von beidem. „Ich sage es nur ungern, aber ich bin erleichtert, dass er tot ist. Ich bin froh, dass die Rache vollzogen wurde, Kingston. Ich fühle mich irgendwie betrogen, dass ich sein Leiden nicht miterleben durfte. Zu was für einen Menschen macht mich das eigentlich? Ich bin nicht besser als die Bösewichte."

„Scheiß drauf", knurrt er, während er sein Auto in die Garage fährt und den Motor ausschaltet. „Ich will so etwas nie wieder von dir hören. Du bist überhaupt nicht wie diese Leute."

„Wie kannst du das sagen?", frage ich. „Ich wollte seinen Tod. Ich bin froh, dass er tot ist."

Kingston packt mich am Kinn und dreht mich zu sich. „Deine Gefühle sind hundertprozentig gerechtfertigt, Jazz. Lucas Gale hat dich geschlagen, niedergestochen und missbraucht. Er hat dich mehrere Male angegriffen. Wenn gestern Abend nicht jemand aufgetaucht wäre, um ihn zu verhaften, hätte er dich wahrscheinlich vergewaltigt. Du warst auf keinen Fall sein einziges Opfer."

Ich habe keinen Zweifel daran, dass, wenn Lucas noch am Leben wäre, noch mehr Frauen unter seinen Händen gelitten hätten. Jemand, der sich so gewissenlos und entschlossen verhält, ist ein gottverdammter Psychopath. Lucas erinnerte mich an unsere Väter, deshalb habe ich ihn nie gemocht. Zu wissen, dass er der Mann hinter der Maske ist, beweist nur, dass ich mit meinem Instinkt richtig lag.

„Du hast das größte Herz von allen, die ich je getroffen habe, Jazz. Du solltest nie infrage stellen, wer du bist, besonders nicht in dieser Situation. Leute wie Lucas Gale oder unsere Väter verdienen dein Mitleid nicht."

„Vielleicht hast du recht." Ich seufze. „Vielleicht bin ich einfach darauf konditioniert, dass Gewalt etwas Schlechtes ist, egal was."

„Da gibt es kein vielleicht." Kingston schüttelt den Kopf. „Hey, immerhin haben wir jetzt ein Problem weniger, um das wir uns kümmern müssen. Ich wünsche uns fröhliche Weihnachten."

Mein Mund verzieht sich zu einem Grinsen. „Verdammt frohe Weihnachten!"

KAPITEL NEUNZEHN

KINGSTON

„Frohe Weihnachten, mein Mädchen." Bentley umarmt Jazz, als er das Poolhaus betritt.

Ich kneife die Augen zusammen, als seine Hände etwas zu nah an ihren perfekten herzförmigen Hintern gleiten. „Pass auf deine Hände auf, Arschloch."

Bent lacht. „Ich habe keine Ahnung, wovon du redest."

„Klar weißt du das." Ich schwöre bei Gott, er macht diesen Scheiß mit Absicht, um mich zu provozieren.

„Bentley, hör auf, ihn zu verärgern", schimpft Jazz.

Offensichtlich bin ich nicht der Einzige, dem aufgefallen ist, dass Fitzgerald ein Scheißkerl ist.

„Das ist okay, Baby", rufe ich. „Je mehr Bentley mich auf die Palme bringt, desto mehr darf ich nachher dein Höhlenmensch sein."

Jazz klopft Bentley mit dem Handrücken auf die Brust. „Du musst jetzt wirklich aufhören. Kingston braucht nicht noch mehr Anreize, um seinen inneren Neandertaler herauszuholen."

„Schon gut, schon gut." Mein Dummkopf-Freund hält die Hände hoch. „Ich werde brav sein."

„Wir werden sehen, wie lange das anhält", grummele ich.

Bentley lässt sich zurück auf die Couch fallen. „Wann gibt es endlich was zu essen? Ich bin am Verhungern."

Jazz schnappt sich das Tablett mit den Keksen, das wir von ihrer Arbeit mitgenommen haben, und stellt es auf den Couchtisch. Wir wollten eigentlich selbst welche backen – ich weiß, ziemlich altmodisch von uns – aber dann kam die ganze Entführungs- und Mordgeschichte dazwischen, also sind wir im Café vorbeigegangen.

„Nehmt euch was davon. Es sollte nicht mehr allzu lange dauern."

„Du bist der Hammer, Jazzy." Bentley schnappt sich einen strumpfförmigen Keks und stopft ihn als Ganzes in den Mund. „Die sind suuuuu-peeeer." Während er spricht, fallen ihm Krümel aus dem Mund.

„Ekelhaft, Bent." Jazz schüttelt den Kopf und stößt seine Füße vom Tisch. „Konntest du damit nicht warten, bis du fertig gekaut hast?"

„Nein", sagt er und kaut immer noch, während ihm die Kekskrümel weiter aus dem Mund fallen.

Ich zeige auf ihn. „Du saugst die Scheiße auf, bevor du gehst."

Bent schaut zwischen Jazz und mir hin und her, während er seine Jacke abstreift. „Seit wann seid ihr zwei denn so ein altes Ehepaar?"

Jazz lacht, aber ich finde seine Aussage nicht witzig, denn ich sehe nichts Falsches daran.

Es klopft an der Tür, also gehe ich hin, nehme das Essen und gebe dem Lieferanten sein Trinkgeld. „Danke, Mann."

Seine Augen leuchten auf, als er den Hunderter in seiner Handfläche sieht. „Oh, wow. Vielen Dank. Frohe Weihnachten."

„Dir auch", nicke ich.

Jazz und Bentley kommen zu mir an den Tresen, während ich alle Kartons abstelle. „Ainsley würde uns die Ärsche aufreißen, wenn sie wüsste, dass wir gerade chinesisch essen." Bentley schnappt sich einen Behälter und fängt an, den Inhalt auf einen Teller zu kippen. „Klasse! Orangenhähnchen ist super!"

„Warum?" Jazz zieht die Stirn in Falten. „Was ist so schlimm an chinesischem Essen?"

Mein Gott, habe ich das Stirnrunzeln meiner Freundin gerade wirklich für bezaubernd gehalten? Ich muss schnell nachsehen, ob meine Eier noch da sind. Jazz wirft mir einen komischen Blick zu, fragt aber nicht, warum ich mein Ding durch die Jeans greife.

„Gar nichts ist schlimm daran", versichere ich ihr. „Es ist fantastisch und wenn es nach uns ginge, würden wir es jedes Jahr bestellen."

„Und worin liegt das Problem?"

Bentley lacht. „Weil Ainsley darauf besteht, dass wir an Heiligabend Schinken mit allem Drum und Dran essen – und der Laden, bei dem sie bestellt, ist der absolute Hammer – aber es ist eben kein Chinese."

„Habt ihr schon mal versucht, selbst zu kochen?"

Bentley und ich lachen beide.

Ich lege meinen Arm um Jazz' Schultern und ziehe sie an meine Seite. „Äh … nein."

„Warum nicht?"

Bentley zeigt auf mich. „Weil dein Junge der Einzige von uns ist, der keinen Topf mit Wasser anbrennen lässt und auf keinen Fall Stunden damit zubringen will, eine Mahlzeit zuzubereiten, die dann in ein paar Minuten verschlungen wird."

„Ich kann kochen", schlägt Jazz vor. „Ziemlich gut sogar. Ich habe meiner Mutter jedes Jahr beim Thanksgiving- und Weihnachtsessen geholfen."

„Davenport, du solltest besser einen Ring anbringen, bevor das rauskommt. Wenn die Kerle herausfinden, dass jemand, der so gut aussieht wie sie, kochen kann, bist du am Arsch."

Ich stoße ihn von mir. „Sehr witzig."

Obwohl … die Idee mit dem Ring ist gar nicht so schlecht.

Mist. Ich bin am Arsch.

Jazz greift über mich hinweg nach einem Paar Essstäbchen. „Okay, wenn ihr zwei Idioten fertig seid, lasst uns loslegen."

Ich greife mit dem Finger nach ihrer Gürtelschlaufe und drücke ihr einen Kuss auf die Lippen. „Ich liebe dich."

Sie lächelt. „Ich liebe dich auch."

Ich spüre, wie sich Bentleys Blick in mein Gesicht brennt, während ich Jazz dabei zusehe, wie sie ihren Teller ins Wohnzimmer trägt und sich hinsetzt.

„Was?“ Ich spreche so leise, dass man mich über den Fernseher nicht hören kann.

„Nichts“, antwortet er in der gleichen Lautstärke wie ich. „Ich wusste nur nicht, dass ihr beide jetzt ungehemmt mit L-Bomben um euch werft.“

Ich ziehe eine Augenbraue hoch. „Ich wusste nicht, dass ich deine Erlaubnis brauche.“

Bentley winkt ab. „Verpiss dich, Kumpel. Du brauchst nicht gleich zum Arschloch zu werden. Ich habe nur eine Beobachtung gemacht.“

Wir starren uns ein paar Sekunden lang an. Seit dieser Nacht hat Bent nicht ein einziges Mal den Bogen überspannt. Jedenfalls nicht, wenn er mich nicht absichtlich auf die Palme bringen wollte. Ich weiß, dass er sich von dem Gedanken verabschiedet hat, Jazz zu seinem Mädchen zu machen, und ich glaube, er weiß, dass er seine Gefühle für sie missinterpretiert hat. Warum also ist ihm diese ganze „Ich liebe dich“-Sache so wichtig?

„Warum ist es dir überhaupt wichtig?“

„Weil du mein Kumpel bist und Jazzy mein Mädchen ist.“ Bent rollt mit den Augen, als ich ihn anstarre. „Ich habe es nicht so gemeint und das weißt du auch. Ich freue mich für dich, Mann. Für euch beide.“

Bentley streckt seine Faust aus und ich stoße sie mit meiner linken Hand an. Und schon ist die Spannung weg.

„Erzählst du mir, wie die andere Hand verletzt wurde? Was habe ich in den letzten vierundzwanzig Stunden verpasst?“

„Alter, du hast eine Menge verpasst. Ich erzähle es dir nach dem Essen.“

„Ich habe das Gefühl, das wird eine tolle Geschichte.“

Ich lache. „Ja, so was in der Art.“

„Kommt ihr?“, ruft Jazz über ihre Schulter. „Ich habe „Stirb Langsam“ vorgespult und bin startklar.“

Bentleys Kinnlade fällt herunter. „Moment mal … wir sehen uns „Stirb Langsam“ an?“

Jazz’ Augenbrauen verziehen sich vor Sorge. „Das ist doch in Ordnung, oder? Kingston hat mir gesagt, ich soll einen Weihnachtsfilm aussuchen.“

Bents Lippen zucken. „Und du denkst, Stirb langsam ist ein Weihnachtsfilm?“

„Äh … Ja“, sagt sie. „Es ist der Weihnachtsfilm schlechthin.“

Er dreht sich zu mir um. „Alter, wenn ich du wäre, würde ich sofort zu Tiffany's gehen, sobald die Geschäfte öffnen.“

„Okay, Kleine, wir sind da.“

„Ich nehme dir jetzt die Augenbinde ab“, fügt Jazz hinzu.

Jazz hatte darauf bestanden, ihrer Schwester die Augen zu verbinden, gleich nachdem wir von der I-5 in Anaheim abgefahren waren, um die Überraschung so lange wie möglich aufrechtzuerhalten. Jazz hilft Belle, die Augenbinde abzunehmen, gerade als wir vor dem Disneyland-Schild halten.

„Schau mal, Schatz!“

Belle blinzelt ein paar Mal, und schaut zu der Stelle, auf die Jazz zeigt. Ihre schokoladenbraunen Augen weiten sich und ihr Gesicht verzieht sich zu einem strahlenden Lächeln, als sie erkennt, wo wir uns befinden.

„Disneyland?!", schreit sie. „Das ist mein Geburtstagsgeschenk?"

Jazz lacht, als Belle quiekt. „Ja. Wir haben zwei ganze Tage und Nächte, um alles zu sehen! Gefällt es dir?"

„Ich liebe es!"

Ich schaue in den Rückspiegel und sehe, wie Belle in ihrem Kindersitz zappelt, während ich auf der Suche nach einem Parkplatz herumfahre. Zum Glück sind wir früh genug hier, sodass ich nicht allzu lange brauche, um einen zu finden.

„Was willst du zuerst machen?", frage ich.

„Prinzessinnen!", ruft Belle. „Ich will alle Prinzessinnen sehen!"

Ich drehe mich auf meinem Platz um. „Okay, Prinzessinnen also. Aber vorher müssen wir noch dein besonderes Geburtstagsabzeichen holen, damit alle wissen, dass du jetzt acht Jahre alt bist. Wir können nicht zulassen, dass sie denken, du wärst noch eine kleine Siebenjährige."

Belle schüttelt den Kopf. „Niemals. Ich bin jetzt viel größer."

Jazz' tränengefüllte Augen treffen auf meine. „Danke", sagt sie.

Ich nicke und atme tief ein, als sie lächelt. Verdammt, sie ist wunderschön.

Wir drei machen uns auf den Weg zum Eingang und warten, bis wir an der Reihe sind. Als wir im Park sind, besteht Jazz darauf, viele Fotos vor dem Bahnhof zu machen und schwärmt davon, wie cool es ist, dass die blumige Mickey Mouse eine Weihnachtsmannmütze trägt. Danach halten wir am Rathaus an, um uns Belles Geburtstagsanstecker zu holen, und dann sehen wir, wie ihr Gesicht aufleuchtet, als der erste Mitarbeiter, den wir sehen, sie mit Namen anspricht und ihr zum Geburtstag gratuliert.

Nach einem Blick auf den Zeitplan haben wir noch eine Stunde Zeit, bevor die Treffen mit den Prinzessinnen beginnen, also schleife ich die Mädchen ins Fantasyland, damit sie sich ihre obligatorischen Mickey-Ohren holen können.

„Kingston, nein, das ist nicht nötig", sagt Jazz, als ich ihr sage, dass sie sich eine Kappe aussuchen soll. „Du hast schon so viel getan."

Ich stoße ihre Schulter mit meiner an. „Du kannst nicht nach Disneyland gehen, ohne ein Paar Mickey-Ohren mit deinem Namen zu bekommen. Das weiß doch jeder, Jazz."

Belle zeigt auf einen rosa Prinzessinnenhut mit einer kleinen Krone zwischen den Ohren. „Ja, Jazz. Das weiß doch jeder. Dummkopf."

Jazz lacht, während sie die Kappe aus dem Regal holt. „Okay, okay. Sieht so aus, als bekäme ich ein Paar Mickey-Ohren."

Mit den neuen Hüten auf dem Kopf machen wir noch eine Runde Fotos, diesmal vor der Walt-Statue. Jazz besteht darauf, ein Selfie mit mir zu machen, und kurz bevor ich auf den Auslöser drücke, drücken mir beide Mädchen einen dicken Kuss auf die Wange.

Jazz lächelt, als sie sieht, wie gut das Foto geworden ist. „Das ist mein neuer Bildschirmschoner.“

Meiner auch.

Sie schickt das Bild auf ihr Handy und dann machen wir uns auf den Weg zu den Prinzessinnen. Den ganzen Tag über quietscht Belle und Jazz lächelt, während ich einfach alles filme. Na ja, abgesehen von dem einen Teil, als Jazz versucht hat, ihr Mittagessen nicht in den Teetassen zu kotzen. Ainsley und ich hatten im Laufe der Jahre mehrere Kindermädchen, die uns nach Disney gebracht haben, aber ich kann mich nicht erinnern, dass ich jemals so viel Spaß hatte wie jetzt. Es fühlt sich fast so an, als ob ich es zum ersten Mal erlebe, und zwar durch die Augen eines Kindes. Wir beenden den Abend vor dem Dornröschenschloss und sehen uns das Feuerwerk an. Nach der Hälfte der Show schläft Belle in meinen Armen ein. Sie ist völlig weggetreten.

„Wie kann sie da nur einschlafen?“, frage ich Jazz verblüfft.

Sie lacht. „Kinder, Mann. Die können überall schlafen. Wenn ihre kleinen Körper fertig sind, sind auch sie fertig.“

Jazz verschränkt ihren Arm mit meinem und lehnt ihren Kopf an meine Schulter, während wir uns das Finale ansehen. Während die Pyrotechnik den Himmel erhellt, ist es fast zu einfach zu vergessen, was uns zu Hause erwartet. Das hier, genau hier … Ich könnte für immer in diesem Moment verweilen.

KAPITEL ZWANZIG

JAZZ

„Du bist der süßeste und aufmerksamste Mann der Welt." Ich verteile Küsse über Kingstons ganzes Gesicht. „Danke für das perfekte Wochenende."

Er knurrt, als sich meine Zähne an seinem Ohrläppchen festkrallen. „Scheiße, ich muss in dich rein. Mich zwei Tage lang zurückzuhalten, hat mich fast umgebracht."

Mit einem Lächeln ziehe ich mich zurück. „Ein Grund mehr, heute Abend besonders schmutzig zu werden."

Kingstons Augen glänzen vor Erregung. „Wie schmutzig?"

Ich gehe rückwärts und entledige mich dabei meiner Kleidung. Als wir Kingstons Schlafzimmer erreichen, bin ich nur noch mit einem Tanga bekleidet, also drehe ich mich um, halte mich am Rand der Matratze fest und beuge mich vor. Ich schaue über meine Schulter und sehe, wie sein lustvoller Blick jeden Zentimeter meiner Haut verschlingt.

Langsam ziehe ich mein Höschen aus und schiebe es weg. „Willst du die ganze Nacht so dastehen und mich anstarren?“

„Scheiße.“ Kingston beißt sich in die Fingerknöchel. „Ich weiß nicht, wo ich zuerst anfangen soll.“

Ich wackle mit dem Hintern. „Was hältst du hiervon?“

In der einen Sekunde ist er noch einen Meter entfernt, und in der nächsten drücken mich Kingstons große Hände in die Matratze und spreizen meine Arschbacken. Ich schreie auf, als ich seine Zunge dort spüre, wo noch nie eine Zunge gewesen ist.

„Soooooo gut.“ Mein Stöhnen wird von der Bettdecke gedämpft, aber es sollte keinen Zweifel daran geben, wie sehr ich das genieße, denn ich drücke mich mit Begeisterung gegen ihn zurück.

Kingston streckt seine Zunge aus und wirbelt mit ihr herum, während er einen Finger in meine Muschi steckt und ihn rein- und rauspumpt. Dann zieht er sich plötzlich zurück und wirft sich auf den Rücken. Seine Füße stehen auf dem Boden und sein Oberkörper liegt auf der Matratze zwischen meinen gespreizten Schenkeln. Er streicht mit seiner erfahrenen Zunge durch meine Schamlippen, während der Finger, der gerade noch in mir war, zu meinem Hintern wandert. Kingstons Finger drückt gegen die kleine Rosenknospe, während er seine Lippen um meine Klitoris saugt und daran zieht. Kurz bevor ich komme, schiebt er den Finger in meinen Arsch und pumpt ihn rein und raus, während ich sein Gesicht durch einen

Orgasmus reite. Ich verkrampfe mich, als er einen zweiten Finger hinzufügt, sodass die Haut brennt.

„Entspann dich, Baby", gurrt er. „Ich werde dafür sorgen, dass du dich unglaublich gut fühlst."

Ich atme durch das unangenehme Gefühl hindurch und tatsächlich, sobald ich meine Muskeln entspanne, tut es nicht mehr weh. Natürlich drückt es, und es ist ein ungewohntes Gefühl, so voll zu sein, aber es ist nicht unangenehm. Kingston dehnt mein enges Loch weiter, während er meine Muschi leckt, bis ich zwei weitere Orgasmen herausschreie. Ich bin nur noch ein schlaffes Häufchen, als er seine Finger zurückzieht und die Schublade seines Nachttisches öffnet, um eine kleine Flasche Gleitgel herauszunehmen und sie auf die Matratze zu werfen.

„Bist du dir sicher?"

Ich wölbe träge meine Wirbelsäule. „Absolut sicher. Aber mach dir keine Sorgen, wenn ich mich nicht mehr so viel bewegen kann. Ich glaube, du hast mich gerade in Wackelpudding verwandelt."

Er lächelt. „Keine Sorge, Baby, leg dich einfach hin und lass mich auf dich aufpassen."

Kingston braucht nur ein paar Sekunden, um sich auszuziehen, dann kniet er auf dem Bett, packt mich im Nacken und dringt in mich ein.

Ich stöhne. „Normalerweise kannst du viel besser zielen als das."

Kingston fängt an zu lachen, aber das wird von einem Stöhnen unterdrückt. „Ich muss einfach erst mal deine Muschi um mich herum spüren. Hast du was dagegen?"

Ich schüttle den Kopf, soweit es sein Griff zulässt. „Verdammt, nein.“

Er schiebt seine andere Hand unter meinen Oberkörper und bedeckt meine rechte Brust. „Gut. Denn ich glaube nicht, dass ich jetzt aufhören könnte.“

„Dann tu es nicht.“ Ich kralle mich in die Bettdecke, als er den Winkel verändert.

Ich weiß nicht, wie lange wir es treiben, aber als Kingston sich zurückzieht, sind wir beide verschwitzt und die Bettdecke ist vom Bett geschoben worden. Ich erschaudere, als seine Zunge meine Wirbelsäule hinunterwandert. Als er meinen Hintern erreicht, beißt er mich einmal in jede Pobacke und steigt vom Bett.

Ich schaue über meine Schulter. „Was machst du da?“

Kingston beugt sich vor und gibt mir einen perfekten Blick auf seinen Hintern, sodass ich die bissige Geste erwidern möchte. Als er aufsteht, hält er die Flasche mit dem Gleitgel von vorhin in der Hand.

„Du hast sie vom Bett gestoßen, als du mit den Armen wie ein aufblasbares Männchen herumgeschlagen hast.“

Mir fällt die Kinnlade runter. „Meine Arme haben nicht wie ein aufblasbares Männchen geflattert!“

Seine Lippen verziehen sich. „Klar, Babe. Was immer du sagst.“

Ich beobachte, wie Kingston den Deckel der Flasche öffnet und eine großzügige Menge auf seine Handfläche spritzt. Er umgreift sein steifes Glied und lässt seine Hand auf und ab gleiten, bis er vollständig eingeschmiert ist. Ich halte den Atem an, als er sich zurück auf die Matratze kniet und die Spitze gegen meine überreizten Nerven drückt.

Kingston lässt eine Hand über meinen Rücken gleiten, als ich mich verkrampfe. „Atme, Jazz. Wenn es zu viel wird, sag einfach Bescheid, dann höre ich auf."

„Beweg dich, Kingston."

Er lässt die Hand, die auf meinem Rücken lag, unter mich gleiten und reibt langsam Kreise über meinen Kitzler. „Reibe deinen Kitzler für mich, Baby. Genau so."

Stöhnend übernehme ich für ihn die Arbeit an meinem Kitzler, bis ich spüre, wie die Feuchtigkeit aus mir heraussickert. Kingston nimmt den Hinweis auf, als ich seinen Schwanz zurückschiebe, und dringt langsam in meinen Arsch ein, wobei er flucht, je weiter er eindringt. Ich keuche, als er das nächste Hindernis erreicht, denn ich fühle mich unendlich voll, aber ich sage ihm nicht, dass er aufhören soll. Kingston hatte recht: Wenn ich mich darauf konzentriere, durchzuatmen, spüre ich zwar Druck, aber keinen wirklichen Schmerz. Seine Brust ist an meinen Rücken gepresst, als er endlich stillhält, was mich zu der Annahme verleitet, dass er seine Länge in mir versenkt hat.

Kingston küsst mich sanft in den Nacken, während ich mich an seine Länge gewöhne. „Geht es dir gut? Der harte Teil ist vorbei." „Oh ja, mir geht's gut."

Zuerst bewegt er sich langsam in kurzen Stößen in mich hinein und wieder heraus, damit ich mich an das fremde Gefühl gewöhne. Als Kingstons Stöße länger und schneller werden, schiebt er zwei Finger in meine Muschi und bewegt sie im Takt mit seinem Schwanz. Seine Finger und sein Schwanz reiben durch die dünne Haut, die sie voneinander trennt, aneinander und durchfluten meinen Körper mit unbeschreiblichen Glücksgefühlen. Ich muss so viel auf einmal verarbeiten, dass ich fast das Gefühl habe, eine außerkörperliche Erfahrung zu machen.

Ehe ich mich versehe, komme ich so heftig wie nie zuvor in meinem Leben. Kingston folgt mir schnell und schreit Obszönitäten, während er auf den Wellen seiner Erregung reitet. Als er sich zurückzieht, legt er einen Arm um mich und zieht mich mit sich nach oben aufs Bett. Wir sind ein Wirrwarr aus erschöpften, verschwitzten Gliedern, als unsere Köpfe in die Kissen fallen.

„Gott, ich liebe dich so sehr." Kingstons Brustkorb hebt sich, als er versucht, seine Atmung zu regulieren.

Ich knabbere an seinem Kinn, was mir ein Zwicken in die Seite einbringt. „Ich dich auch."

Seine Lippen formen sich zu einem verschlafenen Lächeln, während er mir ein paar nasse Haare aus den Augen streicht. „Fühlst du dich gut?"

„Mehr als gut." Ich fahre mit meinem Finger an seiner Augenbraue entlang bis zu seinem Kinn.

Kingstons Hand wandert meinen Körper hinunter und er kichert, als er die Flüssigkeit entdeckt, die aus mir heraussickert. „Wir sollten wahrscheinlich duschen. Und das Bettzeug wechseln."

Ich vergrabe mein Gesicht in seinem Nacken und grinse. „Wahrscheinlich. Aber dazu müssten wir aufstehen, und ich glaube nicht, dass das im Moment eine Option für mich ist. Erst ein Nickerchen, dann aufräumen."

„Guter Plan." Er schmiegt sein Gesicht in meine Halsbeuge, während er mich an seine Brust drückt. Die wachsende Erektion, die gegen meinen Bauch drückt, ist klebrig vom Gleitgel und unseren gemeinsamen Flüssigkeiten, was ich eigentlich eklig finden sollte, aber nicht tue. „Wenn du noch eine zweite Runde willst, wäre ich bereit dazu."

Ich lege mein Bein um Kingstons Hüfte und lasse ihn hineingleiten.

„Abgemacht."

Die Sonne ist kaum aufgegangen, als ich meine Augen aufreiße. Ich zucke zusammen, als ich mich strecke. Mein ganzer Körper tut weh von Kingston und meinen Sexkapaden letzte Nacht, auch mein Hintern. Besonders mein Hintern. Während des Aktes hat er zwar nicht weh getan, aber jetzt protestiert mein Körper ganz klar. Ich hoffe, dass das mit der Zeit nachlässt, genau wie beim ersten Mal, als ich meine Jungfräulichkeit verloren habe, denn ich will wirklich nicht, dass es eine einmalige Sache bleibt. Wer hätte gedacht, dass Po-Sachen so viel Spaß machen können?

Kingstons Atmung ist tief und gleichmäßig und zeigt mir, dass er noch fest schläft. Ich muss lächeln, als mir einfällt, wie ich ihn am besten wecken kann. Vorsichtig löse ich mich aus seinen Armen und rutsche in die Mitte des Bettes. Mit meiner Zunge zeichne ich die lange Ader an der Unterseite von Kingstons Schwanz nach. Wir haben geduscht, bevor wir eingeschlafen sind, deshalb riecht seine salzige Haut immer noch leicht nach dem Duschgel, das ich so sehr liebe.

Kingston stöhnt, als ich ihn in meinen Mund nehme. „Ich wünsche dir auch einen guten Morgen.“

Ich summe um seinen Schwanz herum und bringe ihn zum Fluchen.

Kingston streicht mir die Haare zur Seite und beobachtet mit verschleiertem Blick, wie mein Kopf auf und ab wippt. Ich blase ihn so, wie er es mag: mit viel Zunge, ein bisschen Zähnen und viel Saugkraft, bis er meine Haare um seine Faust wickelt und fest daran zieht, während er seine Ladung in meinen Mund schießt. Als ich sicher bin, dass ich auch den letzten Tropfen habe, lasse ich ihn mit Schwung los und schlucke. Mit einem Lächeln lehne ich mich zurück und wische mir einen verirrten Tropfen aus dem Mundwinkel.

„Ich würde gerne jeden Morgen genau den gleichen Weckruf bekommen, wenn wir zusammenwohnen.“

„W-was?!“, stammle ich. „Habe ich den Teil verpasst, indem du mich gefragt hast, ob ich bei dir einziehen will?“

Kingstons Mundwinkel klappen nach oben. „Soll ich so tun, als ob das nötig wäre?“

„Und wann genau soll das mit dem Zusammenziehen passieren?“

„Idealerweise am Tag, nachdem wir unsere Väter überführt haben.“

Mir fällt die Kinnlade runter. „Vergisst du nicht gerade die Tatsache, dass wir noch zur Schule gehen?“

Er lacht. „Hast du vergessen, dass wir beide volljährig

sind und ich mehr als genug Geld habe, um das zu bezahlen?“

„Darum geht es nicht, Kingston.“ Ich werfe ihm einen schiefen Blick zu.

„Vielleicht nicht“, räumt er ein. „Aber wir brauchen eine Bleibe, wenn das FBI ihr Vermögen beschlagnahmt hat. Charles und mein Vater haben ihr Geld ziemlich geschickt versteckt, aber beide Villen laufen auf ihre eigenen Namen, also wird das FBI sich diese als Erstes schnappen.“

Ich starre ihn einen Moment lang fassungslos an. Ich weiß nicht, warum mir das nie in den Sinn gekommen ist. „Wir werden also sofort obdachlos?“

„Ich bin mir sicher, dass sie uns etwas Zeit geben würden, um auszuziehen, aber ich versuche, mich vorzubereiten, bevor es zu einem Problem wird.“ Kingston verschiebt unsere Körper, sodass er jetzt über mir schwebt. „Ich habe einen Makler, der nach neuen Angeboten Ausschau hält. Denk mal darüber nach. Wenn du willst, können wir uns ein Haus am Strand suchen. Belle kann ihr eigenes Zimmer haben und es so einrichten, wie sie es für richtig hält. Ainsley auch, wenn sie nicht mit Reed zusammenzieht oder zur Schule geht. Wir sind ohnehin fast dauernd zusammen. Was ist daran so schlimm?“

„Die große Sache ist, dass das Zusammenziehen eine ziemliche Verpflichtung ist.“

„Und?“ Kingstons Augenbrauen heben sich. „Willst du mir sagen, dass du nicht bei mir bleiben wirst?“

„Wir sind achtzehn, Kingston.“

Er beugt sich hinunter und saugt an der Stelle, wo mein Hals auf meine Schulter trifft. „Wir beide wissen, dass wir gezwungen wurden, früh erwachsen zu werden. Das Alter ist nur eine Zahl."

Ich schnappe nach Luft, als sich seine Lippen um meine Brustwarze schließen. „Ich weiß nicht … das muss ich erst mal verarbeiten."

Kingstons Zunge taucht in meinen Bauchnabel ein, bevor er Küsse auf den Scheitelpunkt meiner Oberschenkel verteilt. „Ich habe den Eindruck, dass ich mich viel mehr anstrengen muss, um dich zu überzeugen."

Ich quietsche auf, als er mich einmal von unten nach oben leckt. „Oh, ja? Wie willst du das denn anstellen?"

„Ich würde sagen, das ist ein ziemlich guter Anfang, oder?" Er umkreist meine Klitoris mit seiner Zunge, bevor er an meinem erhitzten Fleisch saugt.

Mein Rücken krümmt sich. „Das ist ein verdammt guter Anfang."

KAPITEL EINUNDZWANZIG

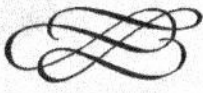

JAZZ

„Und … was hat Reed von seinem Weihnachtsgeschenk gehalten?"

Ainsleys Wangen werden knallrot. „Er war ein großer Fan. Ein großer, großer Fan."

Ich lache. „Und du?"

„Man könnte sagen, ich bin definitiv von der Idee begeistert." Ainsley lächelt schüchtern, bevor sie die Hände hochwirft. „Ich verstehe nicht, warum Blair Nate so leicht verzeihen kann, aber nicht Serena. Ich verstehe Mädchen nicht, die denken, dass der Held keine Fehler machen darf."

Ich schaue auf den Bildschirm und sehe, wie die Brünette, die ein Stirnband trägt, über irgendetwas meckert. Schon wieder. Nach zwei Episoden muss ich sagen, dass ich bisher nicht sehr beeindruckt bin. Es ist im Grunde wie die Upper East Side Version von Windsor.

„Ja, ich auch nicht.“

„Hast du das Medaillon zu Weihnachten bekommen? Ich glaube, ich habe es noch nie an dir gesehen.“

Ich taste mit dem Finger nach der zarten Silberkette um meinen Hals. „Ja, Kingston hat es mir geschenkt.“

Ainsley hebt den Anhänger von seinem Platz über meinem Schlüsselbein. „Es ist hübsch.“

„Finde ich auch.“

Ich lasse den Teil weg, dass es einen eingebauten GPS-Tracker hat, damit ich mir nie wieder Sorgen machen muss, von meinem Handy getrennt zu werden.

„Wann fangen deine Fahrstunden an?“

„Gleich nach Neujahr.“

„Bist du nervös?“

Ich nicke. „Mehr aufgeregt als nervös. Ich bin schon mal gefahren – Shawn hat mich nachts auf einem Walmart-Parkplatz mit seinem Auto üben lassen. Ich fühle mich wohl mit der Gangschaltung und so. Nur nicht mit dem Teil, bei dem es darum geht, mit anderen Autos die Straße zu teilen und Gefahren aus dem Weg zu gehen.“

Ainsley lacht. „Nun, das ist aber der wichtigste Teil.“

„Deshalb auch die Fahrstunden“, antworte ich schroff.

Sie schnappt sich die Fernbedienung und hält die Sendung an, als die Jungs vom Ballspielen zurückkommen. Kingston legt den Basketball neben der Tür ab und geht direkt zum Kühlschrank, um drei Flaschen Powerade zu holen.

„Hattet ihr Spaß?“, fragt Ainsley.

Kingston kippt die halbe Flasche in einem Zug hinunter. „Das haben wir immer.“

„Ooh, Gossip Girl!" Bentley setzt sich zwischen Ainsley und mich auf die Couch. „Schalte auf Play, Ains."

Reed und Kingston rollen mit den Augen, während mir der Mund vor Schreck offensteht. „Du magst diese Serie?"

„Äh, ja! Was gibt es da nicht zu mögen? Es gibt einen Haufen heißer Mädels darin. Und alle vögeln immer jemanden, den sie nicht vögeln sollten. Wem gefällt so etwas nicht?" Bentley sieht mich an, als wäre ich bescheuert.

Ich hebe meine Hand. „Ich könnte den Rest meines Lebens ohne sie leben."

„Öööö-deee", singt Bentley. „Zumindest von der Story her. Obwohl man die Macht eines guten Wut-Ficks nie unterschätzen sollte. Mann, das sind die besten."

Kingstons smaragdgrüne Augen leuchten amüsiert auf. Ich glaube, du bist mit dem Konzept vertraut, sagen sie.

Ziemlich vertraut, erwidern meine Augen.

Ainsley beugt sich vor und beschnuppert den verschwitzten Jungen neben sich. „Bent, du stinkst. Geh duschen."

Bentley steckt seine Nase in eine seiner Achselhöhlen. „Hey, es war schon schlimmer."

Ich verziehe das Gesicht. „Ihr stinkt alle. Hier riecht es wie in einer Jungenumkleide."

Kingstons Augen verengen sich. „Woher willst du wissen, wie es in einer Jungenumkleide riecht?"

Ich strecke ihm die Zunge raus. „Das würdest du jetzt wohl gerne wissen …"

„Wenn man bedenkt, dass es definitiv nicht mit mir war … nein. Nein, ich will es nicht wissen."

Die anderen drei lachen, während ich den Kopf schüttle.

„Ich nehme meine Dusche." Kingston zeigt auf Reed und Bentley. „Ihr Arschlöcher könnt ins Haupthaus gehen."

„Na schön", murrt Bentley und schnappt sich die Sporttasche, die er mitgebracht hat. „Ihr habt Glück, dass ich in weiser Voraussicht Klamotten zum Wechseln dabeihabe. Aber ich habe mich noch nie darüber beschwert, nackt herumzulaufen." Er zwinkert.

Kingston zieht sein verschwitztes Shirt aus und wirft es Bentley an den Kopf. „Raus hier und geh dich waschen, Arschloch. Je eher du das tust, desto eher können wir alle essen."

Ich schaue mir auf keinen Fall Kingstons Bauchmuskeln an oder stelle mir vor, wie ich mit meiner Zunge die einzelnen Rippen nachzeichne.

Kingston deutet auf seinen Mundwinkel, während er ins Schlafzimmer geht. „Baby, du hast da ein bisschen Sabber."

Ich stoße ihn von mir. „Leck mich."

Er beißt die Zähne zusammen. „Jederzeit und überall, mein Schatz."

Ainsley hüpft von der Couch. „Ich werde mich auch schnell umziehen."

Reed kichert, als er den riesigen Fleck auf ihrem Shirt bemerkt. „Was hast du gemacht?"

Ainsley kräuselt ihre Knopfnase. „Jazz hat mich zum Lachen gebracht, als ich einen Schluck von meiner Pepsi genommen habe. Die kam aus meiner Nase und hat mein ganzes Shirt nass gemacht."

Jetzt lacht er richtig los. „Sexy. Tut mir leid, dass ich das verpasst habe."

„Ach, halt die Klappe." Sie folgt Bentley zur Tür hinaus, hält aber auf der Schwelle inne, als sie bemerkt, dass Reed nicht direkt hinter ihr ist. „Kommst du nicht mit?"

„Eine Sekunde noch." Reed und Ainsley tauschen einen gespannten Blick aus.

Sie nickt und scheint zu verstehen, was er im Stillen von sich gegeben hat. „Komm einfach nach, wenn du fertig bist."

Als wir allein sind, sehe ich Reed fragend an. „Was ist los?"

Er setzt sich neben mich auf die Couch und reibt sich nervös den Nacken. „Ainsley hat mir erzählt, dass sie dir von meinen … äh … Vorlieben erzählt hat."

„Oh. Ähm … okay. Und?"

„Ich wollte dir für deine Diskretion danken. Und dafür, dass du sie ermutigt hast, mit mir zu reden. Ich fühle mich jetzt viel besser bei der ganzen Sache."

Ich winke ab. „Das ist keine große Sache, Reed. Wirklich nicht. Du machst sie so glücklich, und das ist alles, was mir wichtig ist. Ich bin nur froh, dass du das jetzt glaubst."

Er räuspert sich. „Da ist noch eine Sache."

Ich ziehe die Brauen hoch. „Ja?"

„Ich … äh … wollte mich für die ganze Video-Sache entschuldigen. Die Nacht in Donovans Poolhaus. Ich habe es nicht aufgenommen, weil ich ein Perverser war oder es veröffentlichen wollte. Ich habe es für Kingston gemacht."

Ich runzle die Stirn. „Warum? Damit er es verteilen kann?"

Reed schüttelt den Kopf. „Nein. Damit er sieht, was wir alle von Anfang an gesehen haben. Dass du anders bist. Dass er anders ist, wenn er mit dir zusammen ist. Aber Kingston hatte sich in den Kopf gesetzt, dich so schnell wie möglich loszuwerden, weil du die Dinge kompliziert gemacht hast. Ich wollte, dass er einen Grund hat, das nicht zu tun. Indem er mit eigenen Augen sieht, wie er dich ansieht, dass ihr beide so wahnsinnig gut miteinander harmoniert, selbst wenn ihr euch zu hassen glaubt. Ich wollte nicht, dass er das verpasst, was vielleicht das Beste ist, was ihm je passiert ist."

Ich lächle sanft und drücke seine Hand. „Du bist ein echter Freund, Reed."

„Du auch, Jazz." Er schenkt mir ein trauriges Lächeln. „Als Carissa starb … war Ainsley ein förmliches Wrack. Sie war schon so oft von Mädchen verraten worden, die vortäuschten, ihre Freundin zu sein, aber in Wirklichkeit benutzten sie sie nur, um einem der Jungs oder mir näherzukommen. Aber Carissa war nicht so. Sie war alles, was eine beste Freundin sein sollte, das einzige Mädchen auf der Welt, das Ainsley wirklich verstand. Die nichts anderes von ihr wollte als Freundschaft. Sie hatten sogar eine Verbindung zum Ballett. Als Ainsley Rissa verlor, war sie am Boden zerstört. Es hat mich fast umgebracht, sie so leiden zu sehen. Und obwohl es ihr mit der Zeit besser ging, habe ich erst an dem Tag, an dem sie dich getroffen hat, gemerkt, wie sehr sie immer noch litt."

Ich neige meinen Kopf zur Seite. „Was meinst du?“

„Sie stand aufrecht. Lächelte breiter. Ich weiß nicht …
es war, als wäre sie lebendiger als in den zwei Jahren
zuvor. Das hast du bewirkt, ob du es wolltest oder nicht.“

Ich tupfe mir die Augenwinkel ab. „Scheiße. Du bringst
mich zum Weinen.“

„Alles in Ordnung hier drin?“

Ich springe auf und erschrecke über Kingstons Stimme.
Ich habe nicht einmal gehört, dass die Dusche ausgeschaltet wurde.

Reed steht auf und geht auf die Tür zu. „Ich gehe mich
frisch machen. Ich bin bald zurück.“

Ich nicke. „’Kay.“

„Warum weinst du?“ Kingston zieht mich von der
Couch hoch und umarmt mich. „Muss ich Reed in den
Arsch treten?“

Ich lache und schluchze in seine Brust. „Nein. Reed ist
fantastisch. Wir haben uns nur ein wenig über deine
Schwester unterhalten.“ Ich wische mir über die Augen
und sehe zu ihm auf. „Er liebt sie wirklich. Das weißt du
doch, oder?“

Kingston streicht mir ein paar Haare aus dem Gesicht.
„Ja, ich weiß.“

„Wird es ihr gut gehen, wenn die Sache mit deinem
Vater ans Licht kommt?“

„Leider glaube ich nicht, dass sie überrascht sein wird.“
Sein Adamsapfel wackelt. „Aber ja, es wird sie verunsi-
chern. Wahrscheinlich sogar sehr. Sie ist zu sehr ein ewiger
Optimist.“

„Wenigstens weißt du, dass sie bei Reed in guten Händen ist. Stimmt's?“

Er nickt. „Ich kann mir niemand Besseren vorstellen, der für sie da ist.“

Ich lächle und lehne meinen Kopf an seine Brust. „Ich auch nicht.“

KAPITEL ZWEIUNDZWANZIG

JAZZ

„Kingston, das solltest du dir vielleicht ansehen", schlägt Reed vor. „Madeline hat gerade das Büro deines Vaters betreten."

Kingston und ich setzen uns zu Reed an die Frühstückstheke und sehen uns die Aufnahme meiner bösen Stiefmutter an, die vor Prestons Schreibtisch steht.

„Sollte sie nicht in Colorado sein?", frage ich.

„Charles hat gesagt, dass sie bis zum neuen Jahr dort sein werden." Kingston runzelt die Stirn. „Ich schätze, er hat beschlossen, früher nach Hause zu kommen. Alter, spul mal ein bisschen zurück und dreh die Lautstärke auf."

Wir beobachten, wie Madeline in sein Büro geht und die Tür hinter sich schließt.

„Na, das ist ja eine Überraschung", sagt Preston und lehnt sich in seinem Stuhl zurück. „Ich habe dich erst in ein paar Tagen zurückerwartet."

Madeline blickt ihn an. „Ich enttäusche dich ja nur

ungern, Preston, aber die Pläne ändern sich, wenn du herausfindest, dass dein Liebhaber deine Tochter vögelt!"

„Oh, Scheiße", sagen Kingston, Reed und ich unisono.

Kingstons Vater lacht herablassend. „Eifersüchtig?"

„Wohl kaum", lacht Madeline. „Warum sollte ich auf mein eigenes Kind eifersüchtig sein?"

„Warum?" Prestons Augenbrauen heben sich. „Oh, ich weiß nicht … vielleicht, weil sie zwanzig Jahre jünger ist, ihre Titten und ihr Arsch viel fester sind und sie meinen Schwanz besser bearbeitet als du es je getan hast? Die Jungen sind immer so begierig darauf, zu gefallen. Vielleicht sollten wir Peyton hierherrufen, damit sie dir ein paar Tipps geben kann."

„Wie kannst du es wagen!" Madeline schäumt vor Wut.

„Verdammt, das war brutal", bemerke ich, völlig vertieft in das Drama. Ich schätze, ich habe Bentley letzte Woche angelogen, dass das nicht mein Ding ist.

Preston schaut auf seine perfekt manikürten Nägel. „Wenn ich du wäre, würde ich deine nächsten Worte sehr sorgfältig wählen. Dieses Gespräch strapaziert bereits meine Nerven. Ich nehme an, es gibt einen Grund dafür, dass du so früh wieder in der Stadt bist? Willst du mir sagen, worum es geht?"

Sie verschränkt die Arme über ihrer großen Brust. „Ich bin gekommen, um die Vorbereitungen zu treffen, um Peytons Sachen nach Übersee zu schicken."

„Und warum willst du das tun?"

„Weil sie ihren Highschool-Abschluss in einem schönen französischen Internat machen wird. Sie ist bereits auf dem Weg dorthin."

„Was?!", schreien Kingston und ich unisono.

Preston verschränkt seine Finger. „Und warum, bitte schön, muss sie das Land so schnell verlassen?"

„Sie hatte keine andere Wahl, es sei denn, sie hätte beseitigt werden wollen!", schreit Madeline. „Nachdem mein Mann die kleine Nachricht, die du ihr hinterlassen hast, aufräumen musste, hat sie uns alles erzählt. Die Vereinbarung über das Erbe, die ihr beide hattet, wie sie die beiden toten Jungs angeheuert hat, um Jasmine zu überfallen, wie du geholfen hast, es zu vertuschen. Wie du dich ihr aufgedrängt hast."

Er lacht. „Oh, Madeline, tu nicht so, als würde Peyton deine Lieblingswährung nicht teilen. Was glaubst du, von wem sie das gelernt hat? Ich habe deine Tochter zu nichts gezwungen. Sie hat eingewilligt und manchmal sogar mit Begeisterung mitgemacht."

„Im Staat Kalifornien kann sie nicht einwilligen, bevor sie achtzehn Jahre alt ist."

„Soweit ich weiß, ist sie achtzehn."

Madeline verengt ihre Augen. „Peyton hat gesagt, dass du sie ausgenutzt hast, seit sie und Kingston sich das erste Mal getrennt haben. Damals war sie noch minderjährig."

„Wirklich? Und wo sind ihre Beweise dafür? Es steht das Wort eines verbitterten kleinen Mädchens gegen meins, und ich sage, dass wir erst nach ihrem letzten Geburtstag mit dem Ficken angefangen haben. Was deine andere Anschuldigung angeht, habe ich keine Ahnung, auf welche Nachricht du dich beziehst, aber wenn ich es wüsste, würde ich sagen, dass Peyton sie ernst nehmen sollte und dass Frankreich nicht weit genug weg ist, um sie zu schützen, wenn ihr jemand eine Lektion erteilen will."

Sie richtet sich auf. „Charles ist sehr verärgert, dass du deine Abmachung gebrochen hast. Die Töchter sind tabu. Wie würde es dir gefallen, wenn er Ainsley verführen würde?"

Reed und Kingston ballen ihre Fäuste so fest zusammen, dass ihre Knöchel weiß sind.

Mr. Davenports schallendes Gelächter ist so laut, dass Reed den Ton leiser stellen muss. „Erstens ist Peyton technisch gesehen nicht mit ihm verwandt. Und zweitens ist meine Tochter keine opportunistische Hure wie deine. Charles hätte nicht den Hauch einer Chance."

Madelines Gesicht ist so rot, dass man meinen könnte, sie sei gerade einen Marathon gelaufen. „Und was ist mit Jasmine?"

„Was ist mit ihr?"

„Peyton hat gesagt, du bist besessen von diesem Stück Dreck." Madeline rollt ihre Augen so weit nach hinten, ich hätte schwören können, sie kippen um. „Genau wie du und Charles von ihrer wertlosen Mutter besessen wart."

„Geldgierige Schlampe", murmle ich. „Wenn du noch einmal so über meine Mutter sprichst, zeige ich dir, wie billig ich sein kann."

Kingston legt seine Hände auf meine Schultern.

„Das Einzige, wovon ich besessen bin, ist, diese zehn Milliarden Dollar zu bekommen. Selbst wenn ich Peyton heiraten und ihr ein Kind schenken müsste, würde ich das tun. Meine Scheidung wird früh genug abgeschlossen sein."

„Das wirst du ganz sicher nicht!", schreit Madeline. „Der Vollstrecker von Pierres Nachlass würde niemals glauben, dass Peyton dich aus Liebe heiraten würde. Du bist alt genug, um ihr Großvater zu sein."

Preston neigt seinen Kopf zur Seite. „Und? Erinnere mich noch einmal daran, wie groß der Altersunterschied zwischen dir und Peytons Vater war? Ach ja, richtig! Fast fünfzig Jahre."

Madeline lacht höhnisch auf. „Niemand hat geglaubt, dass ich Pierre aus Liebe geheiratet habe, schon gar nicht er. Er mochte nur, wie ich seinen schlaffen, verschrumpelten, alten Schwanz gelutscht habe. Zum Glück gibt es Viagra, sonst wäre ich vielleicht nie schwanger geworden."

Ich muss würgen. „Na, das ist ein Bild, auf das ich gut hätte verzichten können."

„Ich schätze, es hat ihm nicht so gut gefallen, weil er dir keinen Cent hinterlassen hat", sagt Preston leise.

Madeline greift nach vorn und schlägt Kingstons Vater mitten ins Gesicht. Bevor ich auch nur blinzeln kann, zerrt er sie an ihrem Hals über die Tischplatte aus Mahagoni und wirft sie zu Boden. Prestons andere Hand legt sich um Madelines Hals und drückt zu. Ihre Augen treten ihr aus dem Kopf und sie krallt sich an seinen Fingern fest und versucht, sie loszureißen.

Ich schlage mir eine Hand vor den Mund. „Oh, verdammt."

Kingston fängt an, sich die Haare zu raufen, während Reed geschockt dasitzt. Ich glaube, wir werden gerade Zeuge eines Mordes.

„Hör mir zu, du dumme Fotze." Spucke fliegt aus Prestons Mund, während er sie weiter würgt. Madelines Augen flattern zu. Ich glaube, sie ist kurz davor, das Bewusstsein zu verlieren. „Wenn du so etwas noch einmal versuchst oder dich mir in den Weg stellst, werde ich dich vernichten. Haben wir uns verstanden? Denn wenn nicht, dann bringe ich das hier auf der Stelle zu Ende."

Madeline nickt nur schwach. Sie keucht und schnappt nach Luft, als Preston sie loslässt.

„Sieh mal an, was du angerichtet hast", schimpft Preston und streichelt seine Erektion durch seine Hose.

Ich drehe mich schnell um. „Ich kann das nicht mit ansehen."

Ein reißendes Geräusch dringt aus den Lautsprechern, bevor ich Preston glucksen höre. „Ich wusste, dass dich das anmacht, du kleine Schlampe."

„Was macht er da?", frage ich.

Kingston räuspert sich wegen der nassen, saugenden Geräusche. „Das kannst du dir wahrscheinlich denken. Aber sie genießt es auf jeden Fall."

Madeline schreit auf, aber ihre Stimme ist schwach und kratzig. Einen Moment später gibt es keinen Zweifel mehr daran, was auf dem Video zu sehen ist. Die Geräusche von Haut auf Haut und das dazugehörige Grunzen und Stöhnen sind unüberhörbar. Kingston und Reed wenden sich beide ab, weil sie es offensichtlich nicht mehr aushalten können, aber keiner von uns macht Anstalten, die Pausentaste zu drücken.

„Du bist so eine gierige kleine Hure. Eine echt kranke Schlampe, weißt du das? Ich hätte dich gerade umbringen können, und deine Muschi tropft." Noch mehr Grunzen.

„Ich wette, es macht dich an, den neuen Mädchen bei der Reifung zuzusehen. Wenn sie schreien und weinen und um Gnade betteln. Das würde dir gefallen, stimmt's?" Jetzt ertönt ein weibliches Stöhnen. „Ja, das dachte ich mir schon. Vielleicht komme ich nächste Woche zur Inspektion vorbei und bringe dich mit. Würde dir das gefallen? Möchtest du das Lagerhaus besuchen und zusehen, wie die Mädchen immer und immer wieder gegen ihren Willen genommen werden? Zusehen, wie sie geschlagen und ausgehungert werden und jedes Mal, wenn sie sich wehren, unter Drogen gesetzt werden?" Ihr Stöhnen ist jetzt noch lauter. „Willst du das?"

„Ja!", röchelt sie. „Ja! Ich will das alles sehen! Ich will, dass wir ficken, während wir zusehen, wie sie leiden!"

Preston gluckst. „Ach, Madeline, schade, dass du so eine verlogene, betrügerische Schlampe bist. Ich glaube, wir könnten Seelenverwandte sein."

„Das ist Gold wert", murmelt Kingston über das Grunzen und Stöhnen hinweg. „Er belastet sich selbst auf Schritt und Tritt. Rafe wird einen Riesenspaß damit haben."

„Kranke Scheißkerle." Ich wische mir die Tränen aus den Augen, aber sie hören nicht auf zu kommen. „Der Gedanke, hilflose, unschuldige Mädchen zu quälen, macht sie an."

Reed greift nach hinten und drückt die Stopptaste. „Ich glaube, wir haben genug gehört."

„Einverstanden." Kingston holt sein Handy heraus und öffnet ein Textfenster. „Reed, was ist das für ein Zeitstempel?"

„Heute. 14:24 Uhr.“

„Verstanden.“ Kingston nickt. „Ich habe die Info gerade an John geschickt, damit er sie an das FBI weiterleiten kann.“

„Was jetzt?“

Reed hebt die Hand. „Ich bin dafür, dass wir zu Bent gehen und uns so zudröhnen, bis unser Hirn sich auflöst.“

Kingston streckt seinen Arm nach dem Laptop aus. „Nach dem hier ist das die perfekte Art, das neue Jahr einzuläuten.“

Einverstanden.

„Fünf … vier … drei … zwei … eins … frohes neues Jahr!“

Als die Kugel in Bentleys 85-Zoll-Fernseher fällt, greift Kingston meinen Hinterkopf und küsst mich.

Als er sich wieder löst, legt er seine Stirn an meine. „Frohes neues Jahr.“

Ich lächle. „Frohes neues Jahr.“

In Anbetracht der Ereignisse haben wir fünf beschlossen, an Silvester nicht zu viel zu feiern. Na ja, vier von uns fünf, sollte ich sagen, denn Ainsley kennt den wahren Grund für unseren Wunsch, uns zurückzuziehen, nicht. Sie dachte, die Jungs machen Witze, als sie sagten, dass sie heute Abend chillen wollen, denn laut Ainsley veranstalten einige Windsor-Kids jedes Jahr riesige Partys, aber sie hat ihnen nicht widersprochen. Sie zuckte nur mit den Schultern und ging zu einem anderen Thema über. Ich vermute, das liegt daran, dass alle, die wir sehen wollen, bereits in diesem Raum sind. Abgesehen von Reeds Schwester und meiner.

„Hoffen wir, dass dieses Jahr deutlich weniger beschissen wird."

„Ja, das wäre gut." Ich lache und verschränke meine Hände hinter seinem Nacken. „Obwohl es nicht nur schlecht war."

Seine großen Hände umrahmen mein Gesicht. „Zieh bei mir ein. Im Ernst."

Ich schaue ihm in die Augen. „Kingston, das hatten wir doch schon. Ich dachte, wir …"

„Ich habe ein Haus gefunden", unterbricht er mich. „In Malibu. Es ist perfekt, Jazz. Ich weiß, du wirst es lieben. Ich will die Chance nicht verpassen, es zu kaufen."

„King …"

„Frohes neues Jahr, Baby Girl." Bentley legt seinen Arm um mich und küsst mich auf den Kopf. „Dir auch, Bruder."

Kingston nickt. „Dir auch."

Bentley schaut zwischen uns hin und her. „Habe ich euch bei etwas gestört?"

„Ich habe Jazz gerade erzählt, dass ich ein Haus gefunden habe." Kingston sieht mich an, aber er wendet sich an den ganzen Raum. „Wollt ihr es euch morgen früh ansehen?"

„Ja, ich möchte es mir ansehen." Bentley streckt seine Faust für einen Fauststoß aus. „Ich auch", sagen Ainsley und Reed unisono.

„Es ist so ein toller Ort." Ainsley stößt mit ihrer Sektflöte gegen meine an. „Ich kann es kaum erwarten, es persönlich zu sehen."

Ich ziehe die Augenbrauen hoch. „Du wusstest, dass Kingston nach einem Haus sucht?"

„Natürlich wusste ich, dass er auf der Suche war." Ainsley tippt sich an die Schläfe. „Die Gedankenverschmelzung der Zwillinge, erinnerst du dich?"

„Vielleicht habe ich dir auch das Angebot weitergeleitet", fügt Kingston hinzu.

Ains lacht. „Das auch."

Ich strecke kapitulierend die Hände in die Luft. „Und? Dann zeig uns doch mal dieses angeblich perfekte Haus."

Kingston fummelt kurz an seinem Handy herum, bevor er es mir in die Hand drückt.

Mir fällt die Kinnlade runter. „Oh, wow. Du hast nicht gesagt, dass es direkt am Strand steht!"

Wenn dieses Haus auch nur halb so schön ist, wie es auf den Bildern aussieht, verstehe ich, warum Kingston es unbedingt haben will. Das Innere ist geräumig, hell und luftig, mit bodentiefen Fenstern und einer riesigen Terrasse mit Blick auf den Ozean. An der Vorderseite gibt es einen bezaubernden kleinen Innenhof mit Mosaik-Trittsteinen, auf denen Bilder von Delfinen, Schildkröten und anderen Meeresbewohnern zu sehen sind. Es gibt sogar eine große Pergola, die mit goldenen Bougainvillea bedeckt ist, die den perfekten Farbakzent setzen.

Nichts an diesem Ort ist kalt und steril, wie die Villa meines Vaters. Es ist gemütlich und strandnah und nicht annähernd so groß, wie ich es erwartet hatte. In der Anzeige steht, dass es nur knapp über 300 Quadratmeter groß ist, aber das macht es nur noch perfekter. Das beweist, dass mein Freund bei der Wohnungssuche an

mich gedacht hat. Er wusste, dass ich mich in einer übertriebenen Villa nie wohlfühlen würde.

Kingston lächelt. „Habe ich dir doch gesagt. Perfekt.
Und es gibt vier Schlafzimmer. Genug Platz für uns, Belle
und Ains.“

„Wow, das ist wirklich toll“, bemerkt Bentley über
meine Schulter. „Schön, Davenport.“

„Und?“ Kingston hebt die Augenbrauen. „Willst du es
dir morgen früh ansehen?“

„Ja.“ Ich grinse. „Das will ich wirklich.“

KAPITEL DREIUNDZWANZIG

KINGSTON

„Hast du gehört, dass Christian Taylor sich in den Weihnachtsferien erschossen hat?", fragt Ainsley. „Ich meine, ist das denn zu fassen? Und Lucas Gale hat sich einfach aus dem Staub gemacht. Es wird gemunkelt, dass Lucas Peyton verlassen hat und mit einer reichen Tochter durchgebrannt ist. Peyton war angeblich so verzweifelt, dass sie ihre Eltern anflehte, sie weit weg auf ein Internat zu schicken. Ich persönlich glaube, dass Peyton wusste, dass sie von ihren ehemaligen Freundinnen abgeschrieben und an der Schule zur Außenseiterin geworden wäre. Whitney und Imogen sind wie Bienen durch die Schule geschwärmt und haben dafür gesorgt, dass inzwischen jeder weiß, was für eine hinterhältige Schlampe Peyton ist. In der Schule haben alle nur darüber gesprochen. Was für ein verrückter erster Schultag."

Reed lacht. „Moment mal, Ains. Atme mal durch."

Ainsley gibt ihm spielerisch einen Klaps, bevor sie sich

Jazz zuwendet. „Weißt du, warum Peyton plötzlich auf ein Internat gegangen ist? Haben dir deine Eltern etwas gesagt?“

Jazz zuckt mit den Schultern. „Äh … Ich weiß nur, dass sie irgendwo in Frankreich ist. Aber ich weiß nicht, warum. Ich wohne hier und habe Charles und Madeline seit Weihnachten nicht mehr gesehen. Aber ich glaube, deine Theorie ist gut.“

Mist. Ich muss bald mal mit Ainsley reden. Ich weiß, dass es Jazz und Reed schwerfällt, Dinge vor ihr zu verbergen. Außerdem muss ich meine Schwester vorbereiten, falls das FBI zuschlägt. Ich habe es vor ihr verheimlicht, weil sie selbst dann nicht lügen könnte, wenn es um ihr Leben ginge, aber ich will nicht, dass sie völlig überrumpelt wird. Vielleicht erzähle ich es ihr, wenn wir im neuen Haus sind und sie unseren Vater nicht mehr treffen kann.

Seit dem Vorfall mit Lucas hat Jazz jede Nacht bei mir übernachtet. Sie hat nicht einmal widersprochen, als ich es vorgeschlagen – oder vielleicht eher verlangt – habe. Wir sind einmal zurückgefahren, um ihre Sachen zu holen, und sind seitdem nicht mehr zurückgekehrt.

„Wann zieht ihr ein, Kumpel?“ Bentley nimmt einen großen Bissen von seinem Pizzastück.

„In etwas mehr als drei Wochen.“

Bentleys Augenbrauen ziehen sich zusammen. „Warum so spät? Ich dachte, du könntest Geld aus deinem Trust Fund abheben.“

„Mensch, Alter. Ist es so schwer zu warten, bis du fertig gekaut hast?“

Er kaut noch ein paar Mal, bevor er schluckt. „Gut. Warum so spät? Ist das besser?"

Ich zucke mit den Schultern. „Die Leute, von denen ich es gekauft habe, benötigten mehr Zeit für den Umzug, also habe ich zugestimmt, es ihnen für einen Monat zu vermieten."

Ainsley stößt Jazz an die Schulter, um ihre Aufmerksamkeit zu bekommen. „Bist du schon aufgeregt, Jazz?"

Jazz lächelt, als der Blick aus ihren mokkafarbenen Augen den meinen trifft. Ich weiß nicht, ob ich mich jemals an dieses Gefühl gewöhnen werde. Wenn sie mich so ansieht, als wäre sie wirklich glücklich – und durch das Wissen, dass ich dafür verantwortlich bin – fühle ich mich wie der glücklichste Mensch auf Erden.

Sie nickt. „Belle ist es auch. Sie findet es sehr cool, dass sie ihr eigenes Zimmer hat, obwohl sie nicht bei uns wohnt. Hoffentlich wird sich das in naher Zukunft ändern. Kingston will dieses wunderschöne Prinzessinnenbett bestellen und sie damit überraschen."

Wer hätte gedacht, dass ich mal Mädchenkram mit Rüschen kaufen würde? Ich bin froh, dass Jazz es mir endlich erlaubt, Geld für sie auszugeben. Zugegeben, sie lässt mich nicht so viel Geld ausgeben, wie ich es gerne möchte, aber sie wird immer besser darin, Geschenke anzunehmen. Vor allem, wenn es um ihre Schwester geht. Es ist ein Wunder, dass ich mich in die einzige Frau verliebe, die kein Interesse an meinem Vermögen hat. Unglaublich.

Ich ziehe mein stures Mädchen zu mir und küsse ihre Schläfe.

Ainsley legt eine Hand auf ihre Brust. „Oh, das ist so süß. Schaut euch an, ihr seid jetzt so häuslich und zieht sogar zusammen. Ich kann es kaum erwarten, Teil davon zu sein!"

Ich werfe ihr einen bösen Blick zu. „Es ist nicht viel anders als jetzt. Jazz ist ohnehin schon jeden Tag bei mir und du bist hier mindestens doppelt so oft wie im Haupthaus."

„Stimmt." Sie zeigt mit dem Zeigefinger auf uns. „Aber ich würde gerne eine Regel aufstellen: kein Sex auf der Couch. Oder irgendwo unter freiem Himmel. Ich will euch nicht zufällig dabei erwischen, wie ihr es treibt."

„Wenn ich es mir recht überlege, solltest du dir vielleicht doch eine eigene Wohnung suchen", sage ich trocken.

„Haha, du Witzbold." Meine Schwester gähnt. „Und wann bestellst du mein hübsches Prinzessinnenbett?"

Ich lache laut auf. „Wenn du ein Prinzessinnenbett willst, dann tu dir keinen Zwang an. Du hast genügend Geld, um dir deinen eigenen Scheiß zu kaufen."

„Ja, aber es macht viel mehr Spaß, wenn mir jemand anderes etwas kauft." Ainsley steht auf und streckt Reed ihre Hand entgegen. „In diesem Sinne, ich bin raus. Madame Rochelle war heute Abend brutal. Ich bin wirklich erledigt. Kommst du mit, Reed?"

„Wenn du damit einverstanden bist", antwortet Reed.

Ainsley rollt mit den Augen. „Dummkopf."

Reed hebt eine Hand, als sie zur Tür hinausgehen. „Bis Morgen, Leute."

„Bis dann", sagen Jazz, Bentley und ich unisono.

„Ich schätze, das ist auch mein Stichwort, um zu verschwinden." Bentley erhebt sich von der Couch und macht sich auf den Weg zur Tür. „Ich überlasse euch zwei Kinder dem *angenehmen Teil* des Abends. Habt Spaß! Macht nichts, was ich nicht auch tun würde."

Jazz lacht. „Nacht, Bent."

„Nacht, mein Schatz." Er zwinkert mir zu und wirft mir einen Kuss zu. „Süße Träume, Zuckerlippe."

Als Antwort verpasse ich ihm einen Klaps.

Als wir endlich allein sind, schlinge ich meine Arme um Jazz' Rücken und ziehe sie an mich. „Hast du Lust, mit diesem *angenehmen Teil* anzufangen? Ich habe Schach oder Sudoku oder Monopoly oder …"

„Halt die Klappe und küss mich, du Trottel."

Ich gebe einen übertriebenen Seufzer von mir. „Ich denke, das geht auch. Wenn es sein muss."

„Oh, ja. *Unbedingt.*" Sie lässt ihre imaginäre Peitsche knallen. „Mach dich an die Arbeit, Kumpel."

Ohne Vorwarnung hocke ich mich hin und werfe sie über meine Schulter. Mit einem kräftigen Klaps auf ihren Hintern sage ich: „Dafür wirst du bezahlen, Süße."

Jazz greift mir zwischen die Beine und reibt meinen Schwanz. „Verlass dich darauf."

Dieses Mädchen.

„Du wirst nicht glauben, was für ein Glück wir hatten." Ich kann Johns schadenfrohes Grinsen förmlich sehen.

„Noch besser als das Video von meinem Vater mit Madeline?"

„Wir haben vielleicht ausreichend Material, um Callahan zu verhaften." Er räuspert sich. „Und einen weiteren Informanten, der bereit ist, im Austausch für Immunität auszusagen. Das FBI ist kurz davor, aktiv zu werden."

„Ach du Scheiße." Ich hole mir einen Drink aus dem Kühlschrank und setze mich auf die Couch. „Was für Material und wer ist der Informant?"

„Oh, nichts weiter. Nur Charles Callahan, der eine seiner Angestellten umgebracht hat. Und die Informantin ist niemand anderes als Mrs. Callahan."

Vor Schreck pruste ich das Wasser überall um mich. „Erzähl! Und fange mit der Angestellten an."

„An Heiligabend, kurz nachdem die Leiche von Lucas Gale gefunden wurde, wird Callahan dabei gefilmt, wie er Darlene Williams eine Nadel in den Körper injiziert. Williams saß vor Callahans Schreibtisch, als er sich von hinten näherte und ihr in den Hals stach. Sie sackte auf dem Stuhl zusammen und war fast sofort bewusstlos."

Ich fahre mir mit einer Hand über das Kinn. „Woher weißt du, dass sie wirklich tot ist?"

„Weil Callahan kurze Zeit später mit zwei Handlangern zurückkkam. Charles hat einen Finger auf ihr Handgelenk gelegt und gesagt: „Kein Puls". Dann haben sie sie mit einem großen Stück Plastik und Klebeband, das sie praktischerweise dabeihatten, zusammengerollt und weggeschleppt."

„Heilige Scheiße. Was haben sie mit ihrer Leiche gemacht?"

„Keine Ahnung", sagt John.

„Wie kann sie seit zwei Wochen vermisst werden und niemand hat sich nach ihrem Verbleib erkundigt?"

„Sie lebte im Callahan-Haus und hatte keine Verwandten. Wer sollte sich also Sorgen machen?"

„Ein anderer Angestellter des Anwesens?"

„Callahan könnte ihnen gesagt haben, dass sie gekündigt hat oder gefeuert wurde."

„Solange ich denken kann, hat sie für ihn gearbeitet, und die Frau hat selten einen Tag freigenommen. So viel zum Thema Loyalität, was?"

„Ich schätze, Charles war nicht bereit, ein Risiko einzugehen, wenn es um die Vertuschung eines Mordes geht."

„Und was hat es mit Madeline auf sich?"

„Mrs. Callahan besucht dreimal pro Woche denselben Hot-Yoga-Kurs. Nachdem das FBI unsere Aufnahmen gesehen hatte, wussten sie, dass es der perfekte Zeitpunkt war, sie anzusprechen. Als Mrs. Callahan erfuhr, dass das FBI sie ebenfalls anklagen wollte, wenn sie nicht kooperierte, konnte die Frau gar nicht schnell genug ihre Geheimnisse ausplaudern. Madeline spielte die Opferkarte aus. Sie sagte ihnen, dass sie alles tun würde, um diesen tyrannischen Monstern zu entkommen."

Ich muss lachen. „Ja sicher. Diese Frau würde ihre Unschuld nicht erkennen, wenn sie vor ihr stehen würde."

„Stimmt, und ihr Kontaktmann ist sich dessen wohl bewusst. Aber Madeline hat ihnen Informationen gegeben, nach denen wir seit Jahren suchen, einschließlich des Standorts des Lagers, auf das sich dein Vater bezogen hat. Wenn das alles stimmt, hat das FBI alles, was es braucht, um loszulegen."

„Was hat sie ihnen gesagt?"

„Sie bestätigte, was wir über den Prostitutionsring deines Vaters wussten, und die Tatsache, dass Charles Beamte erpresst, obwohl sie behauptet, keine Details über Letzteres zu kennen. Vor allem aber hat sie bestätigt, dass beide Patriarchen mit jungen Frauen handeln, hauptsächlich aus Mexiko und der Karibik. Dort kommt das große Geld her, besonders, seit sie sich mit einem Kartell zusammengetan haben. Ihr Geschäft ist inzwischen so gut eingespielt, dass Callahan und dein Vater im Tagesgeschäft eine eher passive Rolle einnehmen."

„Woher weiß Madeline so viel? Ich hätte nicht gedacht, dass man ihr so sensible Informationen anvertraut."

„Das hat sich auch das FBI gefragt und deshalb hat sie Immunität gefordert, bevor sie weitere Informationen preisgeben wollte."

„Warum?"

John räuspert sich. „Weil Madeline ihnen offenbar seit vielen Jahren aktiv bei der Anwerbung junger Frauen hilft."

„Oh, Scheiße", murmle ich. „Warum überrascht mich das nicht? Was machen wir jetzt?"

„Haltet euch erst einmal zurück. Madeline hat ihnen die Adresse eines alten Lagerhauses in Van Nuys gegeben. Sie behauptet, dass sie erst letzte Woche dort war und dass eine Gruppe von etwa einem Dutzend junger Frauen dort gerade die sogenannte Reifung durchläuft. Das FBI wird sich das ansehen und dann wissen wir, wie es weitergeht."

„Ist es normal, dass das FBI so viele Informationen an einen Auftragnehmer weitergibt?"

„Ganz und gar nicht." John räuspert sich. „Aber Rafe weiß, dass wir besser helfen können, je mehr Informationen wir haben, und er vertraut mir, dass ich entscheide, was weitergegeben werden soll und was nicht. Für ihn überwiegen in dieser Situation die Vorteile bei Weitem die möglichen Konsequenzen. Sagen wir mal so: Du bist nicht der Einzige, der ein persönliches Interesse an der Sache hat.

Aha.

„Du meldest dich also bald wieder bei mir?"

„Sobald es etwas Neues gibt", bestätigt John.

KAPITEL VIERUNDZWANZIG

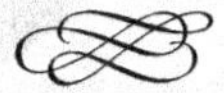

JAZZ

„Das machst du großartig, Jasmine. Wenn es grün wird, nimmst du die Auffahrt in Richtung Norden.“

Aus den Augenwinkeln sehe ich Evan, meinen Fahrlehrer, an. „Aber das ist doch eine Auffahrt zur Autobahn!“

„Genau. Ich denke, mit der Landstraße kommst du jetzt hervorragend klar. Mal sehen, wie gut du dich in den Verkehr auf der Autobahn einfädeln kannst.“

Okay, jetzt geht's los.

Ich setze den Blinker und fahre auf die rechte Spur, die zur Auffahrt führt.

„Gut“, sagt Evan. „Jetzt musst du das Gaspedal ruhig halten und deinen toten Winkel überprüfen, bevor du nach links einfädelst.“

Ich schwöre, mein Puls rast wie verrückt, aber ich schaffe es, seinen Anweisungen zu folgen, ohne jemandem in die Seite zu fahren. Natürlich ist die Autobahn voll, schließlich ist das hier Los Angeles.

„Was jetzt?"

Aus dem Augenwinkel sehe ich, wie er an seinem Telefon herumfummelt. „Oh … äh … das ist gut. Bleib einfach auf dieser Spur und achte auf deine Geschwindigkeit. Halte Ausschau nach Autos vor dir, die plötzlich bremsen. Wir fahren ein paar Kilometer weiter und dann wieder ab."

„Okay."

Ich schaue regelmäßig in meine Rück- und Seitenspiegel, konzentriere mich aber hauptsächlich auf die Straße vor mir. Ich bremse noch etwas zu abrupt, wodurch Evan ein paar Mal in seinem Sitz nach vorn ruckt, aber er ist zu sehr mit seinem Handy beschäftigt, um sich zu beschweren. Was zum Teufel ist mit ihm los? Bei den anderen Malen, die wir unterwegs waren, war er immer sehr aufmerksam und hilfsbereit. Heute scheint er abgelenkt zu sein.

Mein Ausbilder zeigt auf das grüne Schild vor uns. „In einer Meile nimmst du diese Ausfahrt und hältst dich dann rechts. Danach übernehme ich und fahre zurück."

„Was? Und warum? Bin ich so schlecht?"

„Du bist gut, Jasmine." Evans Daumen fliegen noch einmal über den Bildschirm seines Handys, bevor er es schließlich in seine Jackentasche steckt. „Der Verkehr wird nur jetzt ziemlich dicht, also will ich übernehmen."

„Oh. Okay."

Das ist zwar schade, aber ich glaube, ich verstehe, was er meint. Auch wenn die Autobahn in L.A. mit Fahrzeugen vollgestopft ist, rasen die Leute über den Asphalt, als würden sie sich um eine Rolle bei Fast & Furious bewerben. Ich schaffe es zurück auf die Landstraße, ohne einen Unfall zu bauen, und folge Evans Anweisungen durch ein Industriegebiet. Hier gibt es kaum Verkehr – ich vermute, das liegt daran, dass heute Samstag ist und die umliegenden Geschäfte am Wochenende nicht geöffnet haben.

„Fahr weiter und halte dort am Rand an."

Ich lenke das Auto in Richtung Bordstein und schaffe es, weniger als einen Meter davon entfernt zu parken, was für mich schon ziemlich beeindruckend ist. Aus irgendeinem Grund kann ich den Abstand zwischen Reifen und Bordstein nicht einschätzen. Vom Einparken will ich gar nicht erst reden.

„Gut gemacht, Jasmine. Lass die Schlüssel im Zündschloss stecken und steig aus."

Ich schnalle mich ab und steige aus dem Auto aus. Ich mache mich auf den Weg zur Beifahrerseite, wo Evan auf dem Bürgersteig kniet und sich den Schuh zubindet.

„Tut mir leid, gib mir nur eine Sekunde, um ihn zu binden und dann verschwinden wir von hier."

„Kein Problem."

Ich greife den Türgriff und will sie gerade öffnen, als ich einen scharfen Stich in meinem Nacken spüre.

Ich schlage meine Hand auf die Stelle. „Was zum Teufel?"

Hat mich gerade etwas gestochen? Ich drehe mich um und sehe noch, wie mein Fahrlehrer eine Spritze auf den Boden wirft.

„Es tut mir wirklich leid, Jasmine, aber es musste sein."

„Was musste …" Ich stolpere zurück, als mich eine Welle von Schwindelgefühl überkommt. „Wow."

Heilige Scheiße, hat er mich gerade betäubt? Das Letzte, was ich sehe, bevor ich ohnmächtig werde, ist Evan, der mit einem Seil in den Händen auf mich zukommt.

~

Das Erste, was ich bemerke, ist das Schaukeln – eine Art rhythmische, wippende Bewegung. Dann ist da noch der brennende Schmerz in meinen Armen. Ich versuche, mich zu bewegen, aber meine Handgelenke sind über meinem Kopf zusammengebunden.

Was zum Teufel ist hier los?

Ich liege auf etwas Weichem. Auf einer Matratze denke ich. Ich wackle mit den Fingern und stelle fest, dass meine Hände mit einem weichen Seil gefesselt sind. Es fühlt sich fast wie Satin an, aber es ist dicker. Ich ziehe versuchsweise daran, aber es ist nutzlos. Die Dinger geben nicht nach. Wer auch immer sie gebunden hat, weiß, wie man einen stabilen Knoten macht. Panik überkommt mich, als ich mich daran erinnere, wie ich in diese missliche Lage geraten bin. Mein Fahrlehrer hat mich offensichtlich mit etwas betäubt, aber warum? Verdammt noch mal! Wie komme ich nur immer wieder in solche Situationen?

Reiß dich zusammen, Jazz. Okay, atme tief durch und konzentriere dich. Versuche, herauszufinden, wo du bist. Verdammt, es hat keinen Sinn. Ich kann nichts sehen. Meine Augen sind offen, aber hier drin ist es stockdunkel. Das Aufheulen eines Motors verursacht gleichmäßige Vibrationen um mich herum. Als mein Gehirn dies mit der schaukelnden Bewegung in Verbindung bringt, wird es mir klar.

Ich bin auf einem Boot.

„Fuck", murmle ich vor mich hin.

„Keine Sorge, Jasmine. Dafür wird später noch genug Zeit sein", säuselt eine tiefe Stimme. „Hoffentlich eher früher als später, denn wir sind fast bereit, in See zu stechen."

Ich suche hektisch die Dunkelheit ab. Meine Augen gewöhnen sich wohl langsam daran, denn ich kann die Silhouette eines Mannes in dem Bereich erkennen, aus dem die arrogante Stimme kam.

„Du."

Ich blinzle ein paar Mal, als Licht aufflackert und schaue mich schnell um. Ich bin umgeben von dunklem Holz und neutralen Farben. Plüschige Stoffe und teuer aussehende Einrichtungsgegenstände. Die vordere Wand besteht aus geschwungenen Fenstern, die aber im Moment mit schweren Jacquard-Vorhängen verhängt sind – Verdunkelungsvorhänge, wie ich aufgrund ihrer Wirksamkeit vermute. Der Größe des Raumes nach zu urteilen, würde ich sagen, dass wir uns in der Master-Suite befinden. Mein Blick fällt auf die schicke Sitzecke, in der Preston Davenport sitzt und unglaublich selbstgefällig dreinschaut.

„Ja, ich." Ich zucke zusammen, als Preston aufsteht und auf mich zugeht. „Hast du jemand anderen erwartet? Meinen Sohn vielleicht?"

Gott, ich hoffe, dass genug Zeit vergangen ist, damit Kingston merkt, dass ich vermisst werde. Unbewusst versuche ich, nach meinem Medaillon zu greifen, aber das Kopfteil, an das ich gefesselt bin, vereitelt diese Idee schnell.

„Wo ist Kingston?“

„Woher soll ich das wissen? Ich bin nicht sein Aufpasser.“

Preston setzt sich an den Rand des Bettes und grinst, als ich mich so weit wie möglich wegbewege. Ich zucke zusammen, als er mit seinen Fingern um meinen Knöchel kreist und über die freigelegte Hautstelle zwischen meiner Jeans und den tief ausgeschnittenen Socken streicht. Ich habe keine Ahnung, wo meine Schuhe hin sind, aber ich schicke ein stilles Dankgebet an alle Götter, dass ich noch angezogen bin.

Ich kneife meine Augen zusammen. „Was willst du von mir, Arschloch? Wie bin ich hierhergekommen?“

Preston packt mein Bein fester, so fest, dass ich weiß, dass ich dort bald blaue Flecken haben werde. „Du hast wirklich ein freches Mundwerk, nicht wahr? Wie ich sehe, hat dich mein Sohn davon noch nicht geheilt.“ Er zwinkert. „Schade. Obwohl ich auch nicht behaupten kann, dass es mir keinen Spaß machen wird, dich zu brechen.“

Dieselben faszinierenden Augen, die ich so sehr an meinem Freund liebe, starren mich lüstern und bösartig an. Aber statt der Wärme und Liebe, die ich normalerweise empfinde, wenn ich diese schönen haselnussbraunen Augen sehe, ist mir kalt. Eiskalt. Die Absicht hinter dem Blick dieses kranken Bastards, der gemächlich über meinen Körper streift, ist glasklar. Er will mir wehtun und mich vergewaltigen, und er wird jede

Sekunde meiner Qualen genießen. Zu seinem Pech werde ich mein Bestes tun, um ihm diese Genugtuung nicht zu verschaffen.

Preston steht wieder auf und streckt seine Arme aus. „Was hältst du von deiner neuen Unterkunft? Du bist mein erster Gast auf dieser Jacht. Wir werden gleich zur Jungfernfahrt aufbrechen."

Dieser Idiot tut so, als hätte er mich nicht gerade entführt oder gegen meinen Willen an ein Bett gefesselt.

Ich schnaube. „Soweit ich weiß, darf man seine Gäste nicht unter Drogen setzen oder entführen."

Preston lehnt sich gegen den Einbauschrank neben ihm. „Ja, das war bedauerlich. Aber mein Sohn scheint nie von deiner Seite zu weichen – der Junge ist wie ein Hund mit einem Knochen – also musste ich die Gelegenheit nutzen, solange ich konnte."

„Indem du meinen Fahrlehrer bestichst?"

Sein grau gesprenkeltes Haar fällt ihm in die Stirn, als er den Kopf neigt. „Du bist schlau, genau wie deine Mutter es war."

„Sprich nicht über meine Mutter", schimpfe ich. „Du hast kein Recht, auch nur an sie zu denken."

Preston stößt ein herzhaftes Lachen aus. „Siehst du, genau das ist der Punkt, an dem du dich irrst. Ich habe jedes Recht, an sie zu denken."

Ich lache höhnisch. „Ach, ja? Und warum ist das so?"

„Weil sie eigentlich mir gehören sollte, aber mein Arschloch von Geschäftspartner musste sie ja schwängern!"

Meine Augen weiten sich vor Überraschung über die

Worte und die Tatsache, dass dieser sonst so ausgeglichene Mann auf einmal schreit.

Preston richtet sich auf und lächelt. „Das wusstest du nicht, oder? Wie viel hat dir deine Mutter über mich erzählt? Über deinen Vater?"

Ich weiß, dass er keine Antwort verdient, aber ich weiß auch, dass die Wahrheit ein gewaltiger Schlag für sein Ego sein wird, also fühle ich mich gezwungen, zu antworten.

Meine Lippen verziehen zu einem Grinsen. „Sie hat absolut nichts über dich gesagt. Ich wusste nicht, dass du existierst, bis ich zu meinem Samenspender gezogen bin."

Ich schwöre, die Ader auf seiner Stirn sieht aus, als würde sie gleich platzen. „Lügnerin!"

Verdammt! Mr. „Ruhe in Person" hat definitiv das Gebäude verlassen. Oder besser gesagt, das Boot.

„Nö-hö." Ich ziehe das Ö leicht singend in die Länge.

Bevor ich auch nur blinzeln kann, schießt der Schmerz durch mein Gesicht, als er mich ohrfeigt. Meine Sicht verschwimmt und Tränen füllen meine Augen. Scheiße, meine Wange fühlt sich an, als würde sie brennen. Ich reiße an meinen Fesseln und will mir instinktiv über die brennende Wange streichen, aber ich werde wieder einmal daran erinnert, dass ich an ein Kopfteil gefesselt bin.

„Pass auf, was du sagst!" Preston beginnt, vor dem Bett auf und abzugehen. „Du siehst vielleicht fast genauso aus wie sie, aber du benimmst dich ganz sicher nicht wie sie. Mahalia war viel kooperativer."

„Was soll das denn heißen?"

„Ich wusste von Anfang an, dass deine Mutter etwas Besonderes ist. Leider weigerte sich die Schlampe, mit der ich damals verheiratet war, eine Hausangestellte zu haben. Ich dachte, wenn ich sie schwängere, würde sie vielleicht ihre Meinung ändern – vor allem, als sie erfuhr, dass wir Zwillinge bekommen – aber sie war sehr stur. Mahalia gehen zu lassen, kam nicht infrage, also stimmte Charles zu, sie in sein Haus aufzunehmen. Dann schwängerte er sie innerhalb des ersten Monats und beschloss, sie für sich zu behalten. Ich hätte Jennifer nie heiraten sollen. Sieh dir an, was dabei herausgekommen ist: zwei undankbare Gören, die auf einem großen Haufen von dem sitzen, was mein Geld hätte sein sollen. Hätte ich doch nur nicht diesen dummen Drang gehabt, einen Erben zu zeugen."

Plötzlich bin ich froh, dass Kingston nicht hier ist, um zu hören, wie sich sein Vater über ihn auslässt.

Ich ziehe die Brauen hoch. „Meine Mutter und mein Vater hatten also irgendwann mal eine Beziehung?"

Dieser Mann ist zweifellos ein Verrückter und ich weiß, dass es nur eine Frage der Zeit ist, bis er mit dem Reden fertig ist, und tut, was auch immer er vorhat. Aber du kannst deinen Arsch darauf verwetten, dass ich so viele Informationen wie möglich sammeln werde, solange er so gesprächig ist. Und je länger ich ihn am Reden halte, desto länger hat Kingston Zeit, mich zu finden.

Preston starrt mich an. „Nein, sie hatten keine Beziehung, aber sie wurde nicht wie die anderen behandelt. Mahalias Situation war … beispiellos. Ihr wurden gewisse … Privilegien gewährt, vorausgesetzt, sie kooperierte. Und oh, wie sie kooperiert hat. Zumindest eine Zeit lang."

Die Bemerkung über die Kooperation meiner Mutter ignoriere ich. Ich muss nicht hören, dass er sich ihr aufgedrängt hat, um zu wissen, dass es so war. Wenn es jemals einen Zweifel gab, dann ist der längst verflogen.

„Welche anderen?"

Ein böses Grinsen breitet sich auf seinem Gesicht aus. „Wenn du nicht schnell lernst, dich zu fügen, wirst du es bald herausfinden."

Die Worte, die Preston in dem Video zu Madeline gesagt hat, schießen mir plötzlich durch den Kopf.

Ich wette, es macht dich an, den neuen Mädchen bei ihrer Reifung zuzusehen. Wenn sie schreien und weinen und um Gnade betteln ... Mädchen immer und immer wieder gegen ihren Willen genommen werden ... geschlagen und ausgehungert werden und jedes Mal, wenn sie sich wehren, unter Drogen gesetzt werden ...

Ich unterdrücke den Brechreiz. „Warum bin ich hier? Was hast du mit mir vor?"

„Ich habe vor, das zu bekommen, was schon lange über- fällig ist. Ich habe es satt, dass Leute versuchen, mir zu nehmen, was mir gehört. Erst Charles, dann dieser Idiot, der nicht auf einfache Anweisungen hören konnte. Sogar mein eigener Sohn, von dem ich dachte, dass er einmal mein Nachfolger werden würde, hat es versaut. Er musste sich ja in dich verlieben. Er hat versucht, es zu leugnen, und er hat eine ziemlich gute Show hingelegt, aber ich kenne ihn besser, als er denkt. Ich hatte kein Problem damit, ihn eine Weile mit dir spielen zu lassen, aber ich werde nicht zulassen, dass er dich behält. Als mir klar wurde, dass er genau das vorhatte, wusste ich, dass es Zeit war, durchzugreifen."

. . .

Mein Gott, der Kerl ist ja völlig durchgeknallt.

„Was genau meinst du, ist ‚längst überfällig'?"

„Geduld, schöne Jasmine. Zuerst habe ich eine Überraschung für dich."

Preston bekommt einen wahnsinnigen Gesichtsausdruck, bevor er in einem Badezimmer verschwindet. Ich recke meinen Hals, um zu sehen, wie er zurückkommt und etwas hinter sich herzieht. Oh, Mist. Nicht etwas. Jemand. Crazy Pants zerrt meinen schwer verprügelten Samenspender durch die Tür und hinterlässt eine Blutspur auf dem polierten Boden. Charles' Gesicht ist so geschwollen, dass ich ihn kaum wiedererkenne. Zuerst denke ich, dass er bewusstlos ist, aber dann kommt ein schmerzhaftes Stöhnen über seine Lippen, als Preston anhält und Charles' Körper wieder auf den Boden fallen lässt.

„Was zum Teufel?"

Ich merke gar nicht, dass ich das laut gesagt habe, bis Preston antwortet.

„Siehst du, Jasmine. Es ist an der Zeit, dass du die Wahrheit darüber erfährst, wie deine Mutter wirklich gestorben ist. Sieh es als meine Geste des guten Willens und als Gegenleistung für deine zukünftige Ehrerbietung." Charles stöhnt dieses Mal noch lauter, als Preston ihm in die Rippen stößt. „Mach schon, Charles. Sag Jasmine, dass du für den Tod von Mahalia verantwortlich bist."

Ich sage es noch einmal: Was. Zum. Teufel.

KAPITEL FÜNFUNDZWANZIG

JAZZ

„Was?!"

Preston rollt mit den Augen, als Charles immer noch keine verständlichen Laute von sich gibt. „Okay, gut. Ich denke, ich werde es ihr sagen, da du unpässlich bist."

„Was gibt es da zu erzählen? Meine Mutter wurde mitten in einer Gang-Schießerei erwischt, während sie auf den Bus wartete."

Er nickt. „Ja, die ekelhaft kriminelle Gegend, in der du gewohnt hast, war recht günstig, um es wie einen Unfall aussehen zu lassen, nicht wahr? Aber lass mich dich eines fragen: Hat die Polizei jemals tatsächlich erwähnt, dass eine Gang beteiligt war? Oder hast du das nur vermutet?"

Mir gefällt nicht, worauf er damit hinauswill.

„In L.A. werden ständig Überfälle verübt. Warum sollte ich etwas anderes denken?"

„Und genau deshalb war es die perfekte Vertuschung!" Preston zeigt mit dem Finger auf mich. „Siehst du ... in

Wirklichkeit hatte sich Mahalia nach vielen Jahren in Freiheit – nach der Vereinbarung, die dein Vater hinter meinem Rücken getroffen hat, weil der Mistkerl sie auf seine eigene verdrehte Art liebte – entschlossen, Charles einen Besuch abzustatten.“

„Warum sollte sie das tun?“

Er grinst. „Das macht die ganze Sache ja so toll. Ihre mütterlichen Instinkte haben offenbar über ihren Selbsterhaltungstrieb gesiegt. Und das hat letztlich zu ihrem Untergang geführt.“

Ich schüttle den Kopf. „Ich verstehe das nicht.“

„Mahalia hat sich in den Kopf gesetzt, dass sie von Charles Geld erpressen könnte.“ Er lacht. „Ehrlich gesagt, ich glaube, sie war so lange weg, dass sie vergessen hat, mit wem sie es zu tun hat. Wie auch immer … ihre älteste Tochter – das bist du – war dabei, ihr letztes Jahr an der Highschool zu beginnen. Die arme Mahalia wollte nur das Beste für ihr Kind, das zwar hochintelligent war, aber ohne ein Vollstipendium keine Chance hatte, aufs College zu gehen.“

Nein.

„Ah … Ich sehe an deinem Gesicht, dass du weißt, dass ich die Wahrheit sage. Soll ich fortfahren?“

Ich nicke, zu verzweifelt, um Worte zu finden.

„Wie ich schon sagte … sie war pleite, was keine Überraschung sein sollte. In den fünfzehn Jahren vor ihrem spontanen Besuch hat sie von der Hand in den Mund gelebt, was bedeutet, dass sie keine Ersparnisse für dein Studium hatte. In diesen fünfzehn Jahren sind Mahalia offensichtlich ein paar Eier gewachsen, denn als ich sie kannte, hätte sie so etwas nie gewagt.

Sie hat deinem Vater gesagt," – er stupst Charles mit dem Fuß an – „dass sie zur Polizei gehen und ihnen alles erzählen würde, was sie über unsere … nicht ganz legalen Aktivitäten weiß, wenn er nicht zustimmt, deine College-Ausbildung zu finanzieren. Dein lieber Daddy ging auf ihre Forderungen ein, wenn sie eine Vaterschaftserklärung unterschrieb. Er nannte es seine Versicherungspolice für den Fall, dass sie sich trotzdem entschließen würde, zu den Behörden zu gehen."

Okay, das ist der Teil, der für mich nie einen Sinn ergeben hat, und ich habe das Gefühl, dass ich gleich meine Antwort bekommen werde.

„Warum sollte er mich für sich beanspruchen wollen? Ich hätte nie erfahren, wer er ist. Und auch nicht, wer ihr alle seid."

„Weil Mahalia ihr Todesurteil unterschrieben hat, als sie bei ihm aufgetaucht ist. Charles sagte ihr, dass es sie das Leben kosten würde, wenn sie jemals zurückkäme oder versuchte, einen von uns zu kontaktieren. Weder er noch ich hatten einen Hinweis darauf, wie viel sie dir erzählt hatte. Um ein Auge auf dich zu haben, musste Charles nach dem tödlichen Unfall deiner Mutter das Sorgerecht für dich bekommen. Und stell dir vor, wie überrascht ich war, als du aufgetaucht bist, eine fast identische Version der Frau, die mir entwischt ist. Es war, als ob das Schicksal mir eine zweite Chance gegeben hätte, die Dinge wieder in Ordnung zu bringen."

„Du bist ein kranker Wichser", schnauze ich.

„Du sagst das, als wäre es etwas Schlechtes." Seine Lippen verziehen sich zu einem grausamen Grinsen. „Keine Sorge, Jasmine. Wenn wir auf dem Meer sind und ich deinen hinterhältigen Vater in den Pazifik geworfen habe, werden wir beide Spaß haben. Aus irgendeinem Grund habe ich das Gefühl, dass du ein wenig Härte im Schlafzimmer magst. Du hast Glück, dass ich genug davon habe."

Die Jacht setzt sich plötzlich in Bewegung und Prestons Augen leuchten auf. „Oh, gut. Es sieht so aus, als würden die Feierlichkeiten bald beginnen. Wenn ihr mich bitte entschuldigt, schaue ich kurz nach dem Kapitän und stelle sicher, dass er uns weit genug weg von neugierigen Blicken bringt." Preston nickt meinem Vater zu. „Pass auf, dass er nicht abhaut. Oh, wem mache ich was vor? In diesem Zustand wird er nirgendwo hingehen."

„Wach auf!", flüstere ich, sobald Prestons Lachen aus dem Zimmer verklungen ist. „Wenn du auch nur einen Funken väterlichen Instinkt in deinem beschissenen Hirn hättest, würdest du aufwachen und mich losbinden!"

Mit einem frustrierten Knurren ziehe ich an meinen Fesseln. Ich versuche immer wieder, meine Arme loszureißen, bis ich vor Anstrengung keuche.

„Charles!" Ich versuche es erneut und mir laufen die Tränen über das Gesicht. „Bitte steh auf! Lass Preston nicht damit durchkommen! Wenn du es nicht für mich tun willst, dann tu es für dich selbst. Er wird dich umbringen!"

Der Samenspender stöhnt wieder. Endlich mal eine Regung! Charles rollt sich auf die Seite und keucht.

Langsam reißt er ein Auge auf – leichter gesagt als getan, da es so geschwollen ist – und sieht mich an.

„Jasmine." Mein Vater hustet, als ob das Sprechen ihn sehr viel Kraft kostet.

„Wer hat dir das angetan? Preston?"

Er schüttelt kurz den Kopf. „Angeheuerte … Schläger."

Ja, natürlich. Preston mag es nicht, sich die Hände schmutzig zu machen.

„Kannst du dich bewegen?" Ich behalte die Tür im Auge und warte darauf, dass Preston jeden Moment wieder auftaucht. „Kannst du mich losbinden?"

„Kann … versuchen … weiß … nicht … ob … es gelingt." Er hat wieder einen Hustenanfall.

„Pst! Nicht so laut!"

Charles kriecht in quälend langsamem Tempo auf mich zu. Jedes Mal, wenn er sich bewegt, gibt er dieses schreckliche Geräusch von sich, das mich an ein gequältes Tier denken lässt. Er keucht laut und Schweißperlen tropfen ihm über das Gesicht. Ich setze mich so weit auf, wie ich kann, als er es fast bis zum Bett geschafft hat, und rutsche so weit wie möglich rüber, damit er mich leichter erreichen kann. Gerade als er seinen Arm ausstreckt und versucht, sich auf das Bett zu stützen, geht die Tür auf.

„Das würde ich an deiner Stelle nicht tun." Preston ist wieder da, mit einer Waffe, die direkt auf meinen Vater gerichtet ist.

Ich fluche innerlich, als Charles mit dem Gesicht nach unten zusammensackt und sich geschlagen gibt. Ich war so nah dran. Ich weiß nicht, was es mir gebracht hätte, denn ich habe keine Ahnung, wie weit wir jetzt vom Meer entfernt sind, aber ich hätte es versucht. Lieber ertrinke ich beim Versuch zu fliehen, als hier zu liegen und mich von Preston missbrauchen zu lassen.

Preston zuckt zusammen. „Oh, Jasmine. Was soll ich nur mit dir machen? Du scheinst eine Lektion darin zu brauchen, mit wem du es zu tun hast." Bevor ich ihn fragen kann, was das ist, drückt er ab und schießt.

Ich schreie auf, als Blut durch Charles' rechtes Hosenbein sickert. Charles jedoch gibt keinen Laut von sich. Ich kann noch sehen, wie sich sein Rücken leicht hebt und senkt, während er schwer atmet, aber er ist völlig still. Er muss ohnmächtig geworden sein.

„Du bist ein verdammter Psychopath!" Ich ziehe so fest ich kann an den Fesseln und versuche, mich zu befreien. Ich schreie auf, als ich mir dabei fast die Schulter auskugle.

Preston richtet die Waffe auf mich. „Mach es nicht noch schwieriger, als es sein muss."

„Fick dich!"

Seine Augen blitzen vor Wut. „Du kleine Schlampe. Ich glaube, ich muss dir etwas Respekt beibringen."

Ich ziehe wütend an meinen Fesseln, als Preston immer näherkommt, aber es nützt nichts. Als er das Bett erreicht, steckt er die Waffe in den hinteren Hosenbund, klettert auf die Matratze und stößt mir sein Knie in die Brust, sodass ich kaum noch Luft bekomme. Ich stelle mich mit den Füßen auf das Bett und versuche eine Brückenpose einzunehmen, während er an dem Knopf meiner Jeans herumfummelt. Er steht im falschen Winkel, um ihm in die Eier treten zu können, aber das hält mich nicht davon ab, es zu versuchen.

„Halt still, du Schlampe!", knurrt er.

„Leck mich am Arsch!", kontere ich.

Ich drehe meinen Kopf, als seine Faust in mein Gesicht fliegt. Prestons Hand trifft meinen Wangenknochen, was verdammt weh tut, aber wenigstens war es nicht mein Auge, denke ich. Ich bin gerade lange genug betäubt, damit er meine Jeans öffnen und sie mir über die Hüften ziehen kann.

„Nimm deine dreckigen Hände von mir!"

Ich drehe und wende meinen Unterkörper und versuche zu verhindern, dass die Jeans an meinen Beinen herunterrutscht, aber dass ich meine Hände nicht benutzen kann, ist dabei nicht wirklich hilfreich.

Preston lächelt mich böse an, als er mir erfolgreich meine Hose ausgezogen und sie hinter sich geworfen hat. Er packt meine nackten Beine und bohrt seinen Daumen in einen Nerv an meinem oberen Innenschenkel. Ich schreie auf, als er fester drückt, und ein scharfer Schmerz raubt mir den Atem. Seine Hände sind nur wenige Zentimeter von meinem Höschen entfernt, als er meine Knie gegen meine Brust drückt. Preston hält meine Knie fest, während er auf das kleine Stück Baumwolle starrt, das meine nackte Muschi von seinen gierigen Augen trennt.

Preston beugt sich vor und legt einen Arm über meine Beine. Dann lässt er seine Hüften sinken und stöhnt.

„Falls du es noch nicht gemerkt hast, meine süße Blume, ich mag es, wenn du dich wehrst. Das macht meinen Schwanz hart." Er drückt seinen Steifen an mich und unterstreicht damit seine Aussage.

Ich fletsche die Zähne vor ihm. „Wie hast du mich gerade genannt?"

„Oh? Hat dir das gefallen? Ich weiß noch, dass deine Mutter das immer zu dir gesagt hat. Damals hielt ich es für einen albernen Kosenamen, aber jetzt bin ich neugierig, ob es eine genaue Beschreibung deiner süßen Fotze ist. Mein Sohn scheint auf jeden Fall der Meinung zu sein, dass sie es wert ist, dafür alles wegzuwerfen."

Preston umgreift wieder meine Knöchel und zieht sie um seine Taille, während er mich trocken bumst. Ich will gerade anfangen, zu schreien, als mein Zeh gegen die Waffe stößt. Ich zögere nicht eine Sekunde. Ich schließe meine Schenkel um Preston und bringe meine Füße gerade so weit zusammen, dass ich die Waffe aus seiner Hose ziehen kann.

Er merkt ziemlich schnell, was ich vorhabe, und befreit sich aus meinem Griff, aber nicht bevor ich die Waffe ergriffen und zu Boden geworfen habe. Preston dreht seine Hand zurück und verpasst mir eine Ohrfeige an derselben Stelle, an der er mich zuvor geschlagen hat. Meine Augen füllen sich mit Tränen und ich verliere schnell den Kampf, sie zu unterdrücken. Kotze steigt mir in die Kehle, als er meine Beine wieder an meine Brust presst und mich mit einem Blick der puren Ekstase auf seinem perversen Gesicht durch meine Unterwäsche reibt.

„Du bist ein kranker Bastard!"

Er lacht sardonisch, als er die Spitze seines Daumens durch die dünne Baumwollbarriere in mich eintaucht. „Und du bist verdammt aufreizend. Wir sind ein gutes Paar, nicht wahr?"

Ich durchforste hektisch mein Gehirn und versuche, einen Ausweg zu finden. Panik überwältigt mich, denn mein Verstand weigert sich, etwas Vernünftiges zu sagen. Wie oft muss ich noch von diesen elitären Arschlöchern angegriffen werden, bevor es mir reicht? Im Ernst, es ist ein verdammtes Wunder, dass ich noch bei Verstand bin. Ich weiß nicht, ob das noch lange der Fall sein wird, wenn das so weitergeht.

Nein, so kann ich nicht denken. Ich muss da rauskommen. Es gibt keine andere Möglichkeit. Wenn das, was Preston gesagt hat, wahr ist – wenn meine Mutter gestorben ist, weil sie versucht hat, das zu tun, was sie für das Beste für mich hielt – dann bin ich ihr das schuldig. Ich werde nicht zulassen, dass ihr Tod umsonst war. Ich werde nicht zulassen, dass diese kranken Wichser gewinnen. Ich wappne mich innerlich, während ich mir überlege, wie ich die Sache angehen soll.

Preston schenkt mir ein schmieriges Lächeln, während er den Bund meiner Unterwäsche festhält. „Ich denke, wir haben genügend Vorspiel gehabt, meinst du nicht? Lass uns die Dinger ausziehen, damit wir richtig Spaß haben können."

„Warte!"

Zu meiner Überraschung hält er tatsächlich inne. „Was?"

„Ich tue alles, was du willst." Ich versuche, so aufrichtig wie möglich zu klingen. „Ich verspreche es. Ich werde aufhören zu kämpfen … oder …, wenn du willst, dass ich so tue, als würde ich kämpfen, kann ich das auch tun."

Prestons Stirn ist unnatürlich glatt, obwohl er mich finster ansieht. „Hältst du mich für so dumm?"

„Nein." Ich schüttle den Kopf. „Ganz und gar nicht, ich schwöre. Ich brauche nur … Ich brauche nur zuerst etwas von dir."

Preston setzt sich wieder auf seine Knie und mustert mich genau. „Na gut, ich bin neugierig genug, dir den Spaß zu lassen. Was genau brauchst du von mir, bevor ich mir nehme, was ich von dir will?"

„Ich will diejenige sein, die ihn tötet. Charles, meine ich. Ich will, dass mein Gesicht über dem Lauf einer Waffe das Letzte ist, was er sieht."

Seine Augen verengen sich. „Und warum willst du das tun?"

„Wegen dem, was er meiner Mutter angetan hat", erkläre ich. „Da, wo ich aufgewachsen bin, gilt: Wenn dir jemand etwas Wertvolles wegnimmt, holst du es dir zurück, egal, was es kostet. Er hat meine Mutter erschießen lassen, also ist es nur fair, dass ich ihm das Gleiche antue."

Dem verrückten Bastard gefällt diese Idee. Das merke ich. Noch wichtiger ist, dass er anfängt, mir zu glauben.

„Alles, was du tun musst, ist mich losbinden. Dann kann ich Charles erschießen, wir können seine Leiche entsorgen und dann kannst du mit mir machen, was du willst." Als er immer noch zweifelt, füge ich hinzu: „Du kannst mich sogar Mahalia nennen, wenn du willst. Ich werde so lange so tun, als wäre ich sie, wie du es willst."

Ich schlucke schwer und warte darauf, dass er eine Entscheidung trifft. Als sich sein Gesicht in einem echten –

wenn auch bescheuerten – Lächeln erhellt, weiß ich, dass ich ihn am Haken habe.

„Okay … Ich beiße an." Seine Augen verengen sich wieder. „Aber glaube nicht, dass ich dir einfach die Waffe gebe und dich damit losziehen lasse. Ich werde direkt hinter dir stehen und die Waffe halten, während du abdrückst."

Mist. Das ist nicht gerade das, was ich mir erhofft habe, aber ich muss es einfach hinnehmen und mir den Rest nach und nach überlegen. Wenn ich Preston dazu bringen kann, mich loszubinden, kann ich viel besser improvisieren.

Ich nicke. „Okay."

„Dann … werde ich jedes einzelne deiner Löcher ficken, während du um Gnade schreist." Preston beobachtet mich genau, um meine Reaktion abzuschätzen.

Ich schlucke, damit er die Angst sehen kann, die seine Worte hervorgerufen haben. „Was immer du willst."

Er nickt, scheinbar zufrieden mit meiner Antwort. Preston rutscht vom Bett, um die Waffe zu holen und steckt sie wieder hinter seinen Rücken.

„Komm nicht auf dumme Gedanken, während ich die Fesseln löse. Wenn du noch einmal nach der Waffe greifst, werde ich deine Muschi mit dem Lauf ficken, während mein Schwanz in deinem Arsch steckt."

Verdammter Mist, dieser Mann ist gestört. Und zwar so richtig.

Ich halte den Atem an, als er näherkommt und über mich hinweg greift, um die Fesseln zu lösen. Als meine

Hände frei sind, reibe ich mir instinktiv die Handgelenke und atme erleichtert auf.

„Steh auf." Preston winkt mich mit einer Hand zu sich, während er mit der anderen die Waffe auf mich richtet. „Bringen wir es hinter uns."

Ich steige aus dem Bett und gehe langsam auf Preston zu, die Hände erhoben. Ich nehme mir vor, den Blick zu ignorieren, den er mir zuwirft, als er meine nackten Beine betrachtet und dabei besonders auf den Scheitelpunkt meiner Oberschenkel achtet.

„Braves Mädchen."

Als ich mich zu ihm geselle, dorthin, wo er über meinem bewusstlosen Vater steht, tritt er Charles in die Rippen, wodurch dieser wach wird. Preston dreht den geschundenen Mann mit der Spitze seines geschmacklosen Bootsschuhs um, sodass er auf dem Rücken liegt.

Ich schaue zwischen meinem Vater und der Waffe hin und her, die Preston auf ihn gerichtet hat. „Was muss ich tun? Ich habe noch nie mit einer Waffe geschossen."

Sein Mund verzieht sich zu einem Grinsen. „Komm her, süße Jasmine. Ich zeige dir, was du tun musst."

Ich gehe zögerlich ein paar Schritte auf ihn zu und schnappe überrascht nach Luft, als er mich am Arm packt und an sich zieht. Er schlingt seine Arme von hinten um mich und drückt seine Nase in mein Haar, während ich mit dem Rücken zu Preston stehe.

„Mmm … du riechst auch süß. Ich kann es kaum erwarten, deine Muschi zu probieren." Mir kommt die Galle hoch, als er mir seinen Ständer an den Po drückt. Preston nimmt meine Arme und bringt sie in Position. Er schlingt seine Hände um meine, während er meinen Zeigefinger über den Abzug der Waffe legt. „Jetzt werde ich die Waffe entsichern." Er macht eine Pause, um die Wirkung zu verstärken, bevor er genau das tut. „Dann zielen wir auf die Mitte seiner Stirn." Er senkt die Waffe, bis sie auf den Kopf meines Vaters gerichtet ist. „Wach auf, Charles! Das darfst du nicht verpassen."

Die Augen meines Vaters öffnen sich leicht und nehmen mich sofort ins Visier. Mein Atem stockt, als ich die Resignation in seinem Blick sehe – die Hoffnungslosigkeit. So sehr ich diesen Mann auch hasse, ich will ihn nicht wirklich töten. Das möchte ich nicht auf meinem Gewissen haben. Außerdem wäre es mir viel lieber, wenn er für den Rest seines Lebens in einer Gefängniszelle verrotten würde.

„Möchtest du noch etwas zu deiner Tochter sagen?", stichelt Preston. „Sprich jetzt oder schweige für immer."

„Es tut mir leid, Jasmine", würgt Charles hervor. „Alles."

Ohne Vorwarnung schießen mir die Tränen aus den Augen. Preston muss mich auffangen, als meine Knie einknicken.

Er gluckst. „Oh, mach jetzt keinen Rückzieher, Jasmin. Wir kommen gerade erst zum guten Teil."

Ich atme tief durch, als er meinen Finger wieder auf den Abzug legt. Mist! Denk schnell, Jasmine. Wie komme ich da nur wieder raus? Gerade als Preston langsam Druck auf meinen Finger ausübt, lässt ihn eine unheimlich ruhige Stimme abrupt innehalten.

„Lass sie los, oder ich jage dir eine Kugel ins Hirn."

KAPITEL SECHSUNDZWANZIG

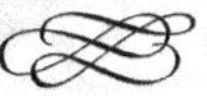

KINGSTON

Die Augen meines Vaters schwenken in meine Richtung und ich richte meine Waffe direkt auf ihn. Jazz schnappt nach Luft, als er einen Arm um ihren Oberkörper schlingt und seine Waffe auf ihre Schläfe richtet. Ich muss mich mit aller Kraft beherrschen, um ruhig zu bleiben.

„Aber, aber, Kingston. An deiner Stelle würde ich die Waffe weglegen. Du willst doch nicht, dass die arme Jasmine hier verletzt wird, oder?"

Ich schaue mir kurz an, wie mein Mädchen aussieht. Mein Kiefer kribbelt, als ich einen blauen Fleck auf ihrer linken Wange entdecke, aber ansonsten scheint sie relativ unversehrt zu sein. Aber wenn man bedenkt, dass ihre Hose weg ist, muss ich doch fragen.

„Geht es dir gut, Jazz?" Ich möchte mir in dem Moment, in dem die Worte meinen Mund verlassen, den Kopf abreißen. Natürlich geht es ihr nicht gut. Auch wenn mein Vater noch keine Gelegenheit hatte, richtigen Schaden anzurichten, ist da immer noch ein Verrückter, der ihr eine Waffe an die Schläfe hält.

„Mir geht es gut." Sie zuckt zusammen, als mein Vater seinen Griff fester macht.

„Das wird nicht lange so bleiben, wenn du weiterhin eine Waffe auf mich richtest", verspricht mein Arschloch von Vater.

„Lass. Sie. Verdammt. Noch mal. Los." Jedes Wort, das aus meinem Mund kommt, trieft vor eiskalter Entschlossenheit. „Ich habe keine Angst, dich zu töten."

„Wie der Vater, so der Sohn", knurrt er und richtet die Waffe jetzt direkt auf mich.

Leider hat er Jazz immer noch fest im Griff. Ich bin zuversichtlich, dass ich treffen kann, aber es kann zu viel schiefgehen, wenn ich schieße, während sie so nah bei ihm steht. Das ist kein Risiko, das ich eingehen will. Ich hoffe nur, dass die Jungs die Decks erfolgreich geräumt haben. Das Letzte, was ich gebrauchen kann, ist, dass noch jemand hier reinkommt.

„Ich bin nicht wie du, alter Mann."

„Wirklich?" Der Arm, der Jazz festhält, bewegt sich, bis seine Hand direkt über ihrer Brust liegt. Mein Zeigefinger juckt, als er sie spöttisch drückt. „Wir haben den gleichen Geschmack bei Frauen."

Ich muss es bewusst vermeiden, in Jazz Gesicht zu schauen, denn ich glaube nicht, dass ich es ertragen kann, ihre Angst zu sehen. „Ich werde es nicht noch einmal sagen, Dad. Lass sie gehen."

„Oder was?", höhnt er. „Ich glaube nicht, dass du den Mut hast, mich zu erschießen."

Ich ziele mit der Waffe nach rechts und drücke ab. Jazz schreit auf, als der Spiegel über der Kommode zerspringt. Aus dem Augenwinkel sehe ich Charles auf dem Boden kriechen, der sich langsam auf sie zubewegt. Ich werfe einen kurzen Blick in seine Richtung und stelle fest, dass er mich direkt ansieht und versucht, mir stumm seine Absichten mitzuteilen. Ich traue diesem Mistkerl normalerweise nicht über den Weg, aber ich glaube, dass sein Hass auf meinen Vater stark genug ist, um es dieses eine Mal tun zu können. Ich weiß aber, dass ich meinen Vater lange genug ablenken muss.

„Das glaubst du nicht?" Ein Muskel in seiner Wange zuckt, als ich ihn provoziere. „Warum nicht? Weil du all die Jahre ein so vorbildlicher Vater gewesen bist?"

„Du undankbarer kleiner Scheißer. Ich hätte dich umbringen lassen sollen, genau wie ich es mit deiner Mutter getan habe." Der Mund meines Vaters verzieht sich zu einem hämischen Grinsen, als er sieht, dass ich nicht schockiert bin. „Ah, ich sehe schon, das überrascht dich nicht. Vielleicht bist du doch schlauer, als ich es dir zugetraut habe. Weiß deine Schwester davon?"

„Ob sie weiß, was für ein böser Bastard du bist?", frage ich. „Ja. Kennt sie die Details dessen, was du und Callahan getan habt? Sie wird es bald herausfinden. Ich bin mir sicher, dass es bald in allen Nachrichtenkanälen zu sehen sein wird."

Seine Augen verengen sich. „Was soll das denn heißen?"

„Es bedeutet genau das, was ich gesagt habe. Wenn du von Bord gehst, wird Ainsley – und der Rest der Welt –

alle deine schmutzigen Taten kennen. Der Menschenhandel, die Unterschlagungen, die Kartellverbindungen, Bestechung und Erpressung. Alles davon." Als sich seine Augen weiten, fahre ich fort. „Weißt du, lieber Vater, das FBI ist euch beiden schon seit Langem auf der Spur. Und wie es der Zufall so will, hat deine sitzengelassene Geliebte Madeline ihnen das fehlende Puzzleteil gegeben, das sie benötigten, um euch auffliegen zu lassen. Euer Lagerhaus wird in diesem Moment durchsucht."

Seine Augen blitzen vor Wut, bevor er die Waffe auf Charles richtet und ihm in den Kopf schießt. Blut spritzt und Charles' lebloser Körper bleibt sofort still liegen. Mein Vater schwingt die Waffe zurück zu mir, aber Jazz nutzt die Ablenkung, um sich aus seinem Griff zu befreien und ihn von sich zu stoßen, bevor er den Abzug betätigen kann. Seine Waffe fällt zu Boden, und Jazz nutzt die Gelegenheit, um sich in einen Schrank zu ducken. Jetzt, wo sie nicht mehr in der Schusslinie ist, kann ich mich ganz darauf konzentrieren, diesen Wichser zu Fall zu bringen.

Die Nasenflügel meines Vaters blähen sich auf als er sich mit einem wilden Blick auf mich stürzt. Ich gebe ihm aber keine Chance, mich zu erreichen. Ich richte den Lauf meiner Waffe aus und schieße. Mein erster Schuss trifft ihn ins Bein, sodass er auf die Knie fällt. Er dreht sich um, als ihn mein zweiter Schuss in die Schulter trifft.

„Du hast auf mich geschossen!" Er kramt nach der Waffe, die er fallen gelassen hat, als Jazz ihn weggestoßen hat, aber er hat Schwierigkeiten, seinen Arm zu bewegen.

Ich trete vor und kicke die Waffe weg. „Und ich werde es wieder tun, wenn du nicht aufgibst. Lieber überlasse ich dich dem FBI, damit ich mich daran erfreuen kann, wie du für den Rest deines Lebens im Gefängnis verrottest und vergewaltigt wirst, aber ich habe keine Angst, dir das Hirn wegzublasen, wenn du mich dazu zwingst. So oder so, du bist kein Problem mehr."

„Du würdest deinen Vater für eine Muschi ermorden?", schreit er.

Ich lache höhnisch. „Nein. Ich würde dich umbringen, weil du ein sadistisches Arschloch bist, das es nicht verdient hat, zu atmen. Die Welt ist ohne dich ein besserer Ort."

„Seit wann bist du so gottverdammt selbstgerecht?" Das Gesicht meines Vaters wird blass und Schweißperlen rinnen ihm über die Stirn, als der Blutverlust sich bemerkbar macht.

„Ungefähr seit der Zeit, als ich herausfand, dass du für den Tod meiner Mutter verantwortlich bist. Aber um ehrlich zu sein, mochte ich dich schon vorher nicht besonders."

„Ich wünschte, du wärst nie geboren worden, du kleiner Wichser."

„Und ich wünschte, du wärst an diesem Tag gestorben und nicht sie."

Ich sehe den Moment, in dem er sich entscheidet, es zu tun. Ich nehme an, er denkt, er hat nichts zu verlieren, und ich kann ihm nicht widersprechen. Ich gebe meinen letzten Schuss ab, als mein Vater nach seiner Waffe greift. Die Kugel landet in der Mitte seiner Stirn und das Licht verschwindet augenblicklich aus denselben haselnussbraunen Augen, die ich jeden Morgen im Spiegel sehe. Ich wundere mich nur kurz, wie wenig mich die Tatsache berührt, dass ich gerade meinen Vater getötet habe, während ich meine Waffe hinten in meine Jeans stecke und direkt auf den Schrank zusteuere, in dem Jazz Schutz gesucht hat.

„Jazz."

„Oh mein Gott, geht es dir gut?" Jazz fährt mir hektisch mit den Händen über das Gesicht und untersucht mich auf Verletzungen.

„Mir geht's gut." Ich streiche leicht über den Bluterguss an ihrem Kiefer. Ihre Augen sind blutunterlaufen, weil sie geweint hat, und sie zittert, aber es scheint ihr ansonsten gut zu gehen. „Und dir? Hat er dich angefasst?"

Sie schüttelt den Kopf. „Nein. Er hatte keine Gelegenheit dazu, bevor du gekommen bist. Ist es … ist er …?"

Ich nicke. „Tot. Alle beide."

Jazz schlingt ihre Arme um meinen Hals, zieht mich an sich und schluchzt an meiner Brust. Ich halte sie fest und will sie nicht mehr loslassen. Ich lasse mich auf den Boden sinken und ziehe sie in meinen Schoß, um ihr Zeit zu geben, alles zu verarbeiten.

„Es ist also vorbei? Es ist wirklich vorbei?" Sie schnieft.

Ich küsse sie auf den Kopf. „Es ist vorbei."

„Kingston?" ruft mein Privatdetektiv John. „Die Luft ist rein, Bentley."

„Yo, Kumpel, bist du hier?"

Jazz hebt den Kopf. „Bent? Hier drinnen!"

Einen Moment später erscheinen Bentley und John in der Tür zum Kleiderschrank.

„Hey, mein Mädchen", sagt Bentley. „Alles in Ordnung?"

Sie schnieft. „Ja.“

John nickt mir anerkennend zu. „Alles in Ordnung? Ich habe Schüsse gehört.“

„Ja“, bestätige ich. „Alles in Ordnung da oben?“

„Ja, alles klar. Die einzige andere Person auf dem Boot war der Kapitän, und ich konnte ihn schnell überwältigen. Er ist mit Handschellen an eine der Relings auf dem Oberdeck gefesselt. Dein Freund Reed passt auf ihn auf.“

„Wie seid ihr alle so schnell hierhergekommen?“, fragt Jazz.

Ich streiche ihr ein paar Strähnen aus dem Gesicht und berühre das Medaillon um ihren Hals. „Ich habe an der Fahrschule gewartet, um dich abzuholen. Als ich sah, dass dein Fahrlehrer ohne dich zurückkam, habe ich das GPS überprüft. Als ich sah, dass du am Jachthafen warst, wusste ich, dass mein Vater dich erwischt haben muss. Ich habe die Jungs sofort angerufen und ihnen gesagt, dass sie mich hier treffen sollen.“

„Sind wir denn nicht auf dem Meer? Wo hast du ein Boot her?“

Ich nicke. „Etwa drei Kilometer oder so. Ich habe mir das Schnellboot von einem Typen geliehen. Er wollte gerade losfahren.“

Jazz zieht die Augenbrauen hoch. „Und er hat es dir völlig freiwillig überlassen, was?“

Ich zucke mit den Schultern. „Ich habe ihm die Schlüssel zu meinem Agera als Sicherheit gegeben.“

Sie lächelt sanft. „Zum Glück bist du so ein Stalker.“

„Ermutige ihn nicht noch, Jazzy.“ Bent lacht. „Was willst du jetzt machen, Bruder?“ Er macht eine ernstere Miene,

als er mit dem Kopf auf die beiden Leichen hinter ihm
deutet. „Was sollen wir mit ihnen machen?"

„Ich melde es. Ich muss mich ohnehin melden." John
hält sein Handy hoch. „Wenn du mich also entschuldigst."

Ich nicke. „Danke, Mann."

Ich atme tief durch und helfe Jazz beim Aufstehen.
Bentley wendet seinen Blick ab, als er bemerkt, dass sie
keine Hose anhat.

„Ich … äh … wir sehen uns oben, ja?"

Jazz errötet. „Ja, Bent. Danke."

Ich warte, während Jazz sich anzieht, dann verlassen
wir beide die Mastersuite, wobei wir den beiden Leichen
sorgfältig ausweichen. Jazz bleibt an der Türschwelle
stehen und dreht sich um, um den Raum noch einmal
genau zu betrachten. Sie atmet tief durch, als ihr Blick auf
Charles fällt, bevor sie meine Hand ergreift und wir
gemeinsam zur Brücke gehen. Kurz bevor wir dort
ankommen, um uns mit den Jungs zu treffen, halte ich
sie an.

Ihre zarten Augenbrauen runzeln sich. „Was ist los?"

„Nichts", versichere ich ihr. „Ich wollte nur etwas sagen,
bevor wir mit dem unvermeidlichen Shitstorm konfrontiert werden, wenn wir erklären müssen, was hier passiert
ist."

Jazz fährt mit ihrem Finger an meiner Augenbraue
entlang und über meinen Nasenrücken. „Und was möchtest du sagen?"

Ich drücke meine Lippen auf ihre. „Ich liebe dich. Du
weißt, dass sich das nie ändern wird, oder?"

Sie lächelt. „Ich weiß. Denn ich fühle dasselbe, auch

wenn du manchmal ein unausstehlicher Höhlenmensch bist."

Ich packe ihren Hintern, während ich sie an mich ziehe. „Darauf kannst du deinen süßen Arsch verwetten, dass ich das bin. Erwarte nicht, dass sich das ändert, wenn es um dich geht."

Jazz lacht. „Mach dir keine Sorgen, Großer. Ich mache mir keine Illusionen, dass das jemals passieren wird."

„Hauptsache, wir sind uns da einig." Ich zwinkere, bevor ich einen ernsteren Gesichtsausdruck annehme. „Alles in Ordnung?"

„Ja, das wird schon." Jazz nickt und zerrt an meiner Hand. „Komm schon, du Neandertaler. Bringen wir es hinter uns, damit wir mit dem Rest unseres Lebens weitermachen können."

Für mich klingt das verdammt perfekt.

KAPITEL SIEBENUNDZWANZIG

JAZZ

„Jasmine, schön, Sie endlich kennenzulernen."

Ich schüttle Sandra, meiner neuen Anwältin, die Hand. „Schön Sie kennenzulernen. Danke, dass Sie sich Zeit für uns nehmen. Es tut mir leid, dass wir den Termin immer wieder verschieben mussten. Es war ein verrückter Monat."

Sie schenkt mir ein mitfühlendes Lächeln. „Kein Problem. Bitte nehmen Sie beide Platz."

Kingston zieht mir einen Stuhl heran und setzt sich. Seit dem Tod unserer Väter sind zwei Wochen vergangen, und diese zwei Wochen waren ein einziger Orkan. Als die Nachricht von der Verhaftung durch das FBI bekannt wurde, wurden Kingston und ich von den Medien mit Interviewterminen überhäuft. Erst nachdem mein Freund ihnen nicht gerade freundlich gesagt hat, dass sie sich verpissen sollen, und ihnen gedroht hat, sie zu verklagen,

wenn sie ihn, mich und Ainsley nicht in Ruhe lassen, haben
sie sich zurückgehalten.

Wir sind gerade zu dritt in das Haus in Malibu gezogen
und ich habe endlich das Gefühl, dass ich aufatmen kann.
Ainsley hat die ganze Sache ziemlich hart getroffen, aber
wie Kingston und ich vorausgesagt hatten, war Reed dabei
eine große Hilfe. Ich glaube, das neue Haus wird uns allen
helfen, weil wir dort nicht mehr jeden Tag an unsere
Dämonen erinnert werden.

Sandra öffnet einen Ordner und holt ein paar Doku-
mente heraus. Sie legt sie mit einem Stift vor mich hin. „Als
wir am Telefon gesprochen haben, war Mr. Davenport
ziemlich klar, was Sie erreichen wollen, aber ich möchte es
auch von Ihnen hören."

Ich verkneife mir ein Lächeln, als ich aus den Augenwinkeln sehe, dass Kingston die Stirn runzelt. Der Junge
mag es nicht, wenn ihn jemand infrage stellt. Als ich seine
Hand nehme und mit dem Daumen über seine Fingerknöchel streiche, wird sein Gesichtsausdruck weicher.

„Natürlich."

„Also, die Papiere, die Sie vor sich hier vor sich haben,
betreffen die rechtliche Namensänderung. Ich brauche nur
noch Ihre Unterschrift und werde sie gleich morgen früh
beim Gericht einreichen. Da Sie volljährig sind, sollte es
keinen Grund geben, den Antrag nicht zügig zu bearbeiten.
Rivera wird in kürzester Zeit wieder Ihr legaler Nachname
sein."

„Danke." Ich schnappe mir den Stift und beginne, an
den markierten Stellen zu unterschreiben. „Und die andere
Sache, die wir besprochen haben?"

„Ja, natürlich." Sandra holt noch mehr Papierkram heraus. „Wie ich Mr. Davenport schon sagte, werden wir einen Antrag auf geteiltes Sorgerecht stellen, aber ich kann nichts versprechen, da kein Nachweis über Misshandlung oder Vernachlässigung vorliegt. Als Erstes wird das Gericht einen Anwalt für das Kind bestellen. Er dient als neutrale Stimme für das Kind, ohne seine Rechte und sein emotionales Wohlbefinden zu gefährden oder das Kind zu zwingen, sich auf die Seite des einen oder anderen Elternteils zu stellen. Oder, in diesem Fall, eines Elternteils und einer Schwester. Seine Aufgabe ist es, Fakten zu finden und die emotionale Komponente aus dem Spiel zu lassen. Wer auch immer vom Gericht mit dem Fall Ihrer Schwester betraut wird, wird sicherstellen, dass die Gesundheit, die Sicherheit und das Wohlergehen von Belle oberste Priorität hat, wenn er dem Gericht seine Empfehlungen gibt."

„Gut", sage ich ihr. „Ich würde es nicht anders wollen."

„Das ist gut zu hören", sagt sie. „Ich möchte meinen Kunden gegenüber offen sein und sie darauf hinweisen, dass Sorgerechtsstreitigkeiten kompliziert werden können, viel Zeit in Anspruch nehmen und die Kosten zweifellos in die Höhe gehen. Es gibt keine Garantie, dass Sie das Sorgerecht oder auch nur Besuchsrecht bekommen werden. Da Sie noch zur Schule gehen und mit Ihrem Teilzeitjob nicht genug Geld verdienen, um sich selbst finanziell zu versorgen, haben Sie von Anfang an einen schweren Stand. Möchten Sie trotzdem weitermachen?"

„Auf jeden Fall." Ich nicke. „Ich muss es wenigstens versuchen."

Sandra lächelt. „Okay, dann. Wenn …“

„Ich habe eine Frage“, unterbricht Kingston.

„Schießen Sie los, Mr. Davenport.“

„Würde es ihr helfen, wenn wir heiraten würden? Kalifornien ist ein Staat der Gütergemeinschaft, richtig? Wenn wir also heiraten würden, hätte sie automatisch Anspruch auf die Hälfte meines Vermögens.“

Mir fällt die Kinnlade runter. „Kingston! Ich kann nicht erwäg …“

Kingston hebt erwartungsvoll die Augenbrauen und schaut meine Anwältin an. „Und?“

Sie räuspert sich. „Nun, ja, das würde sicherlich helfen. Die Gerichte legen bei der Entscheidung über das Sorgerecht Wert auf Stabilität – sowohl in finanzieller Hinsicht als auch in Bezug auf die Familiendynamik. Allerdings gilt die Gütergemeinschaft nur für das Vermögen, das während der Ehe erworben wurde. Alles, was schon vorher vorhanden war, wäre davon ausgenommen.“

„Aber wenn wir ein gemeinsames Bankkonto eröffnen, gilt das auch als Jazz Vermögen, richtig?“

Sandra nickt. „Richtig.“

„Und wenn ich ihren Namen auf die Urkunde für das Haus setze, zählt das auch, oder?“

„Entschuldigung, was?“, werfe ich ein. „Warum solltest du mich als Eigentümerin eintragen lassen?“

Mein Freund lächelt. „Warum sollte ich nicht? Es ist genauso sehr dein Haus wie meins. Es spielt keine Rolle, wer es bezahlt hat.“

„Kingston!“

„Baby, lass uns die Zeit der netten Dame nicht damit

verschwenden, jetzt darüber zu diskutieren, okay?" Er zwinkert. „Wir können später darüber streiten – und über das Versöhnen."

Ich bedecke mein Gesicht mit meinen Händen. „Oh, mein Gott. Du bist manchmal so peinlich."

Meine Anwältin lacht. „Sie beide erinnern mich an meinen Mann und mich in Ihrem Alter."

„Wie lange sind Sie schon verheiratet?", frage ich.

„Nächsten Monat dreißig Jahre." Sie hält verschwörerisch eine Hand an die Seite ihres Mundes: „Und der Versöhnungssex ist immer noch so heiß wie am Anfang."

Kingston lacht, während ich merke, wie mein Gesicht rot anläuft.

Ich werfe ihm einen bösen Blick zu. „Um dich kümmere ich mich später."

„Wie auch immer …" Ich zeige mit dem Daumen in Kingstons Richtung. „Bevor wir so unhöflich von diesem Idioten unterbrochen wurden … was meinten Sie?"

„Kurz gesagt, es wird nicht einfach werden." Sie neigt ihren Kopf in Kingstons Richtung. „Aber die Vorschläge von Mr. Davenport würden sicher helfen."

Ich seufze. „Okay. Ich schätze, wir werden das zu Hause besprechen und uns dann wieder bei Ihnen melden."

Sie nickt. „Klingt gut. In der Zwischenzeit werde ich den Antrag auf Änderung Ihres Namens einreichen."

„Danke."

Kingston und ich stehen beide auf und schütteln der Anwältin die Hand, bevor wir ihr Büro verlassen.

Sobald wir im Auto sitzen, schlage ich ihm kräftig

gegen den Arm. „Ich kann nicht glauben, dass du das da drinnen erwähnt hast!"

Er hält seine Hände kapitulierend in die Höhe. „Ganz ruhig, Rocky. Ich habe nur versucht zu helfen."

„Kingston! Du kannst nicht einfach vorschlagen, dass wir heiraten, um die Chancen bei einem Sorgerechtsstreit zu erhöhen."

„Ich habe nicht vorgeschlagen, dass wir heiraten, nur um das Sorgerecht zu bekommen. Ich habe es getan, weil wir es ohnehin tun werden. Wenn es also dem Fall hilft, warum nicht lieber früher als später heiraten?"

Ich reibe mir den Nasenrücken. „Tut mir leid, habe ich den Teil verpasst, indem du mich gebeten hast, deinen Arsch zu heiraten?"

Er grinst. „Oh, Baby, als ob ich dir da eine Wahl lassen würde."

Mein Stinkefinger ist wieder da. „Arroganter Arsch."

Kingston zieht mich am Hinterkopf zu sich und küsst mich. „Tu nicht so, als würdest du es nicht lieben."

Ich weiche zurück und schiebe ihn von mir, denn er hat recht: Ich kann nicht sagen, dass ich es nicht liebe.

„Wie auch immer", murmle ich. „Du hast Glück, dass ich dich so sehr liebe."

Er lacht. „Da kann ich dir nicht widersprechen, Babe."

„Habt ihr es schon gehört?", fragt Ainsley.

Sie stürmte auf uns zu, kaum dass Kingston und ich aus dem Auto ausgestiegen waren.

„Was gehört?", fragt Bentley und steigt aus seinem Porsche aus, der neben unserem steht.

„Schulleiter Depp wurde am Wochenende gefeuert", erklärt Reed.

„Was?", fragt Kingston. „Warum?"

Ainsley lächelt. „Er wurde dabei erwischt, wie er Elinor Jackson in der Aula gevögelt hat."

„Wow." Bentley pfeift. „Warte. Wer ist Elinor Jackson?"

„Die Frau eines Sponsors." Ainsleys Augen weiten sich. „Eine Ehefrau eines des größten Förderers der Schule! Es wird gemunkelt, dass er die Entlassung von Schulleiter Davis gefordert hat, weil er sonst keine Schecks mehr an die Schule ausstellen würde, und dass er seinen beträchtlichen Einfluss bei den anderen Förderern nutzen würde, um das Gleiche zu tun."

„Verdammt. Ich kann nicht behaupten, dass ich dieses Arschloch vermissen werde." Ich zucke mit den Schultern.

„Ich auch nicht", stimmt Kingston zu.

„Wie auch immer …" Ainsley fährt fort. „Heute findet anstelle der ersten Stunde eine Versammlung in der Turnhalle statt. Sie werden den neuen Schulleiter vorstellen."

„Na, das hat ja nicht lange gedauert, bis sie einen Ersatz gefunden haben", bemerkt Bentley. „Weißt du schon, wer es ist?"

„Jemand von einer anderen Privatschule in der Gegend, glaube ich." Ainsley nickt mit dem Kopf in Richtung des Gebäudes, in dem sich die Turnhalle befindet. Oder Athletic Center, wie die Windsor Snobs es gerne nennen.

„Wir sollten hineingehen, damit wir zusammen einen Platz finden.“

Als wir in der Turnhalle ankommen, ist sie bereits relativ voll, also stellen wir uns an die Seitenwand, anstatt zu versuchen, auf der Tribüne Platz zu finden. Mrs. Fuller, eine der Direktorinnen, geht zum Podium und wartet, bis alle Platz genommen haben, bevor sie das Wort ergreift.

„Guten Morgen, Schülerinnen und Schüler. Wie einige von euch vielleicht schon gehört haben, ist Schulleiter Davis nicht mehr unter uns. Er hat … beschlossen, sich zu verändern.“

„Ja, sich und seine Stellungen mit Mrs. Jackson“, flüstert Ainsley.

Dem Gelächter der Schülerschaft nach zu urteilen, würde ich sagen, dass ähnliche Kommentare im Umlauf sind.

„Ruhe!“, fordert Mrs. Fuller die Anwesenden auf. Sobald es wieder still wird, fährt sie fort. „Wie ich schon sagte, haben wir einen neuen Schulleiter, der heute anfängt, und ich möchte, dass ihr ihn alle herzlich in Windsor willkommen heißt!“ Sie deutet auf den Mann mittleren Alters, der an der Seite sitzt. „Begrüßt bitte Schulleiter Carrington.“

Der Mann stellt sich zu Mrs. Fuller auf das Podium und wartet darauf, dass der spärliche Applaus aufhört. „Vielen Dank, meine Damen und Herren. Ich freue mich sehr, hier zu sein. Ich war in den letzten fünfzehn Jahren Schulleiter der Cambridge Prep und obwohl ich meine Zeit dort sehr genossen habe, freue ich mich sehr über diese Chance. Ich war früher selbst ein Windsor-Wolf und wollte schon immer an den Ort zurückkehren, der zu meinen schönsten Erinnerungen gehört.

Es freut mich sehr, dass meine Tochter auch ein Windsor-Wolf sein wird. Ich weiß, dass es nicht typisch für einen Schüler ist, so spät im Schuljahr zu beginnen, aber ich bin dankbar, dass der Vorstand bereit war, eine Ausnahme zu machen, damit sie ihren Abschluss an meiner Alma Mater machen kann." Er schaut sich im Publikum um, bis er jemanden entdeckt. „Mach schon, Schatz. Steh auf."

Bentley schnaubt. „Es gibt nichts Besseres, als von deinem Daddy vor der ganzen Schule vorgeführt zu werden."

Ainsley klopft ihm mit dem Handrücken auf die Schulter. „Sei nett, Bentley."

„Schatz, sei nicht so schüchtern", sagt der Schulleiter. „Steh auf, damit dich alle sehen können."

Alle Blicke folgen dem des Schulleiters, als seine Tochter von der Tribüne aufsteht. Verdammt! Das Mädchen sieht wirklich aus wie Zendayas kleine Schwester, nur mit mehr Kurven. Sie schiebt ihre langen Korkenzieherlocken zur Seite und steht aufrecht da, während der ganze Raum sie anstarrt wie ein Tier im Zoo. Ich kann es ihnen nicht verübeln – ich starre sie auch an. Sie ist verdammt hübsch.

„Ich möchte nicht in ihrer Haut stecken", sage ich. „Aber eins muss man ihr lassen, sie hält ihren Kopf hoch. Das braucht Mut in dieser Menge."

„Was soll der Scheiß?", flüstert Bentley.

Ich spüre, wie Kingston sich neben mir kurz versteift,

kurz bevor er seinen Arm vor Bentley ausstreckt. „Lass das, Mann. Nicht hier."

„Meine Damen und Herren", fährt der Schuldirektor fort. „Ich möchte euch meine Tochter Sydney vorstellen. Sie ist dieses Jahr in der Abschlussklasse."

Ich schaue nach links und sehe, wie Bentleys Nasenflügel sich aufblähen, während Reed und Kingston Bent festhalten, als würden sie denken, er würde gleich ausrasten oder so.

„Was ist hier los?", flüstere ich Bentley zu. „Kennst du sie etwa?"

„Oh, ich kenne sie verdammt gut", zischt Bentley. „Aber was ich nicht weiß, ist, warum sie noch in der Highschool ist, obwohl sie schon längst auf dem College sein sollte."

Ich runzle verwirrt die Stirn, während ich mich zu Ainsley beuge. „Hast du eine Ahnung, wovon er spricht?"

Ainsleys Kinnlade hängt schlaff herunter und sie starrt das Mädchen an. „Äh ..."

„Was habe ich verpasst?" Ich stelle die Frage jetzt ganz allgemein in die Runde. „Wer ist sie?"

„Sie ist eine verdammte Lügnerin und eine Hure, das ist sie." Bentleys hasserfüllter Tonfall lässt mich zurückschrecken. „Scheiß auf diesen Mist. Ich haue ab."

Kingston und Reed laufen Bentley hinterher, als er aus der Turnhalle stürmt.

„Ainsley? Was zum Teufel war das? Wer ist dieses Mädchen?"

Ainsley schluckt. „Erinnerst du dich an die Geschichte, die mein Bruder dir über die Verbindungsparty erzählt hat? In der Nacht, in der Carissa überfallen wurde?"

„Ja … aber was hat das mit dem hier zu tun?"

Ainsley nickt in Richtung Sydney. „Weil das die angebliche Studentin ist, die Bentleys Schwanz im Mund hatte, als Carissa auf die Party kam."

„Was?!" Mir fällt die Kinnlade runter. „Ich dachte, er erinnert sich kaum an irgendetwas von dieser Party. Wie kann er sich daran erinnern, wie sie aussieht? Woher weißt du, wie sie aussieht, wenn du nicht einmal dort warst?"

„Weil die Bilder nach der Party überall auf Insta und Snapchat kursierten, bevor sie geflaggt wurden. Ich kann dir gar nicht sagen, wie oft jemand Bentley einen Screenshot von ihm geschickt hat, wie er sich vor der ganzen Party einen blasen lässt.

Diese Idioten dachten, er würde sich über die Erinnerung freuen, weil sie keine Ahnung hatten, dass wir damals versuchten, Carissa über ihr Trauma hinwegzuhelfen."

Ich wende mich an sie. „Aber wieso ist Bentley so wütend auf das neue Mädchen? Den Teil verstehe ich nicht. Sie hat ihn nicht gezwungen, seinen Schwanz in ihren Mund zu stecken, und sie hatte auch keine Ahnung, dass Carissa auf der Party auftauchen würde. Wahrscheinlich wusste sie gar nicht, dass Carissa überhaupt existiert."

Ainsley zuckt mit den Schultern. „Ich vermute, dass dieses Mädchen eine lebende Erinnerung an das ist, was Bentley für seinen größten Fehler hält. Er dachte wahrscheinlich, dass er ihr Gesicht nie wieder sehen würde, und das war ihm auch ganz recht so."

Ich halte mir eine Hand vor den Mund. „Oh Gott. Armer Bent."

Ainsley schnaubt. „Wenn du jemanden bemitleidest,

dann lass Sydney Carrington nicht aus. Ich habe nämlich das Gefühl, dass Bentley das nicht gut verkraften wird."

Oh, verdammt. Das kann ich mir gut vorstellen. Ich habe Bentleys gemeine Ader schon ein paar Mal erlebt und ich möchte nicht die Leidtragende sein. Seiner Reaktion nach zu urteilen, würde ich sagen, dass er in diese Richtung tendiert.

„Scheiße", murmle ich.

„Ja …" Ainsley stimmt mir zu. „Das bedeutet, dass gleich eine Shitshow beginnt. Ich nehme an, es war nur eine Frage der Zeit, bis das Drama wieder losgehen würde. Schließlich sind wir hier in Windsor."

Herrlich. Genau das, was wir alle brauchen: noch mehr Drama.

JAZZ

„Hallo?"

„Hallo. Ist dort Jasmine Callahan?"

"Am Apparat." Jedenfalls, bis meine Namensänderung durch ist. „Wer spricht dort?"

„Mein Name ist Bryant Jacoby. Ihr Vater hat mich beauftragt, das Nachlassvermögen zu verwalten. Er bat mich, Sie im Falle seines Ablebens zu kontaktieren."

„Oh." Ich runzle verwirrt die Stirn. Ich dachte, das FBI hätte das gesamte Vermögen von Charles beschlagnahmt. „Was kann ich für Sie tun, Mr. Jacoby?"

Er räuspert sich. „Ja … Sie müssen so schnell wie möglich in mein Büro kommen, um einige Papiere zu unterschreiben."

Jetzt bin ich wirklich verblüfft. „Welchen Papierkram?"

Kingston kommt durch die Vordertür, als ich im Wohnzimmer auf und ab gehe. „Mit wem redest du?", fragt er.

„Es tut mir leid, Mr. Jacoby, könnten Sie bitte einen Moment warten?"

„Ja, natürlich."

Ich drücke die Stummschalttaste meines Telefons, um Kingstons Frage zu beantworten. „Charles' Anwalt. Er sagt, er braucht mich, um einige Papiere für den Nachlass zu unterschreiben."

Kingston sieht genauso verwirrt aus wie ich. „Stell ihn auf Lautsprecher."

Ich schalte den Anruf auf laut und drücke den Lautsprecher, während Kingston und ich auf der Couch sitzen. „Okay, ich bin wieder da. Also, was sagten Sie über den Papierkram?"

„Für den Nachlass", wiederholt er. „Damit ich Ihnen das Geld auszahlen kann, benötige ich Ihre Unterschrift auf einigen Dokumenten."

Ich kneife mir in den Nasenrücken. „Mr. Jacoby, ich will ganz offen sein. Ich habe keine Ahnung, wovon Sie reden. Ich nehme an, Sie haben schon vor dem Tod meines Vaters von seinen Verfehlungen gehört?"

„Nun … ja, natürlich", stottert er.

„Dann können Sie vielleicht meine Verwirrung verstehen. Soweit ich weiß, wurde das gesamte Vermögen von Charles Callahan eingefroren, bis man herausgefunden hat, ob und welche Gelder legal erworben wurden. Und bis mögliche Entschädigungen ausbezahlt wurden."

„Ja, das ist richtig. Aber ich beziehe mich nicht auf sein Vermögen, Miss Callahan. Ich beziehe mich auf das Ihrer Mutter. Mahalia Rivera war doch Ihre Mutter, nicht wahr?"

„Ja …“ Ich dehne das ’a’ ziemlich lange aus. „Aber sie hatte kein Vermögen. Ich war Mitinhaber ihres einzigen Bankkontos und sie besaß weniger als hundert Dollar, als sie starb.“

Mr. Jacoby räuspert sich, dieses Mal etwas lauter. „Miss Callahan, ich glaube, Sie irren sich. Ihre Mutter ist die alleinige Eigentümerin mehrerer großer Investmentkonten, und sie hat Sie als alleinige Begünstigte dieser Konten angegeben. Ihr gesamtes Vermögen beläuft sich derzeit auf etwa zweihundertzweiundsechzig Millionen Dollar.“

„Was?!“ Jetzt bin ich an der Reihe, zu stottern. „Wie ist das möglich?“

Kingstons Augen weiten sich. „Mr. Jacoby, mein Name ist Kingston Davenport. Ich sitze hier mit Jazz … äh, Jasmine. Darf ich Ihnen ein paar Fragen stellen?“

„Miss Callahan, ist es in Ordnung, vor Mr. Davenport frei zu sprechen?“, fragt er.

„Ja, natürlich“, bestätige ich.

„In diesem Fall … fahren Sie bitte fort, Mr. Davenport.“

„Wann wurden diese Konten ursprünglich eingerichtet?“

Es klingt, als würde der Anwalt in irgendwelchen Papieren blättern. „In einem Zeitfenster von zwei Jahren, vor etwa sechzehn bis achtzehn Jahren. Sie wurden jeweils mit genau zehn Millionen Dollar eröffnet und haben seither erheblich an Wert gewonnen.“

„Bleiben Sie bitte noch einmal dran.“ Kingston drückt die Stummtaste und dreht sich zu mir um. „Er hat Vermögen in ihrem Namen versteckt. Wenn sie etwas unterschrieben hat, um diese Konten zu eröffnen, dann vielleicht unter Zwang, oder sie wusste nicht, was sie da unterschreibt. Wenn sie nicht wusste, dass diese Konten existierten, hatte Charles immer noch vollen Zugang zu ihnen und konnte alles tun, was er wollte, solange er es online tat." Kingston schaltet das Gespräch wieder auf laut. „Können Sie uns sagen, ob im Laufe der Jahre weitere Gelder hinzugefügt wurden?"

„Ja. Mehrfach sogar. Ich habe die vierteljährlichen Kontoauszüge der letzten sieben Jahre. Sie können sie gerne durchsehen, wenn Sie kommen, um den entsprechenden Papierkram zu unterschreiben."

„Mr. Jacoby, ich werde Sie zurückrufen müssen."

„Aber …"

Ich beende den Anruf, bevor er seinen Satz zu Ende sprechen kann.

„Das ist Blutgeld, Kingston. Ich will damit nichts zu tun haben. Warum sollte er mir das Geld überlassen?"

„Ich glaube, er hat dich tatsächlich auf seine eigene verkorkste Art und Weise geliebt, und für Charles ist Geld das Wichtigste. Vielleicht war das seine Art, dir das zu sagen."

„Ich will sein schmutziges Geld nicht!"

„Jetzt warte mal kurz", sagt er. „Was willst du denn sonst tun? Es dem FBI übergeben?"

„Genau das werde ich tun!" Ich werfe meine Hände in die Luft. „Hast du einen anderen Vorschlag?"

Er lächelt. „Den habe ich."

"Und welchen?"

„Du kannst es für wohltätige Zwecke spenden … für die Opfer des Sexhandels. Oder wir können eine neue Stiftung gründen. Überleg mal, was das Geld alles bewirken kann, Jazz. Außerdem wäre es eine verdammt gute Rache an Charles."

„Ich weiß nicht …"

Kingston ergreift meine Hand. „Denk einfach darüber nach, okay? Wenn du das Geld nimmst, kannst du sicherstellen, dass es direkt an die Opfer von Leuten wie unseren Vätern geht. Verdammt, vielleicht sogar die Opfer genau unserer Väter. Diese Frauen – und einige Männer – können eine Therapie machen und Hilfe beim Wiedereinstieg in ein normales Leben bekommen. Es könnte sogar private Organisationen finanzieren, die Menschenhändlerringe jagen und zerschlagen. Mit dem Geld lässt sich eine Menge Gutes erreichen. Würdest du es wenigstens in Betracht ziehen?"

Ich denke einen Moment lang darüber nach. „Okay."

„Okay, du überlegst es dir?"

Ich schüttle den Kopf. „Nein. Okay, ich werde es tun. Aber du musst mir helfen, seriöse Stellen zu finden, an die das Geld geht. Ich will sichergehen, dass jeder Cent, auf welche Weise auch immer, direkt an die Opfer geht."

„Ich werde dich bei jedem Schritt begleiten, Jazz."

„Ich sollte ihn wohl gleich zurückrufen und einen Termin für die Unterzeichnung der Papiere vereinbaren, oder?"

Kingston nimmt mein Telefon und reicht es mir. „Und sobald du fertig bist, fangen wir an, nach Wohltätigkeitsorganisationen zu suchen."

Ich nicke. „Abgemacht."

„Was denkst du, Kleines?" Kingston setzt Belle in ihrem neuen Zimmer ab und beobachtet, wie sie auf ihr neues Bett springt.

„Ich liebe es!", quietscht sie. „Das gehört alles mir?"

Ich lächle. „Es gehört dir, mein Schatz. Immer wenn dein Papa sagt, dass du hier übernachten darfst, wirst du hier übernachten."

Belle rennt durch ihr Zimmer und sieht sich alles an. „Ich wünschte, ich könnte für immer hier wohnen!"

Ich neige meinen Kopf zur Seite. „Aber würdest du deinen Daddy nicht vermissen?"

Belle schaut weg und zuckt mit den Schultern. „Ich weiß nicht. Daddy ist nicht sehr nett und Monica ist jetzt weg."

„Was meinst du damit, Monica ist weg? Wann ist das passiert?" Ich setze mich auf den übergroßen rosa Stuhl in der Ecke ihres Zimmers. „Komm, setz dich zu mir, Süße, und erzähl mir, was passiert ist."

Belle klettert auf meinen Schoß. „Ich habe gehört, wie Monica ihn angeschrien hat, weil er die Nachbarin geküsst hat. Sie ist neulich nicht von der Arbeit nach Hause gekommen und Daddy sagt, dass sie nie wieder zurückkommt."

Ich seufze. Ich wusste, dass es nur eine Frage der Zeit war, bis Jerome diese Beziehung in den Sand setzen würde. „Es tut mir leid, Schatz. Wenn du darüber reden willst, können wir uns jederzeit per FaceTime sehen, egal ob Tag oder Nacht, okay?"

Sie runzelt die Stirn. „Muss ich denn zurückgehen? Kann ich nicht einfach mit dir und Kingston hier am Strand leben?"

Ich schenke ihr ein trauriges Lächeln. „Oh, Schatz, ich wünschte, es wäre so einfach."

„Hey, Prinzessin." Kingston kniet sich vor uns hin und nimmt Belles Hand. „Wenn wir es möglich machen könnten, dass du immer bei uns wohnst, würdest du das wollen? Du müsstest die Schule wechseln und alles."

Ich verdrehe die Augen und werfe Kingston einen „Was zum Teufel machst du da?"-Blick zu. Die Anwältin hat uns erst vor einer Woche gesagt, dass es ein langwieriger Prozess sein wird.

„Ja!" Belle nickt. „Mein Lehrer ist sowieso ein fieser Arsch, also ist es mir egal, ob ich mir einen neuen suchen muss."

Kingston lacht, während er Belle einen Kuss auf die Stirn gibt und das Gleiche bei mir tut. „Ich bin bald wieder da, okay? Ich muss mich kurz um etwas kümmern."

Ich beobachte ihn misstrauisch. „Und um was?"

Er zwinkert. „Das wird eine Überraschung."

Als Kingston einige Stunden später zurückkommt, schläft Belle auf der Couch und Ainsley schnarcht leise neben ihr. Wir haben Sandburgen gebaut und eine Weile mit Ainsley am Strand gespielt, bevor wir zu dritt ins Haus zurückgegangen sind und einen Prinzessinnenfilm-Marathon gemacht haben. Keiner von ihnen schaffte die Hälfte des ersten Films, bevor sie einschliefen.

„Hey", flüstere ich, um die Mädchen nicht zu wecken.

„Hey", flüstert er zurück. „Komm, wir reden draußen auf der Terrasse."

Vorsichtig löse ich mich aus Belles Griff und folge Kingston nach draußen.

„Komm, setz dich zu mir, Baby." Er klopft auf den leeren Platz auf der Liege.

Ich lasse mich zwischen Kingstons gespreizten Beinen nieder und lehne mich an seine Brust. Die Sonne ist bereits untergegangen, also hören wir ein paar Augenblicke lang den Wellen zu, die gegen das Ufer schlagen, bevor er spricht.

„Also … ich habe etwas angestellt."

Ich drehe mich um und schaue ihn an. „Was hast du getan?"

„Ich war bei Jerome."

„Was? Warum?"

„Nach dem, was Belle vorhin gesagt hat … habe ich mir etwas überlegt. Ich bin überrascht, dass es mir nicht schon früher in den Sinn gekommen ist, aber ich hatte eine Ahnung und wollte sehen, ob ich recht habe."

„Womit?"

„Ich wollte sehen, ob Belles Vater an einer privaten Sorgerechtsverhandlung interessiert ist."

„Was meinst du damit?"

„Wir haben ihn doch für unsere wöchentlichen Besuche bei ihr bezahlt, oder?"

„Du hast ihn bezahlt", korrigiere ich.

Kingston kneift mich in die Seite. „Wie ich schon sagte, wir haben ihn für die wöchentlichen Besuche bezahlt, richtig? Das hat mich zum Nachdenken gebracht. Was wäre, wenn er einen Pauschalbetrag bekommen würde und wir sie jeden Tag haben könnten?"

„Ich kann dir nicht folgen, Kingston."

„Ich habe auf der Fahrt mit Sandra gesprochen. Sie hat mir bestätigt, dass du als einzige Verwandte von Belle einen Antrag stellen könntest, ihr gesetzlicher Vormund zu werden, wenn Jerome seine elterlichen Rechte aufgibt. Da du jetzt volljährig und finanziell und familiär abgesichert bist, gibt es keinen Grund, warum das Gericht deinen Antrag ablehnen sollte. Sandra hat gesagt, dass sie einen Eilantrag stellen kann, damit uns das Sorgerecht vorübergehend zugesprochen wird, bis die ganzen rechtlichen Dinge geklärt sind."

„Ist das dein Ernst?" Ich drehe mich um und schlinge meine Beine um seinen Rücken. „Hast du mit Jerome darüber gesprochen?"

„Ja." Kingston nickt. „Er hat mir gesagt, wenn ich ihm einen Scheck ausstelle, unterschreibt er alles, was wir wollen. Das Arschloch meinte noch, dass er nie ein Kind wollte und wir ihm damit sogar einen Gefallen tun würden."

Ich lache. „Ja, als ob wir uns um ihn Gedanken machen würden."

„Genau." Kingston rollt mit den Augen. „Wie auch immer … Sandra hat gesagt, dass sie gleich morgen früh den Papierkram aufsetzen wird. Jerome unterschreibt, ich überweise ihm das Geld, und sie gehört uns."

„Oh, mein Gott." Ich runzle die Stirn, als mir etwas in

den Sinn kommt. „Wie viel hat er verlangt? Was denkt er, wie viel Geld sie wert ist?"

„Ich habe ihm gesagt, er soll eine Zahl nennen. Er sagte eine Million. Ich glaube, er hat nicht erwartet, dass dazu bereit bin, aber als ich zustimmte, machte der Mann einen Freudensprung."

„Kingston ... Das kann ich nicht zulassen. Ich würde es dir nie zurückzahlen können." Ich fahre mit meinem Finger über seine Augenbraue. „Ich liebe dich so sehr dafür, dass du es vorgeschlagen hast, aber ..."

Er kneift meine Lippen zusammen. „Ich liebe sie auch, Jazz. Ich will Belle auch in unserem Leben haben. Ich tue das genauso sehr für mich wie für dich und sie. Ich hätte ihm mein ganzes Vermögen gegeben, wenn er danach gefragt hätte. Es ist nur Geld."

Ich lache. „Nur jemand, der noch nie Mühe hatte, Essen auf den Tisch zu bekommen, würde so etwas sagen."

Kingston wirft mir einen schiefen Blick zu. „Konzentriere dich auf das, was wirklich wichtig ist, Jazz. Belle kann zu uns gehören. Für immer. Du musst nur Ja sagen."

Ich krabbele auf seinen Schoß und überhäufe seinen Kiefer mit Küssen. „Ja. So viele Jas, wie du nur willst."

Er lächelt. „Hoffentlich sagst du das auch noch, wenn ich dir eine andere lebensverändernde Frage stelle."

Ich lächle zurück. „Du brauchst nur zu fragen."

„Gut zu wissen." Er zwinkert.

„Ich wünschte, meine Mutter könnte uns jetzt sehen. Sie würde sehen, wie glücklich wir alle sind und dass wir zusammen sind."

Ich lege mein Gesicht in Kingstons Handfläche. „Ich

denke, unsere beiden Mütter können uns sehen. Wahrscheinlich hängen sie zusammen auf einer flauschigen Wolke, haben die Arme umeinander gelegt wie auf dem Foto auf dem Kaminsims und schwärmen davon, wie sich ihre Kinder ineinander verliebt haben."

Ich lächle, weil ich es mir genau vorstellen kann. „Glaubst du das?"

„Das glaube ich wirklich." Er nickt langsam und schaut mir in die Augen. „Ich liebe dich verdammt noch mal so sehr, Jazz. Ich werde nie aufhören, dir das zu sagen, also wenn du ein Problem damit hast, solltest du es besser sofort vergessen."

Ich lache, denn nur dieser Mann schafft es, Schimpfwörter in eine solche romantische Aussage einzubauen. „Keine Sorge, Höhlenmensch, ich gehe nirgendwo hin."

„Wenn du es je versuchst, werde ich …"

Ich rolle spielerisch mit den Augen. „Ja, ja, ich weiß. Du wirst mir den Arsch aufreißen."

Seine schönen grün-goldenen Augen glitzern amüsiert. „Darauf kannst du selbigen verwetten, Süße."

ANMERKUNG DES AUTORS: Vielen Dank, dass Sie mich bei der Entwicklung von Jazz & Kingston begleitet haben! Obwohl ihre Geschichte abgeschlossen ist, war ich nicht bereit, mich von diesen Charakteren zu verabschieden, also bekam Bentley sein eigenes Buch! Sie finden BROKEN PLAYBOY bei Amazon oder überall dort, wo Taschenbücher verkauft werden.

ÜBER DEN AUTOR

Laura Lee ist *USA*-Today-Bestsellerautorin von manchmal pikanten, manchmal schreiend komischen Liebesromanen. Ihren ersten Schreibwettbewerb gewann sie im zarten Alter von neun Jahren, was ihr eine Reise in die Landeshauptstadt einbrachte, um dort ihr Manuskript vorzustellen. Zum Glück für sie werden diese frühen Werke nie wieder das Licht der Welt erblicken!

Laura lebt im pazifischen Nordwesten mit ihrem wunderbaren Ehemann, zwei großartigen Kindern und drei der am schlechtesten erzogenen Katzen, die es gibt. Sie mag ihre Frucht-Smoothies am liebsten mit Rum, ihre Schränke mit Cadbury's-Schokolade gefüllt und ihre Musik laut aufgedreht. Wenn sie nicht gerade mit den Kindern herumjagt, schreibt oder Fernsehen schaut, liest sie alles, was sie in die Finger bekommt. Sie hat eine Schwäche für pikante Liebesromane, hauptsächlich für solche, die sie zum Lachen bringen!

Weitere Informationen über die Autorin findest du auf ihrer Website unter: www.LauraLeeBooks.com

Du kannst sie auch gelegentlich in den sozialen Medien „arbeiten" sehen.

Facebook: @LauraLeeBooks1
Instagram: @LauraLeeBooks
Twitter: @LauraLeeBooks
TikTok: @AuthorLauraLee
FB-Gruppe: @Laura Lee's Lounge